지구인을 위한 축구 교실

지구인을 위한 축구 교실

오수완 장편소설

차례

욘

금요일 오전에 욘 올슨은 대형마트의 창고에서 어슬렁거리며 물건을 나르고 있었다. 그의 머릿속은 매주 금요일마다 정리해서 폐기하는 유통기한이 지난 식료품 생각으로 가득했다. 이번 주에는 어떤 것들이 나왔을지, 그중 먹을 만한 게 남아 있을지가 그의 관심사였다.

오전 업무가 어느 정도 마무리된 뒤 욘은 폐기 식료품을 보관해두는 구석방에 가봤다. 빵과 치즈와 햄은 상태가 괜찮아 보였고 무엇보다 통조림이 종류별로 있었다. 이것만으로도 당장 오늘 점심은 물론이고 당분간 먹을거리에 대해서는 신경 안 써도 될 것 같았다. 그런데 그 전에 데이비드를 찾아야 했다. 데이비드는 물류팀 작업반장이었고 이것들을 가져가려면 데이비드의 허락을 받아야 했다.

창고 한쪽에는 패널로 만든 간이사무실이 있었다. 물류팀 직원들이 커피를 마시며 잡담을 하거나 함께 점심을 먹기도 하는 곳이었다. 데이비드는 구석의 책상에 앉아 왼손에 볼펜을 쥐고 근무표를 작성 중이었다. 오른손에는 검은 장갑을 끼고 있었는데 몇 년 전 지게차 사고로 손을 다친 후로 데이비드는 그 장갑을 벗는 일이 없었다.

"데이비드. 저기 폐기하는 음식들 말이야. 내가 좀 가져가도 될까?"

데이비드는 창문 너머를 한번 슬쩍 본 다음 고개를 끄덕였다.

"가져가서 재판매하거나 다른 사람 주려는 건 아니지? 유통기한이 지나 사려는 사람도 없겠지만."

"그냥 다 내가 먹을 거야."

욘은 헛기침을 했다.

"그러면 적당히 알아서 가져가도록 해. 어쨌든 원래는 안 되는 거 알지?"

"응. 알지."

"사람들 눈에 너무 안 띄게 하고. 아. 그리고 내일 근무 부탁해도 될까? 오후 근무에 갑자기 빈자리가 생겼어. 토요일이라 조금 미안한데. 혹시 무슨 계획 있어?"

"낚시를 가려고 했는데 일요일로 미루지 뭐. 시간 되면 같이 갈래? 호숫가에 근사한 자리가 있는데."

"미안. 아이들을 보러 가야 해. 혼자 가게 해서 미안하네."

"상관없어. 호숫가에 가면 낚시 친구가 있으니까."

욘은 구석방의 통조림 상자에서 꺼낸 완두콩과 파인애플 통조림으로 점심을 해결했다.

점심을 다 먹은 욘은 오후 업무가 시작되기 전에 핸드팰릿에 상자를 잔뜩 싣고 주차장으로 가서 차에 옮겨 실었다. 트렁크에 가득한 음식을 보니 그 순간은 아무 근심도 걱정도 없었다. 이제 퇴근하면서 고기만 사면 되겠군.

욘이 정육점 문을 열고 들어가자 카운터 너머의 우락부락하게 생긴 남자가 마침 고기를 자르려고 들고 있던 칼을 허공에 멈춘 채로 인사도 없이 욘을 쳐다봤다.

"안녕, 브루스."

욘이 말했다. 브루스는 칼을 도마에 탕 하고 내려놓은 다음 팔짱을 꼈다. 앞치마에 묻은 핏물 때문에 가뜩이나 험악한 인상이 더욱 살벌하고 위협적으로 보였다.

"'오늘의 고기'를 사러 왔는데. 왜 금요일마다 할인하는 고깃덩어리 있잖아."

"얼마나 필요한데?"

"음…… 네 덩이."

"누구랑 먹을 건데?"

"나 혼자 먹을 거야."

"흥. 여자가 집에 오는 거로군."

"아냐. 나 혼자 먹을 거라니까."

브루스는 냉장고에서 고깃덩어리를 꺼내 큼지막하게 네 덩이를 썰어서는 다시 도마에 칼을 탕 하고 내려놓고 고기 네 덩이를 각각 포장했다.

"그 여자하고 잘해보라고."

"여자 아니라니까."

브루스는 대답 없이 흥 하고 콧방귀를 뀌었다.

차를 세워두고 집에 들어가려는데 현관문이 열리지 않았다. 문손잡이를 열쇠와 함께 힘줘서 돌려보고 문짝을 살짝 들어보고 열쇠를 넣었다 뺐다 하면서 해봐도 마찬가지였다. 빌어먹을 놈의 문짝 같으니. 욘이 손잡이를 주먹으로 몇 대 내리치자 페인트 가루가 우수수 떨어졌다. 이렇게 해도 안 되면 손잡이와 문짝을 뜯고 들어가야겠다고 생각할 즈음 열쇠가 돌아가면서 문이 열렸다.

집 안은 어두웠고 공기에선 케케묵은 눅눅한 냄새가 났다. 욘은 우선 고기 네 덩이를 냉장고에 넣은 다음 차에 가서 식료품 상자들을 꺼내 와 식탁 위에 하나씩 올려놓았다. 식탁 위에는 음식 찌꺼기가 묻은 일회용 포장 용기들이 쌓여 있었는데 욘은 상자들을 올리며 그것들을 한쪽으로 밀어 바닥으로 떨어뜨렸다.

정리를 끝낸 욘은 통조림 두 개를 꺼내서는 티브이 앞에 가서 앉았다. 쇼 프로그램을 보며 통조림을 다 먹은 뒤에는 깡통을 티브이 옆에 쌓인 쓰레기 더미에 던져놓았다. 그리고 이번에는 냉장고에서 맥주를 꺼내 와 마시기 시작했다. 외계인이 지구를 공격하는 영화와 축구 경기 하나를 다 볼 때까지 그는 모두 다섯 캔을 마셨고 다 마신 캔은 찌그러뜨려서 역시 티브이 옆에 쌓인 쓰레기 더미에 던졌다. 그러고 보니 쓰레기가 제법 쌓였다. 냄새도 저기에서 나는 거겠지. 아무래도 내일은 쓰레기를 버려야겠다. 맥주도 사야 하고. 그러고 보니 내일 근무가 있었지. 일 마치고 오면서 사면 되겠군. 그런 것들을 생각하다가 욘은 반쯤 마신 여섯 번째 캔을 손에 든 채 그대로 소파에 누워 잠들었다.

눈을 뜬 건 점심 무렵이었다. 바닥에 누운 맥주 캔 주위로 얼룩이 있었다. 욘은 캔에 남은 미지근한 맥주를 마저 마신 뒤 찌그러뜨려 쓰레기 더미에 던졌다. 뭔가 할 일이 있었던 것 같은데, 뭐였지?

한참을 생각한 끝에 욘은 맥주를 사야 한다는 걸 떠올렸다. 맥주를 사려면 마트에 가야 하고…… 아차. 오늘 오후 근무가 있었지. 시계를 보니 다행히 아직 시간이 남아 있었다. 욘은 싱크대에서 얼굴을 대강 씻고 셔츠로 물기를 닦은 다음 옷도 갈아입지 않고 집을 나섰다.

저녁 무렵 근무를 마친 욘은 매장으로 들어가 카트에 맥주를 담아서 계산대에 줄을 섰다. 제법 늦은 시간인데도 토요일 저녁이라 그런지 매장에는 사람들이 많았다. 이럴 줄 알았으면 근무 시간에 미리 살짝 빠져나와서 맥주를 계산해두는 거였는데. 게다가 줄이 줄어드는 속도가 몹시 더뎠다. 가만 보니 늘어선 사람들 모두 휴대폰을 들여다보고 있었다. 욘의 눈에는 다들 조금쯤 넋이 나가거나 들떠 있는 것처럼 보였다.

"저기요. 계산 좀 빨리 합시다."

욘이 참다못해 누구에게랄 것도 없이 투덜거렸지만 거들떠보는 사람은 없었다. 결국 욘도 포기했다. 하긴 서두를 이유가 없었다. 집에 가봤자 맥주를 마시며 티브이를 보는 게 전부가 아닌가.

집에 오자마자 맥주 캔을 하나 꺼내 티브이 앞에 앉은 욘은 티브이 옆에 쌓인 쓰레기 더미를 보고 그제야 쓰레기를 버리려 했던 게 생각났다. 정말이지 쓰레기는 산처럼 쌓여 있었다. 저걸 치워야 하는데……. 그러나 지금은 손에 맥주를 들고 있었다. 뚜껑을 딴 맥주를. 맥주를 마시고 나면 피가 잘 돌아서 더 기분 좋게 쓰레기를 치울 수 있을 거야. 피곤한 것도 잊어버리고. 그러는 게 낫겠지? 그래서 욘은 맥주를 한 번에 다 마셔버린 다음 맥주 캔을 찌그러뜨려 쓰레기 더미에 던졌다.

쓰레기를 버려야지. 봉투에 저것들을 쓸어 담아서 뒷문 앞에 내놓는 거야. 어려울 거 없잖아. 내일은 낚시를 가기로 했

12

으니 오늘 개운하게 밀린 집안일을 하는 거지. 아직 일곱 시 반밖에 안 됐어. 해도 다 안 졌다고. 하는 김에 청소도 하면 좋겠어. 청소기가 어디 있더라? 그러는 김에 환기도 시키고. 공기순환기는 망가졌으니 창문을 열어야지. 그리고 집 안을 좀 치우면…… 욘은 소파에 앉은 채 주위를 둘러봤다. 아니. 그건 안 하는 게 좋겠어. 게다가 지금은 밤이잖아. 일단 쓰레기를 버려야지. 오늘은 그것까지만 해야지.

쓰레기를 버리고 온 욘은 전날 사놓은 고기를 구워 먹으려고 팬을 찾다가 싱크대에 쌓인 그릇들을 보고는 포기했다. 설거지도 해야 하지만 하루에 두 가지 일을 하고 싶지는 않았다. 그래서 그는 식탁 위의 식료품 상자를 뒤져 빵과 통조림을 찾아 티브이 앞에 앉았다.

오늘따라 어쩐지 제대로 나오지 않는 채널이 많았다. 배를 어느 정도 채운 뒤 맥주를 들고 다시 소파 앞으로 돌아왔을 때도 마찬가지였다. 한 토크쇼 프로그램에서는 앵커가 흥분한 얼굴로 외계인이 어쩌고저쩌고하며 떠들고 있었다. 또 외계인 영화 선전을 하는 모양이었다. 옛날 영화를 틀어주는 곳이 있길래 욘은 그 영화를 끝까지 봤다. 영화가 끝난 뒤 다시 채널을 돌렸지만 여전히 방송은 제대로 나오지 않았다. 볼만한 걸 아무것도 찾지 못한 그는 홈쇼핑 채널을 틀어놓고 맥주를 미시다가 소파에서 그대로 잠들었다.

일요일 아침 일곱 시에 저절로 눈이 떠진 욘은 낚시 도구와 이런저런 것들을 챙겨서 집을 나섰다. 날씨도 좋았고 도로도 한산했다. 오늘은 어쩐지 잔뜩 잡을 수 있을 것 같았다.

욘은 차를 트레일러 파크의 주차장에 세운 뒤 리오의 트레일러를 찾아가 문을 두드린 다음 대답도 기다리지 않고 안으로 들어갔다.

"리오. 일어나. 낚시 가야지."

욘이 부르는 소리에 리오는 침대에서 벌떡 일어나 앉았다. 늘 입는, 너무 낡아서 거의 흰색에 가까운 트레이닝복 차림이었고 긴 머리도 수염도 헝클어져 있었다.

"욘. 무사한 걸 보니 기쁘군. 그런데 무슨 일이야?"

"낚시 가기로 했잖아. 오늘 일요일이야. 어제 오려고 했는데 어제는 일이 있었어."

"그렇지. 낚시. 그런데 잠깐만 기다려줄래? 잠 깨는 데 도움이 되는 명상 좀 할게."

"히말라야에서 배워 왔다는 명상 말이지?"

리오는 이미 명상에 들어가 있었다. 명상을 할 때 리오는 눈도 깜박이지 않고 숨도 쉬지 않아서 꼭 로봇이나 마네킹처럼 보였다. 아니면 정신은 어딘가 먼 곳에 가 있고 여기는 빈 껍데기만 남아 있든가. 리오의 명상이 끝나기를 기다리며 욘은 마트 창고에서 가져온 폐기 식료품과 고기를 꺼내 각각 수납장과 냉장고에 넣었다.

"명상 끝."

리오가 말했다.

"먹을 걸 좀 가져왔으니까 우선 먹고 출발하자고."

둘은 욘이 가져온 것들로 아침을 해결하고 호숫가를 향해 출발했다. 욘은 낚싯대를 챙기고 리오는 언제나처럼 빈손이었다. 둘은 호숫가로 가는 지름길인 공터를 가로질러 갔다. 공터는 누가 깎아놓은 것처럼 풀이 고르게 자라 있었다. 이 근처 사람들은 이곳을 뱀밭이라고 부르며 지나다니지 않았지만 리오는 그런 건 신경 쓰지 않았다.

"나는 괜찮아. 뱀에게 물리지 않는 법을 알거든. 예전에 버마에서 배웠지."

뱀을 주의하라는 팻말이 있는 걸 보니 정말로 뱀이 나오기는 하는 모양이었다. 하지만 욘은 리오와 이곳을 지나가는 동안에는 한 번도 뱀을 보지 못했다.

오전 내내 욘은 거의 아무것도 잡지 못했다. 어쩌다 잡은 것도 손바닥 크기도 안 되는 작은 물고기들뿐이었다. 우두커니 앉아 찌가 움직이는 걸 기다리기도 지칠 무렵 둘은 통조림을 두 개씩 먹은 다음 낚싯대를 챙겨서 호숫가를 따라 조금 더 올라갔다. 자리를 옮기면 나을까 하는 생각에서였지만 잡히지 않기는 마찬가지였다.

"오늘은 영 날이 아닌 것 같아."

욘이 말했다.

"그런 날도 있지 뭐."

그러고도 둘은 한참 더 그대로 앉아 있었다. 벌레를 쫓으면서. 새소리를 들으면서.

"이제 그만 정리해야겠어."

욘이 시계를 보며 말했다.

"그럼 잠깐만 기다려."

욘이 낚싯대를 정리하는 동안 리오는 신발을 벗고 바지를 걷고는 호수로 들어갔다. 그리고 돌멩이를 줍듯 물속으로 손을 집어넣더니 잠시 뒤 팔뚝만 한 무지개송어를 들어 올렸다. 욘은 어망을 벌려서 리오가 송어를 넣도록 도왔다. 리오는 같은 방법으로 한 마리 더 잡은 다음 어망을 어깨에 멨다. 2년 전 호숫가에서 처음 봤을 때도 그랬지만 욘은 리오가 어떻게 맨손으로 물고기를 잡는지 도저히 이해할 수 없었다.

트레일러로 돌아와서 리오는 생선을 굽기 시작하고 욘은 티브이를 켰다. 리오는 손으로 물고기 잡는 법은 브라질에서, 생선 굽는 법은 일본에서 배웠다고 했다. 지금까지 욘이 들은 바에 따르면 리오는 명상과 맨손 낚시와 생선 굽는 법과 뱀 피하는 법 외에도 아랍식으로 커피를 끓이는 법, 나무 위에 집을 짓는 법, 물속에서 20분 동안 숨을 참는 법을 안다고 했다. 욘은 리오의 말을 반쯤만 믿었는데 정말로 그렇게 할 줄 아는 게 많다면 복지카드 신청하는 방법도 알아야 할 것 같았기 때문이었다. 그러나 리오에게는 복지카드가 없었고 그래서 욘이 유통기한 지난 음식을 조금씩 가져다줬다. 아무리 맨손으로 물고기를 잡을 수 있어도 생선요리만 먹고 살 수는 없을 테니까. 어쨌건 리오가 좋은 낚시 친구임에는 변함이 없었다.

둘은 생선을 먹으며 티브이로 축구 경기를 봤다. 며칠 전에 했던 시합의 재방송이었다.

"저기서는 패스하지 말고 혼자 돌파해서 들어가야지. 그래야 공간이 나오지."

욘이 말했다.

"패스하는 편이 더 좋지 않았을까?"

리오가 말했다.

"리오. 다른 건 몰라도 축구는 내가 훨씬 잘 알아. 나는 선수 생활도 했었어. 2부 리그에서 득점왕도 했었다니까. 사진을 가져와서 보여줄까?"

"안 보여줘도 돼. 난 네 말을 믿으니까."

둘은 또 한참 말없이 축구 경기를 봤다.

"다 먹고 나가서 공 좀 차볼래?"

리오가 말했다.

"축구는 이제 안 해. 무릎이 안 좋아서."

"그래? 아쉽네."

욘이 보기에 리오는 정말로 실망한 것 같았다.

"뭐. 좋아. 잠깐이라면 괜찮겠지."

리오는 접시를 치운 뒤 어느 구석에선가 낡은 축구공을 꺼냈다. 둘은 축구공을 들고 뱀밭에 나갔다. 해가 지려 하고 있었다.

리오가 욘에게 공을 차줬다. 욘은 다시 그 공을 리오에게 찼다. 리오는 또 한 번 공을 찼고 욘은 그 공을 받아서 다시 리오에게 찼다. 둘은 그걸 몇 번이나 반복했다.

"오늘 낚시 좋았지?"

리오가 공을 차며 물었다.

"응. 날씨도 좋고. 물고기도 맛있고. 못 잡으면 뭐 어때."

욘이 대답했다.

"무릎은 왜 안 좋아? 병이라도 걸렸어?"

리오가 물었다.

"무릎을 다쳐서 수술을 했는데 잘 안됐어. 이제는 30미터도 못 뛰고 쓰러질걸."

둘은 몇 번 더 공을 주고받았다.

"무릎이 괜찮아지면 축구를 다시 하고 싶지 않아?"

"아니. 안 해. 이제 축구라면 지긋지긋해."

욘은 숨 쉴 틈도 없이 재빨리 대답했다. 똑같은 질문에 이미 수백, 수천 번 같은 대답을 해온 사람이 답할 법한 속도였다.

리오는 고개를 한 번 끄덕이고는 더는 아무것도 묻지 않았다. 둘은 몇 번 더 공을 주고받은 후에 다음 주말에 보기로 하고 헤어졌다.

집에 돌아온 욘은 2층에 올라가 양동이에 물을 받아 몸을 씻었다. 샤워기가 고장 난 후로는 몸을 씻는 횟수가 줄었다. 뭐 어때. 누가 뭐라고 하는 것도 아니고 만나는 여자가 있는 것도 아닌데. 몸을 말린 욘은 1층으로 내려와 맥주를 마시면서 축구 경기를 보기 시작했다. 몸싸움이 있었고 한 선수가 부상으로 실려 나갔다. 욘은 자기도 모르게 무릎을 주무르다가 벽에 걸린 사진을 올려다봤다. 주얼이 떠나면서 다른 사진은 모두 가져갔기 때문에 이제 남은 사진은 그것 하나뿐이었다. 지금보다 젊을 때 찍은 사진이었고 사진 속에서 욘은 축구 유니폼을 입은 채 두 손을 번쩍 들어 올리고 있었다. 옆에는 더프가 그의 어깨에 팔을 걸고 있었다. 저 때는 무릎에 흉터가 없었지. 사진을 보다 보니 그 아래쪽에 저절로 눈이 갔다. 사진 조금 아래, 가슴 정도 높이였다. 벽에 구멍이 있었다. 욘은 그 구멍을 잠시 보다가 새 캔을 따서는 입에 가져갔다. 그리고 한 캔을 더 마신 뒤에 빈 캔을 모두 티브이 옆에 던져 뒀다.

그날 밤은 어쩐지 잠드는 데 시간이 걸렸다. 멍하니 누워 있으니 집이 이리저리 흔들리며 기울어지는 느낌이 들었다. 아까 보니 계단의 삐걱대는 소리가 커진 것 같았는데. 아버지가 살아 계실 때는 집의 관리를 아버지가 도맡아서 하셨다. 아버지가 돌아가신 뒤로는……. 그래. 주얼이 있을 때까지만 해도 괜찮았다. 주말마다 집 안 여기저기를 쓸고 닦고 고치고 했었다. 마지막으로 다락에 올라간 건 언제였더라. 지하실에 내려갔던 건. 환기를 한 건 언제였더라. 고장 난 수도꼭지가 몇 개더라. 1층의 화장실은 언제부터 쓰지 않았더라…….

용은 알고 있다. 이 집은 무너지는 중이다. 기둥은 기울어졌고 벽은 갈라지고 있다. 천장도, 문틀도, 창틀도 내려앉고 있다. 지붕에서 샌 물이 벽 속으로 들어가서 벽을 썩게 만들고 있다. 안에서는 벌레와 곰팡이가, 밖에서는 햇빛과 비와 바람이 기둥과 벽을 갉아 먹고 있다.

그래서 어쩌라고. 돈이 없는데.

벌금을 내기 위해 집을 담보로 대출을 받아야 했다. 그리고 남은 돈은 주얼에게 주었다. 주얼은 괜찮다고 했지만, 갚아야 할 돈은 아직 많이 남았다. 그런데 이제는 돈이 나올 데라고는 없다. 게다가 은행 대출금도 갚아 나가야 한다. 그러니 어쩔 수 있나. 그저 폐기 식료품으로 끼니를 해결하면서, 추가 근무를 빠짐없이 하면서, 그저 일주일에 한 번 가는 낚시를 위안으로 삼으면서 살아가는 거지.

그래서 어떻게 하느냐고. 기다리는 거지. 내가 무너지는 게 먼저일지, 아니면 이 집이 무너지는 게 먼저일지. 혹시 모르지. 갑자기 어디서 큰돈이 굴러들어 올지. 하지만 그럴 리 없지. 그러면 도대체 어떻게 해야…….

다음 날 아침 욘은 평소보다 늦게 잠을 깼다. 마트의 주차장에 차를 댄 건 아슬아슬하게 지각을 면한 시각이었다. 욘이 창고까지 절룩이며 달려가서 출근 카드에 사인하고 한숨 돌리는데 옆에 있던 동료가 말을 걸었다.

"토요일 날 그거 봤어?"

숨을 헐떡이느라 대답을 제대로 못 하는 욘의 사정은 아랑곳하지 않고 동료는 말을 이었다.

"우리 마누라는 그게 테러리스트의 소행이라는 거야. 하. 우습지도 않지. 그럴 리 있어? 그 녀석들도 생각이라는 게 있다면 그런 장난 대신 폭탄을 터뜨리거나 세균을 퍼뜨리거나 하겠지. 내 생각을 말해줄까. 그건 영화 광고야. 외계인이 나오는 영화라고. 장담하건대, 장르는 코미디야. 엄마 배 속에서부터 영화를 봐온 내가 하는 말이니까 믿어도 돼. 어쨌든 나는 이걸로 마누라하고 내기를 했어. 내가 이기면 골프채 세트, 마누라가 이기면 밍크코트야. 자. 자네 생각에는 어때? 테러리스트야, 영화 광고야?"

"뭐가?"

"토요일 저녁에 방송된 그거 말이야."

"무슨 말을 하는지 모르겠어."

"설마 정말 모르는 거야? 집에 티브이도 없나? 인터넷도 없어? 지금 다들 그것 때문에 난리인데."

사무실에 가보니 동료들 몇 명이 모여 있었다. 그리고 모두

들 그 이야기를 하고 있었다.

"도대체 뭐야? 뭔데 그래?"

누군가 휴대폰으로 영상을 보여줬다. 옆에서 떠드는 소리 때문에 욘은 화면 속의 남자가 뭐라고 하는지 잘 알아들을 수 없었다.

"봐봐. 이거 특수 분장치고는 좀 어리숙하지 않아?"

"보나 마나 컴퓨터 그래픽이야. 요즘은 얼굴 바꾸는 정도는 일도 아니라던데. 그런 거 있잖아. 영상에서 나이 든 배우 얼굴을 젊었을 때 얼굴로 바꾸는 그런 거."

"이게 다 무슨 소리야?"

아직도 무슨 일인지 이해가 되지 않은 욘이 물었다.

"외계인이 지구인에게 보내는 메시지라는데, 젠장, 무슨 말 같은 소리를 해야 믿든 말든 하지."

"자네 축구 선수였지? 조심해. 조금 있으면 그놈들이 자네를 찾아갈지도 몰라."

"잠깐. 지금 뉴스가 나오고 있어."

그때까지 컴퓨터 앞에 앉아 있던 데이비드가 말했다.

모두들 입을 다물고 컴퓨터 앞으로 갔다. 모니터에는 여러 사람의 모습이 보였다. 누군가 그 사람들이 다들 어느 나라의 대통령, 수상, 총리 그리고 기타 등등이라고 말했다. 그중 한 사람이 마이크 앞으로 나왔다.

"저 사람은 유엔 총장이야."

데이비드가 말했다.

유엔 총장은 긴장된 얼굴로 말을 하기 시작했다.

"저는 유엔의 모든 가입국을 대표하여 공표하는 바입니다. 이틀 전 세계에 동시에 방송된 그 내용은 실제로 일어난 일입니다. 그것은 장난이나 테러, 혹은 광고가 아니라 인류에게 닥쳐온 분명한 현실입니다."

그는 목소리를 가다듬고 잠시 뒤에 말을 이었다.

"외계인이 지구에 왔습니다. 그들은 파괴나 침략이 아닌 평화적인 교류를 위해 지구에 왔다고 합니다. 그들이 바라는 교류의 형식은 스포츠, 그중에서도 바로 축구입니다."

그 뒤에는 질문을 던지는 기자들의 고함 소리 때문에 그의 목소리를 더는 들을 수 없었다.

토크쇼

"저는 오늘까지 이 스튜디오에 많은 손님을 모셨습니다. 그중에는 팝 음악의 황제, 성녀, 세계에서 다섯 손가락 안에 드는 부자, 과거의 대통령, 미래의 범죄자가 있었습니다. 그리고 제 전처도 있었죠."

앵커는 사람들의 웃음소리가 가라앉을 때까지 잠시 기다렸다.

"하지만 그중에 오늘의 손님보다 더 짧은 시간 안에, 세계적으로, 더 강한 충격을 준 사람은 없었습니다. 제 앵커 경력으로 비춰보건대 감히 앞으로도 없을 거라고 장담할 수 있습니다. 달리 또 누가 있겠어요. 그러면 오늘의 손님, 우리 모두의 손님, 인류의 손님을 이 자리에 모시겠습니다."

음악이 흐르며 카메라가 이동하자 커튼 뒤에서 흰 슈트를 입은 키가 크고 잘생긴 사람이 걸어 나왔다. 그 모습을 보고 놀란 방청객들이 내지르는 숨죽인 탄식이 들렸다. 앵커는 그와 악수를 하고, 조금 어색한 듯 가볍게 포옹을 하고 이어서 웃음을 터뜨렸다. 그 웃음에 긴장이 무너졌는지 방청객들이 휘파람을 불며 박수를 치기 시작했다. 흰옷을 입은 그 사람은 부드럽게 웃으며 앵커와 방청객을 향해 우아하고 절제된 태도로 조금 허리를 숙인 뒤 자리에 앉았다. 여러 대의 카메라가 그의 얼굴과 손짓, 몸짓을 계속 화면에 내보냈다.

앵커가 무슨 말인가를 꺼내려다 머뭇거리자 사람들이 숨죽인 웃음을 터뜨렸다.

"음, 저, 외계인 씨."

또 방청객들의 웃음소리가 들렸다.

"우선 확인해두고 싶은 게 있어요. 정말 외계인이 맞나요? 그러니까 내 말은 정말 지구 밖의 저 먼 우주에서 우리 별을 찾아온 게 맞나요?"

"네. 맞습니다."

이번에는 감탄의 탄식이 들렸다. 앵커는 뭔가 깨달은 듯 잠시 고개를 끄덕였다.

"그러니까 저 캄캄한 밤하늘에 우리 인류 말고도 문명을 가진 다른 존재가 있다는 거군요?"

"네. 맞아요."

앵커는 더 크게 고개를 끄덕였다.

"그리고 그 존재가 우리 지구인처럼 생겼다는 거군요? 키는 180센티미터에 두 팔과 두 다리가 있고, 손가락 열 개, 발가락 열 개, 얼굴에는 두 눈과 코와 입이 있고, 게다가 우리처럼 말을 하고 생각을 한다는 거군요?"

앵커의 목소리가 점점 커졌다.

"네. 어떤 면에서는 맞아요."

휘파람과 박수가 터져 나왔다. 앵커는 잠시 뒤에 말을 이었다.

"그런데 궁금한 게 있어요. 당신이 외계인이라는 걸 어떻게 믿을 수 있죠? 당신의 말이나 정부의 발표를 의심하는 건 아닙니다만, 당신은 뭐랄까, 우리가 지금까지 생각해오던 외계인의 모습과는 너무나 달라요. 물론 문어 머리에 다리가 여덟 개 달리고 한 손에는 광선총을 든 모습을 생각한 건 아니지만 그래도 당신은 외계인이라기에는, 그냥 한마디로 하면 너무 지구인 같아요. 혹시 다른 별에 사는 사람들이 모두 당신처럼, 그러니까 우리 지구인처럼 생긴 건가요?"

"아뇨. 그렇지는 않아요. 사실 이 모습은 여러분 앞에 나서기 위해 조금 변장을 한 겁니다. 지구인의 기준으로 보자면 옷이라고 할 수 있지요. 그리고 제 본질적인 실체는 엄밀하게 말하면 바로 이 자리에, 그러니까 이 몸속에 있는 것도 아닙니다."

방청객들이 웅성거렸다. 앵커도 잠시 말을 잊었다.

"제가 제대로 이해했는지 모르겠지만, 그러면 이 몸은 아바타 같은 것이고 당신의 본체는 어딘가에서 지금 이 몸을 조종하고 있다는 건가요?"

"그런 셈이죠."

"그렇다면 당신의 진짜 모습이 어떨지 궁금하군요."

"우리는 개체마다 존재 양식이 다르기 때문에 한마디로 말하기 어렵습니다. 의식이 있는 구름이라고 생각하면 아마 그게 제 모습에 가장 근접할 겁니다."

앵커는 뭔가 알 듯 모를 듯한 얼굴로 고개를 끄덕였다.

"놀랍군요. 어쨌든 여기까지는 어느 정도 이해할 수 있는 것 같습니다. 그런데 저는 아까부터 이걸 물어보고 싶었습니다. 그리고 아마 우리 시청자들도 이걸 가장 궁금해할 겁니다. 외계인 씨. 이런 부탁이 조금 무례하게 들릴 수도 있겠지만, 당신이 외계인이라는 증거를 지금 이 자리에서 보여줄 수 있습니까?"

"뭘 보여드리면 될까요?"

"혹시 당신은 하늘을 날 수 있습니까?"

방청객들이 웅성거렸다.

"왜냐면 우리 지구인 사이에서 유명한 외계인이 한 명 있는데, 그는 파란색 전신 타이츠 위에 빨간 팬티를 입고 하늘을 날아다니거든요. 그런데 일단 옷은 불합격이니까 그러면 남은 건 하늘을 날 수 있느냐 하는 겁니다."

짧은 웃음소리가 들렸다.

"이 몸은 비행에 적합하도록 설계되지는 않았지만 조금이라면 보여드릴 수 있습니다."

잠시 후 외계인의 몸이 의자에서 떠올랐다. 그러기 위해 자리에서 일어나 몸을 곧게 펴거나 팔을 앞으로 뻗을 필요도 없었다. 외계인은 의자에 앉았을 때의 자세 그대로 공중에 뜬 채 방청객들의 머리 위를 한 바퀴 돌았다. 카메라는 그 모습을 여러 각도에서 비췄다. 누군가 저건 속임수야 하고 외쳤다. 그러나 그 이상의 소란은 없었다. 외계인이 원래의 자리로 돌아오자 앵커는 침을 한 번 삼키고는 방청객과 카메라를 향해 입을 열었다.

"여러분. 여기에는 어떤 특수 장치도 없고, 이건 카메라 속임수도 아닙니다. 카메라 감독님. 무대 감독님. 제 말이 맞죠? 혹시 내가 모르게 무슨 장치 같은 걸 한 거 아니죠? 만약 그랬다가는 우리 셋 다 다음 주에는 다른 일자리를 알아봐야 할 거예요. 그 전에 내가 먼저 두 분 집에 찾아갈 겁니다. 그리고 참고로 나는 내 개를 데리고 갈 거예요. 아주 사나운 치와와죠. 아끼는 신발이 있으면 치워두는 게 좋을 겁니다."

앵커의 목소리는 어쩐지 떨리고 있었다. 방청객들도 웃지 않았다.

"어쨌든 첫 번째 의문은 어느 정도 해결됐습니다. 물론 증명이 충분치 않다고 생각하는 분도 있겠지만, 저는 당신이 외계인이라는 것을 믿겠습니다. 각국의 대표자들도 그러라고 했고요. 저는 원래 잘 믿고 따르는 사람입니다. 나라에서 경제정책이 바뀔 때마다 세금 혜택을 주겠다고 뭔가 사라고 하면 의심하지 않고 그걸 삽니다. 채권을 사고, 주식을 사고, 집을 사고, 그리고 재산이 반이 되고, 사 분의 일이 되는 걸 지켜보는 거죠. 그러면 재산이 줄어들면서 정말로 세금이 따라서 줄어들죠."

방청석에서 숨죽인 웃음이 터졌다.

"자, 계속 대화를 나눠보겠습니다. 당신에게 궁금한 게 정말로 많습니다. 어느 별에서 왔는지, 여기까지는 어떻게 왔는지, 당신의 우주선은 어디에 있는지, 이번에 처음 지구에 온 것인지, 혹시 다른 외계인들이 지구에 왔었는지 등등. 하지만 그런 것들은 이 의문에 비하면 아무것도 아닌 것 같습니다. 많은 사람들이 당신이 지구에 찾아왔다는 사실보다 이것을 더 충격적으로 받아들이고 있습니다. 외계인 씨. 지구에 찾아온 이유가, 정말 축구 때문입니까?"

"네. 그래요."

앵커는 방청석의 웅성거림이 가라앉을 때까지 기다렸다.

"제 귀를 의심하지 않을 수 없군요. 축구라니. 제가 저 밖의 우주의 사정에 대해서 잘 몰라서 그러는데, 혹시 우주의 다른 별에도 지구의 축구와 비슷한 것이 있는 건가요? 그래서 축구로 서로 친목을 다지고 교류하려는 건가요?"

"그렇지는 않아요. 축구는 지구에만 있습니다."

"그렇다면 축구를 선택한 이유가 축구가 지구에만 있는 독창적인 문화이기 때문인가요?"

"지구에 있는 모든 것들이 독창적입니다."

"그러면 왜 하필이면 축구죠? 축구에 우리가 모르는 무슨 대단한 비밀이라도 있는 겁니까?"

방청석이 조용해졌다. 다들 외계인의 대답을 기다렸다.

"축구가 인류 문화를 대표하기 때문입니다."

"그러면 문학, 영화, 연극, 음악, 미술, 건축, 종교, 철학, 과학기술, 우리의 정치체제나 경제구조, 뭐 끝의 두 가지는 대부분 실패의 역사이긴 하지만요, 어쨌든 그것들을 모두 제쳐두고, 인류 문화를 가장 잘 대표하는 것이 열한 명이 먼지를 뒤집어쓰고 공을 쫓아 달리는 놀이라는 뜻인가요? 아니면 다른 것들은 시시하다는 뜻인가요?"

"지구의 모든 독창적인 문화 중에서 축구가 우리의 관심을 가장 많이 끌었다고 할 수 있습니다."

"조금 더 설명이 필요할 것 같아요. 축구의 어떤 면이 인류 문화를 대표한다는 건지 구체적으로 말해줄 수 있습니까?"

"축구에는 개인과 집단의 조화, 협조와 투쟁, 미의 추구, 극한적인 환경에서 발휘하는 완벽한 신체 조절, 관찰과 판단, 기억과 예견, 그 모든 것들이 들어 있어요. 즉 인류가 지구라는 환경에서 자신의 신체적 한계, 정신적 한계, 사회적 한계를 시험한 기록의 총합이라고 할 수 있습니다."

"잘은 모르겠지만 그건 어느 스포츠 종목이나 비슷하지 않을까요? 특히 단체 구기 종목은 말이에요. 이를테면 농구나 야구나 배구처럼."

"우리는 축구라는 방식이 제일 마음에 들어요. 축구에는 지구라는 별에서 인류가 진화를 거듭하며 이룩한 모든 것들이 들어 있어요. 그래서 우리는 축구를 통해 인류가 쌓아 올린 것들을 경험하고 싶은 겁니다."

"뭔가 알 듯 모를 듯하군요. 이 문제에 대해서는 철학, 인류학, 문화학, 스포츠사회학, 축구학, 축구학 같은 게 있다면 말이지만요, 그런 걸 연구하시는 분들을 모셔 와서 이야기를 나눠야 할 것 같습니다. 그러면 구체적인 이야기로 넘어가서, 시합 방식은 어떻게 됩니까? 외계인 대표팀과 지구인 대표팀이 경기를 하는 건가요? 아니면 몇 팀씩 나와서 토너먼트 같은 걸 하게 되나요?"

"우리의 목표는 지구인 모두와 축구를 하는 것입니다."

"지구인 모두요? 그게 가능한 일인가요?"

"우리는 우리와 축구를 하고 싶어 하는 모든 지구인과 한 번씩 축구를 하려고 합니다."

"그러면 저도 할 수 있는 건가요?"

"물론입니다."

"미안하지만, 저는 실력이 형편없는데요."

"실력이 있든 없든 상관없습니다. 우리는 상대의 실력에 맞게 우리의 실력을 조율할 겁니다."

"시합을 하고 싶으면 어떻게 하면 되죠?"

"지구 어디서든지 시합을 신청하면 우리가 지구 시간으로 30분 안에 그곳으로 갈 겁니다."

"당신들하고 축구를 하고 싶으면 한 팀을 꾸린 다음 경기장에서, 뭐 어떻게, 손이라도 번쩍 들어 올리면 됩니까?"

"그렇게 하고 싶으면 그렇게 하세요. 손을 들고 하늘을 보고 시합을 신청한다고 하세요. 그리고 경기장도 없어도 됩니다. 우리가 경기장을 준비할 겁니다."

"이동식 경기장이라도 있나 보군요. 그런데 시합을 신청하는 사람이 많으면 어떻게 합니까? 기다려야 하나요?"

"그럴 필요 없어요. 우주선이 부족하지도 않을 거고 경기에 나갈 인원이 부족하지도 않을 거예요. 시합은 언제나 어디서나 아무 무리 없이 열릴 거예요."

"그거 재미있겠군요. 그러면 날마다 축구를 하겠다고 손을 들고 싶어 하는 사람들도 있을 것 같아요."

"미안하지만 우리는 모든 지구인에게 딱 한 번씩만 기회를 주려고 합니다."

"딱 한 번 있는 기회라니, 축구를 좋아하는 사람이라면 그 기회를 놓치고 싶지 않을 것 같네요."

"그리고 시합에서 이기면 선물이 있습니다."

"선물요? 그런 이야기는 지금 처음 듣는데요."

"우리가 지구에 온 것은 인류에게 호의를 구하기 위해, 소중한 것을 나눠달라고 요청하기 위해서이므로 요청에 응해주시는 분에게는 감사의 표시로 뭔가를 드리고 싶습니다. 다만 문명의 발달에 간섭할 수 있는 과학지식과 기술의 이전은 불가능하다는 걸 미리 말씀드리겠습니다. 언젠가 인류도 그걸 이해하게 될 순간이 올 겁니다. 우리는 우리와 축구를 하는 분들에게 개인적으로 작은 선물을 드리려고 합니다."

"기대되는군요. 여러분. 우리의 손님이 외계인이라는 걸 잊지 마세요. 외계인이 주는 선물이라니, 기대되지 않나요? 우리에게 줄 선물이 무엇입니까?"

"우리와의 축구에서 이기는 분에게는 소원을 하나 들어드릴 겁니다."

한참 잠잠하던 방청석이 크게 술렁거렸다.

"지금 소원이라고 했나요? 마치 램프의 거인 같군요. 아. 신경 쓰지 마세요. 지구의 옛날이야기입니다. 그런데 소원이라면 어떤 것 말인가요? 램프의 거인 이야기가 나왔으니 말인데 이를테면 제가 호랑이로 변하고 싶다고 하면 그렇게 해줄 수 있나요?"

"가능합니다."

방청객들의 탄성이 들렸다.

"만약 어떤 물건을 갖고 싶다고 하면 그걸 주는 건가요? 이를테면 새 픽업트럭이라든가, 제왕의 왕관이라든가."

"가능합니다."

"그럼 내가 사랑하는 사람이 나를 사랑하게 만들어달라고
한다면?"

"그건 불가능합니다. 우리는 다른 생물의 마음을 움직일
수는 없습니다."

"병으로 죽어가는 사람을 치료할 수 있습니까?"

"가능합니다."

"다 죽어가는 사람을 살릴 수도 있습니까?"

"가능합니다."

"영원한 생명을 원한다면요?"

"가능합니다."

"그러면 죽은 사람은요? 죽은 사람을 다시 살릴 수도 있습
니까?"

"가능합니다."

방청객 중 누군가 큰 소리를 냈는데 아마 할렐루야, 하고
외치는 것 같았다.

"그러면 반대로 살아 있는 누군가를 죽이는 것도 가능합니
까?"

"그건 불가능합니다. 다른 생물에게 해를 끼칠 수는 없습
니다."

"다행이군요. 그러면 세계 제일의 부자가 되고 싶다고 한

다면?"

"어떻게 하면 세계 제일의 부자가 되죠?"

"금을 한 100톤쯤 가지면 되지 않을까요?"

"그러면 그것도 가능합니다."

방청객들은 혼란에 빠진 듯 소란스러워졌다. 누군가 환호성을 질렀고 휘파람을 부는가 하면 큰 소리로 뭔가를 항의하는 사람도 있었다. 앵커는 소란이 가라앉을 때까지 한참 기다렸다가 입을 열었다.

"놀랍군요. 누구든지 소원을 하나씩 들어준다니⋯⋯. 그런데 이런 생각이 드는군요. 그러면 축구 선수들에게만 너무 유리한 거 아닌가요? 당신 친구들의 축구 실력은 어느 정도인가요? 아까 실력을 조율한다고 했는데 그건 무슨 뜻인가요?"

"아까도 말했듯 지금 이 몸은 옷 같은 겁니다. 우리는 경기에 나오는 지구인 선수의 신체 능력을 점검해서 거기에 맞게 이 옷의 신체 조건을 조정할 겁니다. 결국 우리는 지구인 선수의 잠재력보다 더 월등한 실력을 낼 수는 없습니다. 공정한 시합을 위해 미리 제약을 정해두는 겁니다. 조율을 한다는 건 그런 의미입니다. 그러니 양 팀의 축구 실력은 똑같다고 할 수 있습니다. 다만 우리는 지구의 축구 경기를 본 적은 있지만 직접 해본 적은 없기 때문에 축구에 대한 이해에서는 우리가 그리 유리한 편은 아니라고 할 수 있겠죠."

"그러면 신청을 빨리 하면 빨리 할수록, 당신들의 경험이

적을 테니까 우리가 이길 확률도 더 높다는 거군요?"

"그렇다고 볼 수 있겠죠."

"신청을 언제부터 할 수 있습니까?"

"지금요."

방청석에서 큰 소란이 일어났다. 저마다 큰 소리로 시합을 신청한다고 외치고 있었다. 앵커는 자리에서 일어나 우선 먼저 팀을 꾸려야 시합을 신청할 수 있다고 말했다. 그러나 소란은 가라앉지 않았다.

세계

처음으로 외계인과 시합을 한 건 어느 나라의 4부 리그 팀이었다. 외계인이 나오는 토크쇼를 생방송으로 보고 있던 팀의 감독은 '지금요'라는 말을 듣자마자 바로 집 밖으로 뛰어나가 하늘을 향해 손을 번쩍 들어 올리고 큰 소리로 신청합니다! 하고 외쳤다. 그리고 팀의 주장에게 전화를 걸어 지금 당장 선수들을 경기장으로 집합하게 했고 자고 있던 경기장 관리인에게도 전화를 걸어 경기장에 조명을 켜게 했다.

감독이 차를 몰고 15분 거리에 있는 경기장에 도착한 뒤 선수들도 하나씩 모여들었다. 선수들이 모두 도착하자 곧 외계인의 우주선이 왔다. 우주선은 스쿨버스 정도 크기의 은백색 시가 모양으로 날개도 프로펠러도 엔진도 없었는데 아무 소리도 내지 않고 날아와서는 누가 살짝 놓기라도 하듯 경기장에 가볍게 내려앉았다. 거기 있던 사람들 중 몇 명은 우주선이 정말로 착륙한 건 아니고 허공에 살짝 떠 있었다고 말했다. 나중에 보니 그들의 말이 사실이었다.

우주선에서 누군가 내렸는데 감독이 보기에 그는 방금 토크쇼에 나왔던 외계인의 형제나 사촌인 것 같았다. 외계인이 선수가 모두 모인 거냐고 물어서 감독은 그렇다고 대답했다. 모인 선수는 모두 열네 명이었다. 잠시 뒤에 우주선에서 외계인들이 나왔는데 그쪽도 모두 열네 명이었다. 그리고 다들 얼굴이 비슷해 보였고 또 어떻게 보면 거기 모인 지구인 선수들과도 닮은 것 같았다.

그러면 심판은 어떻게 하느냐고 감독이 외계인 중 하나에게 물었다. 그러자 외계인은 심판은 필요 없으며 하늘에서 지금 이 경기장에서 일어나는 모든 것을 관찰하고 있고 어느 쪽에도 치우치지 않는 공정한 판결이 내려질 거라고 말했다. 감독은 뭔가 속는 것 같은 기분이 들었지만 외계인에게 그런 걸 따져도 되는지 자신할 수 없었다.

경기가 시작되고 보니 외계인의 실력은 그저 그랬다. 그렇다고 지구인 선수들이 외계인을 압도하는 것도 아니었다. 다들 잠을 자거나 술집에 있다가 불려 나온 터라 평소 실력의 반도 제대로 나오지 않았다. 그래도 전반전은 1 대 0으로 지구인 쪽이 한 골 앞서면서 끝났다. 후반전도 비슷하게 흘러갔다. 외계인들은 전반전보다 좋아 보였고 그건 지구인 선수들도 마찬가지였다. 감독은 점수를 더 벌리고 싶었지만 뜻대로 잘되지 않았다. 그는 후반전 중반이 되자 선수들에게 모두 수비에 집중하라고 했다. 그러다 외계인 선수 중 한 명이 페널티 구역에서 지구인 선수에게 밀려 넘어졌다. 곧 하늘에서 휘슬 소리와 함께 목소리가 들려왔다.

페널티킥.

그 목소리가 너무나도 공명하고 정의롭고 확신과 권위에 차 있어서 감독은 감히 항의할 생각조차 하지 못했다. 그리고 그건 정말로 페널티킥을 주는 게 맞는 반칙이었다. 감독의 양심이 스스로에게 그렇게 말하고 있었다. 외계인 선수가 찬 페널티킥은 키퍼에게 막혔는데, 튕겨 나온 공이 하필이면 다른 외계인 선수 앞으로 굴러가서 결국은 골을 내줬다. 그리고 경기는 더 이상 득점 없이 끝났다.

처음으로 외계인을 이긴 건 어느 작은 나라의 동네 축구팀이었다. 그들은 통일된 유니폼이 없어서 외계인에게 빌려야 했다. 경기가 끝난 뒤 외계인들은 정말로 소원을 들어주겠다고 했고 선수들은 저마다 소원을 빌었다. 어떤 사람은 비행기를 갖고 싶다고 해서 정말로 비행기를 갖게 됐다. 어떤 사람은 집을 얻었고 어떤 사람은 아들의 병을 고쳤고 어떤 사람은 차를 얻었고 어떤 사람은 엄청나게 많은 돈을 얻었다. 외계인이 떠난 뒤에 경찰이 와서 그들을 모두 잡아갔고 정부는 그들이 외계인에게 받은 걸 모두 빼앗아 갔다. 아들의 병을 고친 사람만 아무것도 뺏기지 않았다.

외계인에게 이기는 사람이 많아졌다. 한 사람은 자기 통장에 그 나라의 예산과 맞먹는 돈을 넣어달라고 요구했다. 외계인이 그렇게 해주자 정부는 그의 계좌를 동결했고 그 사람은 정부를 상대로 소송을 걸었다. 그와 비슷한 일이 자꾸 벌어지자 모든 은행이 나서서 앞으로 외계인이 계좌에 넣어주는 돈은 인정하지 않겠다고 선언했다. 그러자 사람들은 외계인에게 금이나 보석을 요구했다. 정부는 외계인과 협상을 벌였고 그 결과 금전적인 소원은 금으로 통일하기로 합의했다.

이제 경기에서 이긴 사람은 금을 얼마든지 요구할 수 있었다. 단, 그렇게 요구한 금을 바닥에 떨어뜨리지 않고 1분 안에 경기장 밖으로 들고 나갈 수 있어야 했다. 그러지 못하면 금은 다시 외계인이 가져갔다. 외계인이 주는 금은 손잡이도 없는 공 모양이었기 때문에 들어서 나르는 데 힘이 더 많이 들었다. 어떤 사람은 200킬로그램짜리 금덩이를 들고 나가다 그 자리에서 쓰러져 다시는 일어나지 못했다.

물건 말고 다른 소원을 비는 사람도 간혹 있었다. 가족의 병을 낫게 해달라는 사람들이 있었고 영원히 늙지 않게 해달라는 사람도 있었고 세상에서 제일 머리가 좋은 사람이나 세상에서 제일 힘센 사람으로 만들어달라는 사람도 있었고 하늘을 자유롭게 날 수 있게 해달라는 사람도 있었다. 죽은 사람을 다시 살려달라는 소원을 빈 사람도 있었다. 그들 대부분은 자신이 원하는 것을 얻었다.

처음에 정부는 외계인과의 시합을 막으려고 했다. 사회적 혼란이 심하다는 이유에서였다. 그러나 현실적으로 시합을 막을 방법이 없었다. 누구든 언제든 어디에서든 하늘을 향해 시합을 신청한다고 외치면 곧 우주선이 날아왔다. 경찰이 가서 해산시키려고 해도 일단 경기가 시작되면 경기장 주위에 보호막이 생겨서 들어갈 수 없었다. 사람들은 경기가 끝나자마자 체포될 위험을 감수하고서라도 경기를 하려고 했고 그 모든 경기를 경찰이 다 찾아다닐 수도 없었다. 어느 나라에서는 실제로 외계인과의 경기를 금지하고 앞으로 누구든지 경기를 하면 엄청난 벌금을 물리겠다고 발표하기도 했지만 아직 경기를 하지 않은 사람들이 경기를 할 권리를 요구하며 격렬하게 저항한 끝에 결국 정부를 무너뜨리는 데 성공했다. 그것을 본 다른 나라 정부들은 경기를 금지하려는 시도를 포기했다.

방송의 토론 프로그램에서는 평론가들이 외계인과의 축구 경기를 비판하고 나섰지만 그들은 곧 축구 해설자들에게 자리를 내줬다. 요리 프로그램에서는 운동 능력을 향상시키는 음식을 소개했고 리얼리티 쇼에서는 외계인과의 시합을 준비하는 사람들이 합숙하면서 서로에게 점수를 매기며 동료를 골랐고 다큐멘터리 채널에서는 축구 역사에 남을 명경기와 유명 선수들의 놀라운 개인기들을 편집한 프로그램이 끝없이 재방송됐다.

어떤 사람들은 외계인이 남성에게 특화된 축구 시합을 제안하는 것은 인류의 절반인 여성을 암묵적으로 배제하는 행위이기 때문에 외계인은 결국 제2의 남성에 불과하다고, 그들의 지구 방문은 남근주의, 침략주의, 식민주의의 발현이라고 비판했다. 또 외계인이 축구를 통해 전쟁과 사냥의 역사를 끝없이 상기시킴으로써 결과적으로 지구를 남성성과 폭력성의 별로 낙인찍는다고도 했다. 지구인 여성 팀이 외계인 여성 팀을 상대로 남성 팀과 비슷한 비율로 이긴다는 통계가 발표된 뒤에도 그들은 비난을 멈추지 않았다.

어느 날 시합에서 이긴 한 소녀가 세계의 평화를 소원으로 빌었다. 외계인은 그 소원은 추상적이라 들어줄 수 없다고 말했다. 소녀는 인류애의 회복을 빌었다. 외계인은 이번에는 그 소원은 모든 사람의 마음을 움직여야 하므로 그 역시 불가능하다고 말했다. 소녀는 이번에는 지구의 평균 기온을 1도 낮춰달라고 빌었다. 외계인은 그건 가능하지만 시간이 걸릴 거라고 말했다. 그리고 시간이 지나자 정말로 그렇게 됐다. 한 번은 어떤 사람이 자기 고향의 버려진 핵 발전소에서 나오는 방사능을 없애달라고 말했다. 외계인은 그 소원도 들어줬다. 어떤 사람은 바다의 미세 플라스틱을 없애달라고 했고 그 소원도 이뤄졌다.

인터넷에는 지구를 위한 가장 좋은 소원이 무엇인지에 대해 토론하는 게시판이 생겼다. 수많은 사람들이 저마다 의견을 냈다. 그러나 그 게시판은 곧 인기가 시들해졌다. 왜냐면 대부분의 소원을 외계인의 도움이 없이도 이룰 수 있다는 걸 사람들이 알아차렸기 때문이었다. 그보다는 이기적인 소원을 빌었던 사람들의 목록이 업데이트되는 사이트가 더 인기가 있었다. 사람들은 그곳에 비난과 조롱과 저주의 말들을 남겼다.

외계인과의 축구 시합에 대한 말들이 넘쳐 났다. 어떤 사람은 자기가 외계인들을 속여 세 번이나 시합을 했다고 말했다. 그러나 그 말은 거짓으로 드러났다. 외계인은 정말로 자신들과 시합을 한 사람과 그렇지 않은 사람을 구별할 수 있었고 그래서 누구나 딱 한 번씩의 기회만 있었다. 어떤 사람은 외계인이 유전 정보로 우리를 구별하는 거라고 했고 또 어떤 사람은 망막을 읽기 때문이라고 했다. 어떤 방식이든 그들이 우리의 생체 정보를 수집하는 건 사실이기 때문에 시합을 거부해야 한다고 말하는 사람도 있었다. 그러나 대부분의 사람들은 외계인의 기술력이 그렇게 대단한데 우리의 정보 같은 건 얻으려면 얼마든지 얻을 수 있지 않겠느냐고 생각했다.

시합에 대한 불만도 끊임없이 제기됐는데 어떤 사람들은 심판도 시합의 일부이므로 지구인이 심판을 봐야 한다고 말했다. 지구에 축구를 하러 왔으면 지구의 법을 따라야 하지 않겠느냐는 것이었다. 그래서 실제로 지구인들이 주심, 부심, 대기심, 그리고 VAR까지 맡기도 했다. 그러나 그 누구도 하늘의 눈—이제 사람들은 그것을 그렇게 불렀다—에 반대해 자기 의견을 내지 못했다. 그리고 하늘의 눈의 판정이 지구인에게 불리한 것도 아니었다. 사람들은 지구인 심판 대신 하늘의 눈을 더 믿었고 그래서 지구인 심판은 어느 날부터 사라졌다.

사람들은 외계인에게 이기기 위해 머리를 쥐어짰다. 장애인이나 노인, 아이를 섞어서 팀을 만드는 사람들도 있었다. 그러면 상대도 그런 사람들이 나올 테니 그쪽만 잘 공략하면 이길 수 있을 거라는 생각에서였다. 단체로 한 시간 정도 눈이 안 보이게 하는 안약을 넣고 경기 신청을 하는 사람들도 있었다. 경기 시작할 때는 모두 눈이 잘 안 보이지만 이쪽은 약효가 떨어지면서 눈이 다시 잘 보이게 될 거고 외계인들은 여전히 눈이 안 보일 테니 나중에는 이쪽이 훨씬 유리해질 거라고 생각한 것이었다. 반대로 경기 시작 직전에 운동 능력을 비약적으로 높여주는 약을 먹거나 주사를 맞는 사람들도 있었다. 어떤 사람들은 이쪽의 가장 약한 선수를 저쪽의 가장 강한 선수와 고의로 충돌시켜 둘 다 부상으로 퇴장하게 하는 작전을 쓰기도 했고 또 어떤 사람들은 경기장을 일부러 진흙탕으로 만들어놓고 시합을 신청하기도 했다. 그런 작전이 효과를 봤다는 사람도 있고 그렇지 않았다는 사람도 있었다. 어쨌든 승률에는 별 차이가 없었다. 외계인에게 이겨서 소원을 이루는 사람들은 드물었고 대개는 비기거나 졌다.

사람들은 외계인을 비난하기 시작했다. 이렇게 승률이 낮은 건 뭔가 속임수가 있기 때문이 아니냐는 것이었다. 그들은 외계인들이 이미 지구에 와서 오랫동안 축구 연습을 해온 게 분명하다고 주장했다. 그 외계인들은 지구인들 틈에 섞여 살면서 축구를 해왔고 지금도 우리 사이에는 외계인이 섞여서 살아가고 있다는 것이었다. 외계인이 경기장과 보호막에 뭔가 조작을 했을 거라고 말하는 사람도 있었다. 그 경기장 안에서는 공이 외계인에게 유리한 방향으로 날아가도록 조종된다는 것이었다. 그러나 그걸 증명할 방법은 없었다.

외계인이 주는 금은 가짜라는 사람도 있었고 이건 사실 모두 권력자들의 비밀결사가 꾸민 일이라고 주장하는 사람도 있었다. 어떤 사람들은 외계인이 금을 선뜻 나눠주는 걸 보니 저 금은 처음부터 우리에게 주기로 돼 있던 건데 그걸 다 주기가 아까우니까 공연히 축구 같은 걸로 내기를 해서 나머지를 빼돌리고 있는 게 분명하다고 말했다. 그러니 어서 기술을 개발해 우주로 나아가서 우주 법원 같은 데에 이 일을 제소해야 한다고도 했다. 실제로 어떤 사람들이 시합을 신청해놓고 외계인의 우주선을 뺏으려고 시도하기도 했다. 하지만 그들은 우주선 안으로 들어갈 수조차 없었다.

어떤 사람은 소원 하나는 너무 적으니 참가비를 두둑하게 내는 사람은 특별히 소원을 두 개 빌 수 있게 해달라고 외계인에게 요구하자고 했다. 무릇 내기라면 판돈을 더 내는 사람에게 더 큰 보상이 있어야 하지 않겠느냐는 것이었다. 기회를 한 번만 주는 걸로 비난하는 사람도 있었다. 기회가 한 번뿐인 건 기회를 안 주는 거나 마찬가지이며 만약에 경기 중에 실수를 했는데 그걸 만회할 기회를 주지 않는다면 그건 애초에 기회를 주지 않는 것보다 더 잔인한 일이라는 것이었다.

어떤 사람들은 외계인이 신의 사자라고 주장했다. 그들이 하늘에서 모든 걸 보고 있는 것, 그리고 단 한 번뿐인 기회를 주는 것이 신의 자비를 증거하는 것이라고 했다. 그들은 외계인의 존재 자체가 곧 신이 있다는 걸 증명하는 셈이니 우리가 해야 할 일은 그들의 뜻을 이해하는 것이 아니라 따르는 것이라고 말했다. 시간이 가면서 그렇게 믿는 사람은 조금씩 더 늘어났는데 그들은 경기가 열리는 곳이면 어디든 가서 보호막 밖에 무릎을 꿇고 앉아 기도하며 조용히 찬송가를 불렀다.

그날 밤

"이봐, 욘. 잠깐 와봐."

물건을 싣고 있는 욘을 데이비드가 불렀다. 데이비드 옆에는 셔츠에 넥타이를 맨 사람이 서 있었다.

"인사부 막스 지글러 씨야. 뭣 좀 물어볼 게 있다는군."

"무슨 일이시죠?"

"자네가 욘 올슨이군. 만나서 반갑네. 얼굴이 잘생겼군. 몸도 좋고. 배는 조금 나왔지만. 한눈에 보기에도 운동선수 출신이라는 걸 알 수 있겠어. 운동을 하는 사람끼리는 알아보는 법이지."

"혹시 축구 이야기를 하러 오신 건가요?"

"맞아. 이야기가 잘 통하겠군."

"죄송한데 저는 축구를 할 수 없어요."

"왜? 벌써 시합을 한 건가? 한 번뿐인 기회를 벌써 날려버린 건가?"

"그건 아니에요."

"그러면 이미 다른 팀을 짠 건가? 그래도 상관없어. 내 이야기를 들어봐. 우리 팀에 들어오도록 해. 정말 실력 좋은 사람들이 많아. 최전방 공격수인 나를 포함해서 말이지. 자네만 들어오면 외계인을 이기는 것쯤은 아무것도 아냐."

"저는 무릎 때문에 축구를 할 수 없어요."

"내가 좋은 의사를 소개해줄 수 있어. 어쨌든 나와 팀을 짜기만 하면……."

지글러는 혹시 생각이 바뀌면 연락을 달라고 하면서 사내 번호와 이름을 남겨두고 갔다. 욘은 쪽지를 주머니에 쑤셔 넣었다.

"내가 축구 선수 출신이라는 건 도대체 누가 소문을 낸 거야?"

"인사기록에 자네 경력이 있으니까 모르는 사람이 없다고 봐야지. 그렇게 귀찮으면 이미 시합을 했다고 말하면 되는 거 아냐?"

"거짓말을 하라고?"

"거짓말하는 게 싫으면 정말로 한 번 시합을 해버리든가."

"그건 안 돼. 내 다리 어떤지 알잖아. 나는 지금 거의 장애인이나 마찬가지야. 다른 사람은 몰라도 데이비드는 나한테 그렇게 말하면 안 되는 거 아냐?"

욘은 장갑을 낀 데이비드의 손을 힐끔 쳐다보며 말했다. 데이비드는 어깨를 으쓱였다.

"그래도 언젠가 한 번은 해봐야 하지 않겠어? 지구인 모두와 한 번씩 경기를 한다잖아. 어차피 밑져야 본전이니까."

"아무리 그래도 하기 싫다는 사람을 억지로 시킬 수는 없을걸."

"선수로 못 나가면 코치나 감독 같은 건 어때? 뛸 수는 없어도 그런 건 할 수 있잖아. 가르치는 거 말이야."

"그런데 왜 자꾸 나한테 축구를 시키려고 해?"

"실력과 재능이 아까우니까. 아무리 축구를 오래 쉬었어도 그게 사라지지는 않았을 거야. 이건 자네 같은 사람에게 다시 없을 좋은 기회야."

데이비드는 말을 멈추고 잠시 뭔가 생각하더니 무거운 목소리로 입을 열었다.

"언제까지 이렇게 살 수는 없잖아."

"무슨 말이야?"

"식비를 아끼려고 폐기 식료품을 가져가고, 전날 입은 옷을 다시 입고 출근하고, 세수도 안 하고 수염도 안 깎으면서 사는 거 말이야. 일주일에 한 번 씻고 옷을 갈아입지? 모두 알고 있어. 안 씻고 며칠이 지나면 머리에 기름이 흐르고 몸에서 냄새가 나니까. 왜 그렇게 사는 거지? 앞으로도 계속 그렇게 살 거야?"

욘은 대답할 말이 없었다.

"알아. 내 인생도 자네보다 나을 게 없다는 거. 그러니까 하는 말이야. 나처럼 되지 말라고. 내 말을 잘 들어. 지금 세상은 축구에 미쳐 있어. 축구용품 코너는 물건을 갖다놓기가 무섭게 비어버려. 가격이 세 배나 올랐는데도 그래. 생전 축구공은 건드려보지도 않은 사람들이 외계인하고 축구를 하려고 벼르고 있다고. 일반인만 그런 게 아니라 선수들도 마찬가지야. 리그는 중단됐고 모든 축구 대회가 취소됐어. 이게 미친 게 아니고 뭐겠어."

"……그래서?"

욘이 입을 열었다.

"자네는 축구 선수였잖아. 득점왕도 했다면서. 그 누구보다 축구에 대해 잘 알 거 아냐. 그러니까 이건 기회야. 나 같은 보통 사람들에게 자네가 얼마나 대단해 보이겠어. 그러니 왕재수 지글러까지 뭐라도 도움을 받을 수 있지 않을까 하고 자네를 찾는 거잖아."

"하지만 난 모르겠어. 내가 어떻게 하면 좋겠어?"

데이비드는 한숨을 한 번 쉬고는 천천히 고개를 저었다.

"글쎄. 그건 자네가 찾아봐야지."

금요일 저녁에 욘은 또 브루스의 정육점에 들렀다. 브루스는 욘을 보더니 도마에 칼을 탕 하고 내려놓았다. 그리고 이번에는 먼저 입을 열었다.

"시합은?"

"무슨 시합?"

욘이 되물었다.

"축구."

"축구라니?"

"외계인 말이야."

"아…… 그 소리군. 외계인과의 축구 시합 말이지? 아니. 안 했어."

"할 거야?"

"아니."

"왜?"

"음…… 난 무릎이 아파서 축구를 못 하잖아. 주얼이 말하지 않았어? 아니, 주얼이 아니어도 내가 무릎 부상으로 축구를 그만뒀다는 건 동네 사람들이 다 알 텐데. 이 무릎으로 축구는 못 하지. 그런데 그건 왜 물어?"

브루스는 천천히 턱을 쓰다듬었다.

"그냥."

둘은 잠시 말없이 서로를 쳐다봤다. 브루스가 입을 열었다.

"주문."

"아. 그렇지. 오늘의 고기 네 덩이."

브루스는 말없이 고기를 썬 다음 포장해서 내밀었다. 욘이 계산하고 고기 꾸러미를 받아 들 때 브루스는 다시 한번 물었다.

"정말 안 해?"

"응. 그런데 그건 왜 자꾸 물어?"

"그냥."

그날 밤에 욘은 전화를 몇 통이나 받았다. 최근 5년 동안에 한 번도 연락을 주고받지 않은 사람들이었다. 그중 두 명은 이름을 들어도 누구인지 기억나지 않았다.

"나는 이제 축구 안 해요."

"그런 이야기라면 이제 그만 전화를 끊는 게 좋겠어."

"아니. 아냐. 절대 아니라니까. 못 한다니까."

"나는 안 돼. 이미 틀렸어."

"건강하게 지내고 다시는 전화하지 마."

"누구시라고요? 누구와 어떻게 되는 사이라고요? 전화 잘 못 거신 것 같아요."

"축구요?" 뚝.

토요일에 욘은 낚시를 다녀왔다. 이번에도 리오와 함께였다. 욘은 몇 마리 잡기는 했지만 모두 놓아줬다. 이번에도 마지막에는 리오가 맨손으로 메기와 농어를 한 마리씩 잡았다. 낚시를 마치고 돌아오는 길에 뱀밭 근처에 운동복을 입은 사람들이 축구공을 들고 어슬렁거리는 것이 보였다. 보아하니 축구를 하려고 운동장을 찾아 여기까지 왔다가 뱀 주의 표지판을 보고 망설이는 모양이었다. 그들은 욘과 리오가 뱀밭을 가로질러 걸어오는 걸 보고 안심했는지 그 안으로 들어왔다가 잠시 뒤 뭔가 밟은 듯 펄쩍 뛰어올라서는 비명을 지르며 뛰쳐나갔다.

리오가 생선을 요리하는 동안 욘은 티브이를 켰다. 채널을 여기저기 돌려봐도 어디나 축구, 축구, 축구뿐이었다.

"프로그램이 다 거기서 거기네."

리오가 농어는 굽고 메기는 튀겨서 가져왔다. 둘 다 비린내도, 진흙 냄새도 나지 않았고 고소하고 맛있었다.

"리오. 저번에도 말했지만 식당을 해보는 게 어때? 이 트레일러 앞에 접이식 식탁을 몇 개 놓고 생선구이를 파는 거야. 아침에 호숫가에 가서 맨손으로 물고기를 잡고 점심에는 그걸 구워 파는 거지. 어때?"

"나는 돈 벌러 이 별에 온 게 아냐."

"그래도 돈이 있으면 좋잖아."

"돈이 있으면 뭐 하는데?"

"돈이 있으면 집도 사고, 가정도 꾸리고, 일도 안 하고, 자기 시간을 마음껏 쓸 수 있고……."

"내가 지금 그렇게 살고 있어."

욘은 고개를 갸웃했다.

둘은 포크를 달그락거리며 생선을 먹었다. 티브이에서는 축구 중계가 나오고 있었다.

"저것 때문에 요즘 귀찮아. 자꾸 모르는 사람이 전화해서 자기네 축구팀에 들어오래."

"그래서 축구팀에 들어갔어?"

"아니. 무릎이 아파서 못 한다고 했지."

"무릎이 괜찮아도 축구는 안 할 거라고 했지?"

"응."

"왜?"

욘은 포크를 내려놓고 이 사이에 낀 가시를 빼냈다.

"그냥. 모르겠어. 사실은 그런 생각은 안 해봤어. 하고 싶지도 않고. 생각해서 뭐 하겠어. 무릎이 나을 것도 아닌데. 재활하면서 너무 고생을 많이 했어. 돈도 많이 들었고. 그래서 생각하고 싶지 않아. 그런데 왜 그런 걸 물어?"

"생각 있으면 말해. 예전에 티베트에 있을 때 무릎에 잘 듣는 마사지 법을 배운 적이 있거든."

"알겠어. 나중에 필요하면 말할게."

둘은 한참 말없이 축구 중계를 봤다. 그러나 욘의 마음속은 복잡했다.

축구를 다시 한다고?

그런 생각을 안 해본 게 아니었다. 축구를 다시 할 수 있다면. 경기장을 달릴 수 있다면. 상대와 몸싸움을 해서 공을 따내고, 그 공을 몰고 달려갈 수 있다면. 원하는 곳을 향해 원하는 속도로 뛸 수 있다면. 상대의 밀착 수비를 벗겨내고 공을 몰고 갈 수 있다면. 누구보다 높이 뛰어올라 누구보다 먼저 공을 머리에 맞힐 수 있다면. 그렇게 해서, 내가 어디까지 갈 수 있는지 시험해볼 수 있다면. 2부 리그 득점왕에서 그치지 않고 1부 리그에서 최고의 선수들과 어깨를 나란히 하고 경쟁할 수 있다면. 그들 사이에서도 내 실력을 마음껏 발휘할 수 있다면. 그럴 수만 있다면.

그런데 그건 다 끝나버렸다.

이제는 설령 기적처럼 무릎이 낫는다 해도 그들과 함께 달릴 수 없다. 은퇴 후로 벌써 10년이 넘게 지났다. 그동안 공을 만져본 건 지난주에 리오와 패스를 주고받은 게 전부였다. 감각도, 체력도, 몸 상태도 모두 떨어졌다. 이제는 복귀한다 해도 2부 리그는커녕 3부나 4부에서도 뛸 수 없을 것이다.

그런데 내가 뭐 하러 축구를 다시 하고 싶겠어.

"오늘도 축구할 거지?"

접시를 다 치운 리오가 축구공을 꺼내 와서 물었다.

"아니. 오늘은 피곤해서 그냥 집에 가야겠어. 다음 주에 하자."

욘은 문득 생각이 나서 물었다.

"그런데 리오. 혹시 외계인하고 축구 시합 했어?"

"아니."

"왜?"

"거기에는 말 못 할 이유가 있어."

"그래?"

욘은 어깨를 한 번 으쓱였다.

집에 돌아온 욘은 휴대폰을 꺼서 소파 위에 던져버린 다음 냉장고에서 맥주를 가져와 마시기 시작했다. 티브이에서는 외계인과의 경기에서 이긴 사람이 승리의 비결에 대해 떠들고 있었다. 그는 이길 수 있다는 믿음과 함께 해보겠다는 의지가 승리의 주된 요인이었다고 말했다.

"그게 아냐. 그저 운이 좋아 이긴 것뿐이야."

다른 채널로 돌리자 유명한 운동선수들이 스튜디오에 나와 있었는데 모두 축구 이외의 다른 종목에서 활동하는 선수들이었다. 그들은 누가 더 축구공으로 오래 저글링하는지 시합을 벌이고 있었다.

"저런 걸 한다고 축구를 잘하게 된다고? 흥. 어림없는 소리지."

또 다른 채널로 돌리자 몸에 달라붙는 유니폼을 입은 여자 아나운서가 시저스 드리블을 보여준다면서 공 주위를 펄쩍펄쩍 뛰어다녔다.

"아냐. 그건 그렇게 하는 게 아니라고."

욘은 자리에서 일어나 시저스 드리블의 스텝을 뛰어봤다.

몇 번 하지도 않았는데 무릎에서 통증이 느껴졌다.

"이런 젠장."

욘은 들고 있던 맥주를 다 마신 다음 빈 캔을 벽에 던지고 다시 자리에 앉아 새 맥주를 뜯었다.

데이비드의 말이 맞았다. 세상이 정말로 축구 때문에 난리였다.

"이러니까 그 사람들이 나를 데려가려고 그렇게 난리인 거로군. 그래. 이해해. 외계인에게 이기고 싶은 거지. 그래서 나를 축구팀에 끼워 넣고 싶어 하는 건 알겠는데, 내가 왜 축구를 그만뒀는지는 모르는 건가? 무릎이 박살 났다고. 젠장. 지금 내가 뛸 수 있는 건 30미터도 안 돼. 이 다리로 무슨 축구를 해."

욘은 맥주를 길게 한 모금 들이켰다.

"리오. 너도 그래. 혹시 나한테 자꾸 축구 안 하냐고 물어보는 게 그 때문인 거야? 너랑 같이 팀을 만들어서 시합을 하자고? 진짜 이러기야? 우리는 친구잖아. 지금 나를 이용하려는 거야? 서로에 대해 아는 건 별로 없지만, 만나서 낚시하고 같이 티브이 보는 것 말고는 하는 것도 없지만, 그래도 우리가 그런 사이야?"

욘은 맥주를 다 마신 뒤 빈 캔을 또 벽에 던지고 새 캔을 땄다.

"데이비드. 당신이 내 형이나 삼촌이라도 돼? 정말 어이가 없어서. 당신 인생이나 신경 써. 마누라한테 이혼당하고 애들 양육비로 월급은 반이나 보내지, 집이 없어서 독신자 숙소에 혼자 살지, 애들 만나러 가느라 한 달에 한 번씩 장거리 운전을 하지, 당신 인생이 나보다 나은 게 뭐가 있어? 그러면서 뭐? 앞으로도 이렇게 살 거냐고? 누군 뭐 좋아서 이렇게 사는 줄 알아? 돈이 없으니까 그러는 거잖아. 그래. 나 가난해. 돈이 없어. 여자도 없어. 그래도 당신보다는 나아. 난 물려받은 집이라도 있지, 당신은 집도 없고 한쪽 손은……."

그 순간 갑자기 천장의 불이 꺼졌다. 티브이도 꺼졌다. 웅웅거리던 냉장고 소리도 멈췄다. 온 집 안이 완전히 캄캄하고 조용해졌다. 커튼 너머로 거리의 불빛이 유리창 모양으로 비칠 뿐이었다. 차단기가 떨어진 모양이었다.

"타이밍 죽이네. 그래도 아직 무너지진 않았잖아."

그때 어디선가 뭔가 삐걱대는 소리가 들린 것 같았다. 집이 욘의 말을 알아듣기라도 하는 것처럼. 욘은 입을 다물기로 했다.

어쨌든 차단기만 올리면 되는 일이었다. 그 정도는 할 수 있을 것 같았다. 문제는 차단기는 지하실에 있고 지하실에는 2년 동안 한 번도 내려가 보지 않았다는 것이다. 게다가 지하실에 내려가려면 랜턴이 있어야 하고 랜턴이 어디 있는지는 생각나지 않았다. 아마 지하실에 있는 모양이었다. 그렇다면 지금은 그냥 자고 내일 날이 밝으면 일어나서 손봐야겠다고 생각하고 욘은 소파에 누워 눈을 감았다. 차단기만 올리면 전등도 들어오고 티브이도 켜지고 냉장고도⋯⋯.

욘은 자리에서 일어나 앉았다.

전기가 들어오지 않으면 냉장고가 멈추고 고기가 녹고 그러다 썩기 시작하고 썩은 고깃물이 냉장고 밖으로 흘러넘쳐서 바닥에 고이고 지하실로 스미고⋯⋯. 빈 맥주 캔과 함께 살 수는 있어도 썩은 고기와 함께 살 수는 없는 노릇이었다. 무엇보다, 아까웠다. 지금 당장이라도 구워서 먹어치울까? 전기는 끊어져도 가스는 들어올 테니까. 젠장. 말이 되는 소리를 해야지. 이 캄캄한 데서 고기를 굽겠다고? 차라리 손으로 더듬으며 지하실에 내려가는 게 낫지.

하지만 지하실에 내려가려면 뭔가 불빛이 있어야 하는데. 아. 휴대폰이 있었군. 휴대폰을 딱 켜면 불빛이 나오잖아. 그런데 왜 휴대폰 불빛이 보이지 않는 거지? 그제야 휴대폰을 꺼둔 게 생각났다. 뭔가 꼬일 대로 꼬인 날이었다. 욘은 맥주에 취한 머리로 잠시 생각하다 결국 불빛 없이 지하실로 내려가기로 했다. 어렸을 때부터 줄곧 오르락내리락했던 지하실이었다. 그런 계단에서 별일이 있을 리 없지. 자리에서 일어나자 취기 때문에 조금 어지러웠다. 그래 봤자 맥주인걸 뭐.

지하실로 통하는 문은 계단참에 있었다. 창을 통해 어슴푸레하게 들어오는 빛에 의지해 거기까지 가서 삐걱대는 문을 열자 아무것도 보이지 않는 완벽한 암흑이 나타났다. 습기와 곰팡이 냄새도 함께였다. 예전에도 이런 냄새가 났었지만 이렇게 심한 적은 없었던 것 같았다. 어쩌면 착각하는 건지도 몰랐다. 너무 오랜만이라서. 살짝 취해 있기도 해서.

윤은 잠깐 겁이 났다. 이렇게 어두운데 발을 헛디디면 어떡하지. 그러다 목이라도 부러지면. 전화기가 없으니 신고 전화도 못 할 테지. 하긴 목이 부러지면 전화기가 있어도 신고를 못 하겠군. 그러면 그 상태로 얼마나 있어야 되는 거지. 토요일 밤이잖아. 내가 여기 쓰러져 있어도 월요일이 될 때까지는 아무도 알아차리지 못하겠지. 월요일이 되면 직장에서 전화를 할 테고 내 전화기는 꺼져 있을 테고, 그렇게 몇 번 전화를 하다가 말겠지. 그러면 구조도 받지 못하고 그렇게 끝나겠군. 그렇게 내가 사라지면, 누군가 나를 찾기나 할까?

이것 봐. 내 인생은, 아무것도 없어. 내가 없어졌다고 찾으러 올 사람도 없어. 희망도 없고 목적도 없고 의미도 없어. 이 지하실의 어둠처럼, 아주 캄캄하다구.

그런데도 더 아래로 내려가야 해. 아무것도 보이지 않는데. 어둠밖에 없는데.

윤은 계단을 내려가기 시작했다.

한 걸음. 또 한 걸음.

윤의 걸음은 느리고 비틀거리고 무거웠다. 한 걸음 내디딜 때마다 점점 더 어둠이 깊어지는 기분이었다.

그리고 여덟 걸음째 발이 미끄러졌다.

"어어어어어어."

계단 위에서 여덟 걸음을 내려오는 데는 1분이 넘게 걸렸지만 거기서 계단 밑에까지 굴러 내려오는 데는 3초도 걸리지 않았다. 지하실 바닥에 처박힌 욘은 끙끙대며 몸을 일으켰다. 다행히 어디 부러진 데는 없는 것 같았다. 투덜대며 몸을 일으킨 욘은 지하실 벽을 더듬어 차단기를 찾아서 올렸다. 그러나 불이 켜지지 않았다. 계단 위가 밝은 걸 보니 거실에는 불이 들어온 모양이었다. 욘은 잠시 뒤 이유를 깨달았다.

"멍청하기는. 지하실 전등 스위치를 안 올리고 그냥 내려왔잖아."

욘은 다시 계단을 올라갔다. 올라가면서 보니 계단 하나가 살짝 꺼져 있었다. 이래서 미끄러졌던 거군. 스위치를 켠 욘은 계단 위에서 지하실을 둘러봤다.

지하실은 욘이 기억하는 모습 그대로였다. 선반에 예전에 쓰던 물건들이 예전에 있던 그 자리에 그대로 놓여 있었다. 대개는 아버지 것이었고 주얼이 두고 간 물건들도 더러 있었다. 모든 게 빛바래고 먼지를 뒤집어쓴 채였고 어떤 건 썩어서 금방이라도 부서질 것 같았다. 한쪽 벽에는 곰팡이가 벽은 물론이고 선반과 그 위에 놓인 물건들에까지 퍼져 있었다. 그 벽의 선반에 있는 건 욘의 물건들이었다. 욘이 아주 예전에 쓰던, 이제는 쓸 데라고는 없는 축구화나 축구공이나 유니폼 같은 것들.

욘은 곰팡이의 바다에 잠긴 채 썩어가는 물건들을 잠시 더 보다가 스위치를 내리고 거실로 돌아가 맥주 캔을 들었다. 맥주는 여전히 차가운 채였다. 지하실에 한참 있다 온 줄 알았는데. 욘은 남은 맥주를 한꺼번에 비우고 맥주 캔을 깡통 더미에 던져 넣은 다음 새 맥주를 뜯었다.

티브이에서는 축구에 대한 모든 질문에 대답해준다는 전화 상담 광고가 나오고 있었다. 욘은 맥주를 마시기 시작했다. 마음은 이상하게 차분해져 있었다. 계단에서 구르고 지하실을 둘러본 충격으로 현실에 눈을 뜬 건지도 몰랐다.

이제 내 삶에 다른 선택지는 없어. 나는 지금 절벽 끝에 서 있고 한 걸음만 더 가면 바로 낭떠러지야. 방금 전에는 그쪽으로 반걸음쯤 갔다가 되돌아온 거고. 운이 없어서 목이나 허리라도 부러졌으면 어떻게 됐겠어? 그러니 지금 뭐라도 해야 해. 나도 알아. 이게 기회라는 걸. 말도 안 되는 일이지만 그 일이 일어나고 있어. 외계인이 찾아와서 세상이 축구에 미쳐 있다고. 마치 나를 위해 찾아온 것 같잖아. 나는 정말 외계인과 붙어보고 싶어. 돈이 필요하니까. 나야말로 정말 그놈의 황금이 필요한 사람이니까. 하지만 너무 늦었어. 오려면 10년은 더 빨리 왔어야지. 내가 다치기 전에. 이 다리로는 이제 축구를 못 한단 말이야. 예전에 수술한 의사가 그랬어. 어쩌면 기적적으로 다시 축구를 할 수 있게 될지도 모른다고. 제장. 정말 기적이라도 일어나기를 바라야 하나?

욘은 맥주 캔을 비웠다. 이제 남은 맥주는 하나뿐이었다. 이걸 마시기 전에 더 생각할 것이 남았나. 아니. 생각은 막다른 곳에 와 있었다. 더 이상 생각할 것이 없었다. 그럼 마셔버리는 거지 뭐. 욘은 맥주를 따서 한 번에 마셔버린 다음 맥주 캔을 집어던지고 그대로 소파에 누웠다.

잠을 깬 것은 새벽이었다. 티브이는 아직 켜진 채였다. 욘은 몽롱한 정신으로 자신이 왜 잠에서 깼는지 생각했다. 티브이 때문인 것 같았다. 아니면 술이 깨면서 아까 계단에서 구르며 다친 통증이 되살아나서인지도 몰랐다. 또 어쩌면 꿈 때문인지도 몰랐다. 욘은 어렴풋하게 기억에 남은 꿈의 내용을 되짚어봤다. 꿈속에서 욘은 학생이었다. 교실에서 선생님이 욘을 불러서 말했다. 욘. 너는 이제 축구를 할 수 없다는구나. 네 무릎 속에 뱀이 있어. 주위에서 아이들이 웃어댔고 욘은 울었다. 어쩌면 티브이 소리 때문에 그런 꿈을 꾼 건지도 몰랐다.

욘은 일어나 앉았다.

티브이에서는 영화가 나오고 있었다. 축구와는 상관없는 영화였다. 아무리 세상이 축구에 미쳐 있어도 하루 종일 축구 이야기만 할 수는 없는 모양이었다. 영화는 학교가 배경이었는데 새로 부임해 온 교사가 문제아들을 바른 길로 인도하는 내용인 것 같았다.

영화가 끝나자 광고가 나왔다. 욘은 티브이를 끄고 다시 소파에 누웠다. 거리의 불빛이 천장에 일렁거리는 것이 보였다. 통증에도 조금씩 익숙해지고 이제 곧 잠이 올 것 같았다. 내일도 계속 아프면 진통제를 좀 먹어야지. 그래도 계속 아프면 월요일에 병원에 가보고. 몸이 아프면 일을 못 하니까. 일을 해야 돈을 벌지. 돈을 벌어야 빚을 갚고. 빚을 갚아야 집을 고칠 수 있고. 집을 고쳐야……. 돈을 벌려면 어떻게 해야 할까. 지금이 바로 기회인데. 세상이 축구에 미쳐 있을 때. 보통 사람들 눈에 나 같은 사람이 얼마나 대단하게 보이겠어. 감독이나 코치 같은…….

욘의 머릿속이 불을 켠 것처럼 갑자기 환해졌다.

"아!"

욘은 자리에서 벌떡 일어나 앉았다.

축구 교실

　점심시간에 욘은 집에서 가져온 통조림으로 식사를 해치운 뒤 사무실의 종이와 유성 펜으로 전단지를 만들기 시작했다.

　욘 올슨의 축구 교실
　2부 리그 득점왕
　축구의 모든 것을 가르쳐드립니다

　그 밑에는 전화번호를 써 넣었다.
　"축구 교실에서 축구를 배우면 외계인을 이길 수 있어?"
　옆에서 구경하던 동료 하나가 물었다.
　"승부는 모르는 거야. 축구에 이런 말이 있어. 공은 둥글다. 경기에서 이길지 질지는 아무도 모른다는 뜻이야."

"뭘 가르쳐주는데?"

다른 동료가 물었다.

"말 그대로 축구에 대한 모든 걸 가르쳐주지. 공 받는 법, 패스하는 법, 드리블하는 법, 상대를 제치는 법, 수비하는 법, 킥하는 법, 포메이션 등등."

"수업료는 얼마야?"

욘이 자신이 생각한 수업료를 말하자 동료들은 슬금슬금 뒷걸음질 치며 물러갔다.

"너무 비싸? 내 실력을 못 믿어? 내가 어렸을 때 받은 레슨은 이것보다도 비쌌어. 새로운 인생에 투자하는 거라고 생각하면 비싼 게 아니잖아. 지금 등록하면 특별히 싸게 해줄게."

욘은 똑같은 전단지를 스무 장 만들었다. 그동안 데이비드는 커피를 마시면서 욘이 전단지를 만드는 걸 말없이 지켜보고 있었다.

"왜?"

"무슨 생각의 변화가 있었나 싶어서 말이지."

"머릿속에 갑자기 아이디어가 딱 떠올랐지 뭐야."

"그렇군. 어쨌든 그거 사무실 비품이라는 거 잊지 마."

"치사하게 구네."

"그런데 경기장은 구했어?"

"경기장? 아니. 이제 막 시작하는 거라 아직 경기장은 필요 없어."

"혹시 집 앞마당에서 하려는 건 아니겠지."

"……."

"경기장은 꼭 필요해. 공도 차고 달리기도 하고 슛 연습도 해야 하잖아."

"알겠어. 그런데 왜 그런 이야기를 해? 데이비드도 관심 있어?"

"아니."

퇴근하는 길에 욘은 동네를 돌아다니며 가로수와 울타리에 전단지를 붙였다. 그리고 집에 돌아와 통조림을 두 개 먹고 맥주를 마시며 티브이를 보다가 씻고 잠들었다.

다음 날 어떤 사람이 전화를 해서 욘에게 2부 리그 득점왕 출신이 맞느냐고 물었다. 그렇다고 대답하자 그러면 1부 리그에서는 뛰지 않았느냐고 물었다. 욘은 1부 리그에서 뛰기는 했지만 리그 시작 전의 연습 경기에서 다리를 다쳐 은퇴했다고 대답했다. 지금 무릎은 어떠냐고 묻기에 욘은 경기를 뛰는 건 조금 힘들지만 축구를 가르치는 데는 조금도 문제가 없다고 대답했다. 그는 제대로 뛸 수 없는 사람이 축구를 제대로 가르칠 수 있는지 의심스럽다며 더 생각해보고 다시 연락하겠다고 했다. 그 뒤로 더는 연락이 오지 않았다.

"또 뭐 해?"

사무실에서 전단지를 만들고 있는 욘에게 데이비드가 물었다.

"전단지를 다시 만들고 있어. 연락이 한 번밖에 오지 않았어. 아무래도 더 붙여야 할 것 같아."

"기다려봐."

데이비드는 욘이 만든 전단지를 들고 어딘가로 사라졌다가 30분쯤 뒤에 깔끔하게 인쇄된 전단지 뭉치를 들고 나타났다.

"다른 사무실의 아는 사람한테 부탁했어."

"어. 고마워."

새 전단지는 50장쯤 됐다. 욘은 퇴근하는 길에 그것들을 동네에 붙이고 다녔다.

그날 저녁에는 어떤 여자가 전화를 걸어 혹시 아이에게 축구를 가르쳐줄 수 있느냐고 물었다. 욘은 아이가 몇 살이고 실력이 어느 정도인지, 어느 정도를 목표로 하고 있는지 물었다. 여자는 아이가 네 살이고 축구는 집의 뒷마당에서 아빠와 조금 해봤는데 골을 넣을 줄 안다고 말했다. 그리고 외계인과의 시합에 다른 식구들과 함께 나가는 게 목표라고 했다.

"네 살짜리를 외계인과의 시합에 내보낸다고요?"

"사람들이 그러는데 그러면 상대 팀에도 네 살짜리 외계인이 있을 거래요."

여자는 지금 몇 가족이 뭉쳐서 시합을 신청하려고 단체로 교습을 받고 있는데 자기 애는 너무 어려서 거기에는 끼워주지 않으니까 집중적으로 실력을 키워 그 팀에 집어넣을 계획이라고 했다. 그리고 정말로 자기 애가 실력이 좋아지면 다른 가족들도 모두 욘에게 수업을 받게 하겠다고도 말했다. 여자는 수업료와 단체 할인, 무료 체험에 대해 물은 다음 남편과 상의해보겠다고 하고 전화를 끊었다. 그 뒤로 연락이 오지 않았다.

"축구를 가르치겠다고?"

브루스가 칼을 탕 내려놓으며 말했다. 욘은 슬슬 칼과 도마가 무사한지 궁금해지기 시작했다.

"전단지를 본 거야?"

"봤지."

"축구는 못 해도, 가르칠 수는 있겠다 싶어서."

"그 다리로 뭘 가르치는데?"

"뭐 이것저것."

"이것저것이면 뭐? 기술도 가르쳐줘? 헛다리 같은 거? 슛도 가르쳐주고? 달리기 연습만 줄창 시키고 그러는 건 아니겠지?"

"축구 선수를 만들려는 게 아니니까 달리기 같은 건 안 시켜. 대신 축구에 대한 거라면 뭐든지 가르쳐줄 거야."

"수업료가 얼만데?"

수업료를 들은 브루스는 칼로, 이번에는 오늘의 고기를 내리쳤다. 욘은 오늘은 아직 주문을 하지 않았다고 말할까 했지만 어차피 같은 걸 주문하려고 했으니 입을 다물고 있기로 했다.

"너한테 배우면 너처럼 할 수 있냐? 지금 말고 옛날의 너처럼."

"아니."

"하긴 그렇겠지."

브루스는 그렇게 말하며 다시 한번 칼로 고기를 내리쳤다.

"어쨌든 너한테 배우면 축구를 할 수는 있는 거지?"

"왜? 신청하려고?"

"아니."

브루스는 고기 꾸러미를 내밀었다. 욘이 값을 치르고 나가는데 브루스가 욘을 불렀다.

"그 수업 아직 자리가 남아 있어?"

"응. 신청하려고?"

"아니."

그날 저녁 어떤 여자가 전화를 걸어서 축구를 배울 수 있느냐고 물었다. 여자의 목소리 너머로 그릇 부딪히는 소리와 시끌벅적한 소리가 들려왔다.

"당연히 배울 수 있죠. 애가 몇 살이죠?"

"애는 없는데요."

"그러면 누가 축구를 배운다는 거죠?"

"저요."

여자는 수업료를 물었고 욘은 수업료를 말해줬다. 여자는 알겠다고 하고 전화를 끊었다. 잠시 뒤에 욘의 휴대폰으로 돈이 입금됐다는 문자가 왔고 곧이어 여자가 다시 전화를 걸어왔다.

"그럼 이제 언제 어디로 가면 되죠? 수업 말이에요."

"아, 그거요, 그건 곧 알려줄 테니까 우선 축구화와 운동복을 준비해두세요."

한참 뒤에 이번에는 어떤 남자가 전화를 걸어왔다.

"방금 전에 어떤 여자가 축구 교실 등록을 하지 않았소?"

딱딱하고 무거운 목소리였다. 욘은 자기도 모르게 몸이 굳었다.

"네. 맞습니다."

남자는 언제 어디서 축구 수업을 하는지, 수업료가 얼마인지를 묻고 끝으로 욘의 직업을 물었다. 욘은 어쩐지 취조받는 기분이 들었다.

"그럼 나도 등록하겠소. 계좌 번호를 알려주시오."

그 남자도 곧 돈을 보냈다.

벌써 축구를 배우겠다는 사람이 두 명이나 생겼다. 하지만 아직 연습할 곳이 없었다. 욘은 여러 운동장에 전화를 걸어봤다. 모두 지금은 예약이 꽉 차 있어 사용할 수 없다고 했다. 빈자리가 생기면 연락을 주겠다며 미리 선금을 요구하는 곳도 있었다. 인조 잔디가 깔려 있는 경기장도 마찬가지였고 심지어는 흙바닥 운동장도 예약이 밀려 있었다. 만약 연습할 곳을 못 구하면 축구 교실이고 뭐고 다 틀린 일이었다. 이미 받은 수업료도 돌려줘야 했다. 도대체 어디서 연습을 한단 말인가. 지금이라도 뒷마당에 잔디를 깔고 미니 골대를 만들고…….
안 될 말이었다.

운은 주중에 반차를 써서 도시 전체를 돌아다녀봤다. 평일 한낮이면 빈 운동장이나 공원이 있을 것 같아서였다. 하지만 착각이었다. 운은 그 많은 사람들이 어디서 쏟아져 나왔는지 감조차 잡을 수 없었다. 운동장은 물론이고 풀밭이 있는 평지라면 어디나 사람들로 넘쳐 났다. 운은 원래 이 도시에 사람이 이렇게 많았는지, 어떻게 이 사람들이 모두 낮에 일을 안 하고 거리에서 공이나 차고 있는 건지, 그래도 세상이 제대로 돌아갈 수 있는 건지 궁금했다. 어떻게든 연습할 곳을 구해보려고 해가 질 때까지 차를 몰고 도시를 돌아다녔지만 끝내 경기장을 찾을 수 없었다. 운은 토요일에 한 번 더 도시를 돌아봤다. 주말에는 다르지 않을까 싶어서였다. 그러나 토요일에는 사람이 더 많았다.

그럼 일요일은 보나 마나일 거라고 생각한 운은 경기장 찾는 건 포기하고 낚시를 하러 갔다. 그러나 낚시를 가서도 머릿속은 온통 경기장 생각뿐이었다.

"운?"

리오가 부르는 소리에 욘은 생각에서 깨어났다.

"지금 뭔가 중요한 생각을 하고 있는 거지?"

"응? 아니. 아무것도 아냐."

"그래? 혹시 생각을 방해한 거라면 아무 말 안 하려고 했지."

"괜찮아. 무슨 말 하려고 했는데?"

"방금 50센티미터짜리 메기가 미끼를 빼먹고 가버렸어."

"뭐?"

욘은 낚싯대를 들어 올렸지만 바늘 끝에는 아무것도 없었다.

"이런. 놓쳤잖아. 찌가 흔들리면 진작 말했어야지."

"낚시보다 더 중요한 생각인가 보다 했지. 세상에 원. 낚시보다 중요한 생각이라니."

리오는 고개를 절레절레 저었다. 정말로 세상에 낚시보다 중요한 건 생각할 수도 없다는 듯이.

언젠가 욘은 리오에게 둘이 만나지 않는 날은 뭘 하느냐고 물어본 적이 있었다. 리오는 호숫가에 가서 하루 종일 물고기와 낚시꾼을 구경한다고 했다. 그리고 물고기를 잡아 와 그것을 요리해 저녁으로 먹고 자기 전까지 물고기 생각을 한다고 했다.

"오늘 잡은 물고기와 내일 잡을 물고기, 내가 언젠가 잡을 물고기와 내가 영영 잡지 않을 물고기, 내가 잡았다가 다시 놓아줄 물고기, 내가 놓아주었는데도 다시 내게 돌아올 물고기를 생각하지."

하긴 맨손으로 물고기를 잡으려면 그 정도는 해야겠지. 그러니 낚시보다 중요한 게 있다는 것이 리오에게는 실감 나지 않을 수도 있었다.

욘은 리오에게 축구 교실을 열기로 했는데 아무리 돌아다녀도 경기장을 찾을 수 없노라고 털어놓았다. 이렇게 말하는 데는 혹시 리오가 정말 그렇게 아는 게 많다면 경기장을 구하는 데도 뭔가 도움이 되지 않을까 하는 일말의 기대가 있었기 때문이었다.

"미안해. 욘. 이 도시에는 친구도 없고 아는 축구장도 없어. 런던에 가면 축구장이 88개나 모여 있는 데가 있는데……."

아무리 생각해봐도 달리 방법이 없었다. 그렇다면 억지로라도 비집고 들어가는 수밖에. 그러다 보면 마찰이 생기겠지만, 어쩔 수 없지. 싸움이라면 어지간한 상대에게는 지지 않을 자신이 있으니까. 하지만 그러다 경찰이라도 오는 날에는…….

그런 생각을 하면서 뱀밭을 가로질러 트레일러 파크로 돌아오는데 뱀밭 너머의 주차장에 구급차가 몇 대 서 있는 것이 보였다. 욘과 리오가 가보니 운동복 차림의 사람들이 구급차에 올라타거나 바닥에 주저앉아 있었다.

"두 사람 운이 좋군. 마침 딱 두 자리 남았으니 빨리 타요."

욘과 리오가 다가오는 걸 본 구급대원 하나가 말했다.

"왜 구급차에 타야 하는 거죠?"

욘이 물었다.

"금방 뱀밭을 가로질러 오는 걸 봤소. 아마 축구를 하러 온 거겠지. 여기 있는 사람들도 다 그런 이유로 뱀밭에 들어갔던 거니까. 그런데 뱀 주의 표지판 못 봤어요? 뱀들이 아주 우글우글한데. 맹독을 가진 녀석은 없지만 한 번 물리면 한나절은 고생할 테니까 얼른 구급차에 타라는 거요."

"하지만 우리는 아픈 데가 없는데요?"

"아직 독이 돌지 않은 모양이로군."

"뱀에게 물리지도 않았어요."

"설마 뱀밭을 지나왔는데 무사하다는 거요? 믿을 수가 없군. 만약 그 말이 사실이라면 피부가 비정상적으로 두껍거나 억세게 운이 좋거나 아니면 뱀에게 물렸는데도 그걸 모를 정도로 둔하거나 한 거요."

구급대원은 차에서 뱀 조심 표지판을 몇 개 꺼내 와서 뱀밭 주위에 꽂아 넣었다. 그는 떠나기 전에 한 번 더 욘과 리오에게 이제라도 몸이 안 좋은 데는 없냐고, 구급차를 탈 거라면 지금이 마지막 기회라고 말했다. 욘이 괜찮다고 하자 그는 조금 실망하며 구급차를 몰고 떠났다.

구급차가 사람들을 싣고 간 뒤에도 욘은 자리를 떠나지 않았다. 그는 구급차가 떠나간 방향을 한 번 보고, 뱀밭을 한 번 보고, 리오를 한 번 봤다. 그리고 이걸 세 번쯤 반복한 다음에 입을 열었다.

"리오. 여기 뱀이 있는 거 맞지?"

"그렇지."

"그런데 너는 왜 뱀에게 안 물려?"

"뱀에게 물리지 않는 법을 배웠으니까."

"그럼 나는 왜 안 물려?"

"내 옆에 있으니까."

"그럼 나 말고 다른 사람도 네 근처에 있으면 안 물리겠네?"

"그렇지."

"평일에 낚시하는 거 말고 다른 일은 안 한다고 했지?"

"응."

"축구도 좋아하지?"

"낚시 다음으로 좋아하지."

"그 얘기는 처음 듣는데?"

"말할 기회가 없었지. 욘도 묻지 않았고. 묻지 않은 건 말하지 말라고 아순시온에서……."

"리오. 우리는 친구잖아. 그렇지?"

"그렇지."

"그럼 내 부탁 하나만 들어줄래?"

"응. 뭐든지 말만 해."

"무슨 부탁인지도 안 물어봐?"

"그럼 물어볼게. 무슨 부탁인데?"

"나하고 같이 축구 교실 하지 않을래?"

첫 번째 수업

일요일 아침이 됐다.

욘은 새벽부터 일어나 몸을 씻은 다음 며칠 전에 세제를 듬뿍 넣고 세탁한 트레이닝복으로 갈아입었다. 예전에 쓰던 공도 곰팡이와 먼지를 털고 바람을 넣어놓았다. 공은 낡았지만 새 공 가격이 너무 비싼 데다가 그마저도 구하기 어려웠기 때문에 아쉬우나마 그거라도 있는 게 다행이었다. 데이비드에게 부탁해 미리 하나 빼서 계산해놓은 미니 골대도 챙겼다.

모든 준비는 끝났다. 오늘 수업에 온다고 한 사람은 모두 넷이었다. 처음의 중년 남녀, 그리고 주중에 전화를 걸어온 젊은 남자, 그리고 한 명 더. 마지막 한 명은 올지 안 올지 확실하지 않았다. 어쨌든 앞의 세 명은 모두 수업료를 입금했다.

이제 시작이다. 새로운 세상, 새로운 삶의 시작이다. 축구 교실로 사람들의 축구 실력을 키워야지. 외계인과의 시합에 나가 이기게 만들어야지. 그러면 소문이 나겠지. 여기가 외계인과의 시합에서 이길 수 있게 해주는 그 축구 교실인가요? 사람들이 몰려오겠지. 수업을 일주일에 두 번이 아니라 네 번, 여섯 번, 여덟 번을 해야지. 그렇게 되면 마트는 그만두고 축구 수업 시간을 늘려야지. 시내의 제대로 된 운동장과 정기적인 계약을 맺어야지. 그리고 지역신문과 케이블에 광고를 내고 홈페이지도 만들어야지. 유명해지면 방송에도 나가게 되겠지. 부상으로 은퇴한 비운의 축구 천재, 축구 교실로 돌아오다. 그러면 내게 축구를 배우겠다고 더 많은 사람이 몰려오고…… 돈을 많이 벌 수 있겠지. 그 돈으로 집을 고쳐야지. 아니, 아예 새로 지을 수도 있겠지. 하나가 아니라 몇 채를 지을 수도 있고, 별장도 짓고, 차도 바꾸고, 요트도 사고…….

욘이 트레일러 파크에 도착해 그때까지 자고 있던 리오를 깨워 나왔을 때는 이미 해가 떠 있었다. 둘은 함께 뱀밭에 나가 미니 골대를 설치하고 공을 꺼내 차보면서 사람들이 오기를 기다렸다. 그런데 주차장에 차 몇 대가 들어오더니 줄무늬 유니폼을 맞춰 입은 한 무리의 사람들이 내렸다. 안 좋은 예감이 들었다. 역시나 그들은 뱀밭으로 우르르 들어오더니 둘에게 다가왔다.

"우리는 이제부터 여기서 축구를 할 거예요. 보아하니 축구 연습을 하려는 것 같은데 한쪽 구석에서 하거나 우리 끝날 때까지 밖에서 기다려주면 좋겠는데요."

"나도 여기서 축구 교실을 할 거예요. 그리고 내가 먼저 왔잖아요."

"하지만 그쪽은 아직 시작도 하지 않았고 우리가 훨씬 사람이 많아요."

"내가 먼저 와서 자리를 맡아놓은 거라고요."

"여기가 예약을 받는 곳도 아니고 사유지도 아니잖아요."

"여기는 뱀이 나와서 위험해요."

"하. 그러는 당신들은 괜찮고? 이유 같은 이유를 대야지."

"뭐? 다시 말해보시지."

한바탕 말싸움을 하고 있는데 리오가 물건을 주섬주섬 챙겨서 공터 가장자리로 걸어가는 것이 보였다. 리오가 물러선다면 욘도 따라갈 수밖에 없었다. 줄무늬 유니폼을 입은 사람들은 무섭지 않았지만 뱀은 다른 문제였다.

"난 분명히 경고했어. 뱀한테 물리고 나서 후회나 하지 말라고."

욘은 뒷걸음질 치며 줄무늬 유니폼 사람들에게 말했다.

"얼른 꺼지기나 하슈."

낄낄거리는 소리를 뒤로하고 욘은 리오와 함께 공터 밖으로 나왔다.

"그냥 물러나면 어떻게 해. 저 사람들이 공터를 차지해버렸잖아."

"난 싸움은 싫어."

리오는 접지 않은 미니 골대를 한쪽 옆에 내려놓았다. 욘은 어쨌든 잠시 지켜보기로 했다. 오래 기다릴 필요도 없었다. 줄무늬 유니폼을 입은 사람들 중 하나가 갑자기 펄쩍 뛰며 으악 하고 소리를 질렀다. 잠시 뒤 다른 사람이 비명을 지르며 뱀밭을 빠져나가기 위해 달리자 나머지 사람들도 뒤따라 도망치기 시작했다. 욘은 공터 밖에서 그 꼴을 흐뭇하게 바라봤다.

"거봐요. 뱀이 있다고 했잖아요. 그러니 다시는 오지 말라구요."

욘이 지켜보는 동안 줄무늬 유니폼을 입은 사람들은 구시렁대면서 그곳을 떠났다. 어딘가 공을 찰 수 있는 다른 곳을 찾아서 가는 것 같았다.

다시 짐을 챙겨 공터에 들어가려고 보니 조금 떨어진 곳에서 머리를 짧게 깎은 중년 남자가 차의 트렁크에 기댄 채 담배를 피우고 있었다. 운동복 차림인 걸 보면 남자도 축구를 하러 온 모양이었다. 남자는 뱀밭의 소동을 지켜보았을 텐데도 그런 일쯤은 예사라는 듯 심드렁한 표정이었다. 욘은 그 남자를 어디선가 본 것 같았지만 어디서 봤는지는 생각나지 않았다.

"혹시 축구하러 왔나요?"

욘이 묻자 남자는 담배를 손에 든 채로 고개를 한 번 끄덕였다.

"그러면 포기하세요. 여기는 욘 올슨의 축구 교실 사람들만 쓸 수 있어요."

"바로 그 욘 올슨의 축구 교실에 온 거요."

전화로 들었던 딱딱한 목소리였다.

"홀트 슈워츠요."

"아. 반갑습니다. 욘 올슨입니다."

악수를 하는 동안 욘은 슈워츠가 자신을 꿰뚫어 보는 듯한 느낌을 받아서 등골이 조금 오싹해졌다.

"그런데 정말 여기서 축구 교실을 하는 거요? 아까 그 사람들이 뱀이 있다 그러는 것 같던데."

슈워츠가 물었다.

"뱀이요? 겁쟁이들이 지렁이라도 보고 소동을 벌이는 거죠. 여기는 뱀 같은 거 없어요. 보실래요?"

욘은 리오를 끌고 다시 뱀밭으로 들어갔다.

"어때요? 이래도 못 믿겠어요?"

슈워츠는 정말 뱀이 없는지 풀 사이를 살피며 뱀밭으로 들어왔다.

"시작하려면 시간이 남았으니까 그동안 다른 사람들을 기다리며 몸이나 풀까요? 혹시 축구를 해보셨나요?"

"젊었을 때 조금."

욘은 슈워츠에게 공을 굴려줬다. 둘은 패스를 몇 번 주고받았다.

"몸을 움직이는 게 부드럽네요. 평소에도 운동을 많이 하시나요?"

"직업 때문에 평소에도 몸 상태를 유지하려고 운동을 하는 편이지."

"무슨 일을 하시는데요?"

"경찰이오."

그 말을 듣는 순간 욘은 슈워츠를 어디서 봤는지 기억이 떠올랐다. 동시에 자기도 모르게 최근에 잘못한 일들을 떠올리기 시작했다. 데이비드에게 말하지 않고 폐기 식료품을 가져온 게 한 번, 교통신호를 어긴 게 세 번, 그리고 쓰레기를 제때 버리지 않았고, 브루스의 정육점에서 나오다 고기 꾸러미를 싼 종이를 길가에 버렸고……. 설마 그런 것 때문에 온 건 아니겠지. 더욱이 상대는 욘을 기억하는 것 같지도 않았다. 어쨌든 그건 다 지난 일이고 여기는 축구 교실이 아닌가. 욘은 슈워츠가 자신을 기억하지 못하기만을 바라면서 다시 공을 굴려줬다. 그러는 동안 다행히 공터 가장자리에 사람들이 나타났다.

"누가 왔네요. 잠시 가보고 올게요. 리오. 나 대신 여기 경찰 아저씨와 패스 좀 하고 있어."

새로 온 사람들은 수업료를 입금한 나머지 두 명이었다. 욘은 둘을 데리고 뱀밭으로 들어왔다. 그리고 잠시 더 기다려봤지만 약속한 시간이 돼도 나머지 한 명은 끝내 나타나지 않았다.

"자. 이제 시간이 됐군요. 모두 모이세요."

모이라고 말할 필요도 없었다. 모두 욘의 주위에 옹기종기 모여 있었기 때문이었다. 어쨌든 욘은 이 순간을 위해 며칠 전부터 준비해둔 말을 하기 시작했다.

"우선 제 소개를 하겠습니다. 제 이름은 욜 온슨, 아니 욘 올슨이고, 15세 이하 대표팀에 뽑혔던 적이 있고, 2부 리그에 올라가서 득점왕도 하고, 그러다 부상 때문에 축구를 그만뒀습니다. 어쨌든 외계인 덕분에, 이렇게, 여러분과 함께, 축구 교실을 열게 된 겁니다. 앞으로 좋은 팀을, 다 함께 만들어볼 수 있도록, 열심히 노력해보겠습니다. 감사합니다. 자 그럼 다들 돌아가면서 간단하게 자기소개를 해보시죠."

처음은 슈워츠였다.

"홀트 슈워츠입니다. 축구는 예전에 젊었을 때 조금 해봤어요. 운동도 할 겸 외계인과의 시합 준비도 할 겸 해서 나왔습니다."

다음은 중키에 머리를 뒤로 묶은 여자였다. 여자는 눈빛, 목소리, 자세와 분위기까지 모든 것이 차분하게 가라앉아 있었다.

"라마 헌트라고 해요. 그냥 라마라고 부르셔도 돼요. 축구 할 때는 서로 이름을 짧게 부르잖아요. 축구를 해본 건 아니지만요. 구경은 몇 번 해봤어요. ……어쨌든 축구를 해본 적은 없어요. 다른 운동도 마찬가지고요. 그냥 기분 전환을 위해서 뭔가 운동을 해야겠다 싶어서 나왔어요. 요즘 축구가 제일 인기니까요. 예전부터 축구가 궁금하기도 했고요. 전 시청 뒤쪽의 골목에서 작은 음식점을 하고 있어요."

슈워츠가 고개를 작게 끄덕였다.

세 번째는 욘보다 조금 나이가 많아 보이는 남자였다. 남자는 키가 크고 뼈대가 굵어 보였는데 눈빛과 말투는 부드러웠다.

"안녕하세요. 리누스 페트로폴로스라고 합니다. 예전에는 운동을 이것저것 했었는데 축구는 처음입니다. 어릴 때 골목에서 애들끼리 차던 걸 제외하면요. 생각해보니 구기 종목은 해본 적이 없네요."

욘은 남자의 뒤편에서 누군가 공터로 걸어 들어오는 것을 보았다. 덩치가 크고 우락부락하게 생긴 남자였다. 안 올 줄 알았더니.

"……지나가다가 버스 정류장에 축구 교실 광고가 붙은 걸 보고 오게 됐어요. 아. 저는 버스 회사에서 일하고 있습니다."

페트로폴로스가 자기소개를 마칠 무렵 덩치 큰 남자가 욘 옆에 와서 섰다.

"어서 와, 브루스. 간단하게 자기소개를 해줘."

"해야 해?"

"응. 다들 했는걸."

"브루스 워커라고 합니다. 여기 있는 욘과는 어렸을 때 같은 학교를 다녔고 지금도 같은 동네에 살고 있어요. 제가 하는 정육점에 욘이 일주일에 한 번씩 고기를 사러 오죠. 축구는 어렸을 때 조금 해본 게 전부고요. 운동신경은 완전 꽝이니 기대하지 마세요."

브루스가 수요일 저녁에 전화를 걸어와 축구 교실에 나가고 싶다고 했을 때 욘은 브루스가 장난을 하는 줄 알았다. 수업료는 우선 나와서 해본 뒤에 내겠다고 말을 했기 때문에 더욱 그랬다. 그런데 브루스가 정말 그렇게 운동을 못했던가. 어렸을 때는 골목에서 같이 축구도 했던 것 같은데. 그리고 싸움도 몇 번 했었고.

"자, 리오. 이제 너만 남았어."

"제 이름은 리오입니다."

리오의 자기소개는 그것으로 끝이었다. 그래서 욘이 뭔가 보충해야 했다.

"여기 있는 제 친구 리오는 저를 도와서 축구 교실을 같이 할 겁니다. 모르는 게 있으면 물어보세요. 리오는 아는 게 아주 많고 재주도 많으니까요. 물고기를 맨손으로 잡을 줄 알아요. 요리도 잘하고 명상도 해요. 그리고 뱀을…… 아 참. 시작하기 전에 한 가지 주의사항이 있어요. 여기 들어오기 전에 뱀 주의 표지판을 보셨죠? 그건 잊어버리세요. 여기에는 뱀 같은 거 없으니까."

"여기 뱀이 있나요?"

라마가 당장이라도 울음을 터뜨릴 것 같은 얼굴로 물었다.

"아뇨. 없어요. 절대로 없어요. 적어도 축구 교실을 하는 동안에는 뱀이 없을 거예요. 어쨌든 주의사항은, 그래도 혼자 멀리 떨어져 있지는 말라는 거예요."

"멀리면 어디까지를 말하는 거요?"

슈워츠가 물었다.

"리오. 어디까지야?"

"여기 공터 전체."

"들으셨죠? 연습하는 동안은 여기 공터 전체는 괜찮아요. 그것만 기억하면 됩니다. 자. 이제 시작하죠."

욘은 공 가방에서 공을 몇 개 꺼냈다.

"처음 축구를 해보는 사람들도 있으니까 우선 제일 기본적인 걸 할게요. 축구는 공을 이동시켜서 상대 팀 골대에 집어넣는 경기잖아요? 혼자 공을 몰고 나가서 골을 넣을 수도 있지만 그러면 상대에게 공을 뺏길 테니까 그 전에 동료에게 패스하는 거예요. 그래서 축구에서 가장 중요한 기술은 바로 패스입니다. 물론 패스에도 종류가 많지만 우선 가장 기본적인 패스부터 시작할게요. 리오. 내 상대를 해줘."

욘은 발 안쪽으로 공을 주고받는 인사이드 패스 시범을 보였다.

"자세를 낮추고 몸을 앞쪽으로 약간 숙여요. 그리고 발목

안쪽의 복숭아뼈로 공의 한가운데를 맞힌다고 생각하세요."

욘은 몇 번 더 시범을 보인 뒤 두 사람씩 짝을 짓게 하고 공을 하나씩 나눠줬다. 브루스는 페트로폴로스와, 슈워츠는 라마와 공을 주고받았다. 사람들이 연습하는 동안 욘은 그들 사이를 오가며 한 명 한 명에게 공을 받는 방법, 차는 방법을 알려주고 직접 시범을 보여주기도 했다.

15분의 연습이 끝난 뒤 슈워츠는 라마에게 다가가 물었다.

"기분은 좀 어때요?"

"나쁘지 않아요."

"두 분이 원래 아는 사이인가요?"

욘이 둘 사이에 끼어들어 물었다.

"라마의 식당에 몇 번 간 적 있소. 그게 전부요."

슈워츠도 라마도 더는 말하고 싶어 하지 않는 것 같아서 욘은 이번에는 브루스에게 갔다.

"네가 정말로 올 줄은 몰랐어."

브루스는 오랜만에 몸을 움직여서 힘든지 얼굴이 벌겋게 달아오르고 숨을 헐떡이고 있었다.

"난 누구랑 달라서, 약속은 지켜."

그 누구가 누구인지 욘은 조금 궁금했지만 어쩐지 묻지 않는 게 좋을 것 같았다. 욘은 이번에는 페트로폴로스에게 다가 갔다.

"괜찮아요? 어디 아프거나 힘든 데는 없고요?"

"뭐. 나쁘지 않네요."

"몸이 가벼워 보이는데 예전에 어떤 운동을 했었죠?"

"뭐 이것저것 했죠. 체조, 육상, 유도, 복싱…… 그리고 무용도 조금 했었어요."

"다 축구와는 거리가 먼 운동이네요. 그런데, 리누스라고 불러도 되나요? 축구를 하다 보면 이름을 불러야 될 때가 있는데 그럴 때 이름이 짧은 편이 부르기 좋거든요."

"그냥 페트로풀로스가 좋겠어요. 그렇게 부르는 사람은 가족뿐이라서."

페트로풀로스는 힘없이 웃으면서 말했다.

휴식이 끝난 뒤에는 발등으로 공을 띄우는 저글링을 연습했다.

"이걸 잘한다고 축구를 잘하게 되는 건 아니지만 발등에 공을 맞히는 연습을 하면 킥이 좋아지고 볼 컨트롤도 같이 좋아져요."

욘은 이번에도 먼저 시범을 보여줬는데 그는 공을 땅에 떨어뜨리지 않고 30번은 넘게 찼다.

"리오. 혹시 이런 것도 배운 적 있어?"

"응. 예전에 내가 로마에 갔을 때……."

"알겠어. 한번 해봐."

리오는 처음에는 한 발로, 그다음에는 두 발을 번갈아 가면서, 그다음에는 발의 안쪽과 바깥쪽과 발등으로, 무릎으로,

허벅지로, 머리로, 어깨로 공을 튕겨 올렸다. 마지막에 리오가 마치 풀을 발라놓기라도 한 것처럼 공을 뺨과 가슴 사이에 끼우며 멈추자 주위에 둘러서서 구경하던 사람들이 모두 박수를 쳤다.

"그만. 그만해. 그 정도면 됐어."

15분 동안 연습한 결과 그날 각각의 최고 기록은 슈워츠 열세 번, 브루스 다섯 번, 페트로풀로스 네 번, 라마 세 번이었다.

"프리스타일을 할 줄 알면 미리 말을 했어야지."

욘은 리오에게 작은 목소리로 말했다.

"물어보지도 않았잖아."

리오가 대답했다.

"그럼 미리 물어볼게. 혹시 예전에 축구 선수였어?"

"아니."

"그럼 됐어."

5분가량 쉰 다음에는 드리블 연습이었다. 욘은 리오를 조금 떨어진 곳에 세워두고 거기까지 공을 몰고 갔다가 돌아오는 시범을 보여줬다.

"리오. 내가 서 있을 테니까 이번에는 네가 한번 시범을 보여봐."

리오는 공을 몰고 와서 부드럽게 몸을 돌린 뒤 다시 공을 몰고 갔다. 그리 빠른 건 아니었지만 그렇다고 느린 것도 아니었다. 무엇보다 불필요한 동작이라고는 하나도 없이 모든 것이 물 흐르듯이 부드러웠다. 하긴 맨손으로 물고기를 잡으려면 운동신경이 좋아야겠지.

"리오. 다시 한번 해봐. 여러분. 리오가 하는 걸 잘 보고 기억해두세요."

리오의 시범이 끝난 뒤에는 사람들에게 드리블 연습을 시켰다.

"공을 몰고 갈 때는 발등으로 밀고 가는 게 좋아요."

슈워츠는 속도가 조금 느리고 몸을 돌리는 게 다소 둔했지만 제대로 돌아왔고 페트로폴로스는 중간에 한 번 공을 걷어차는 바람에 한참 달려가서 공을 가져와야 했고 브루스는 공을 밟고 넘어질 뻔했고 라마는 몇 걸음 간 뒤 한 번 공을 건드리고 또 몇 걸음 간 뒤 한 번 건드리는 식으로 공을 몰고 가다 결국 페트로폴로스보다 시간이 더 걸려서야 제자리로 돌아왔다.

"그래도 내가 2등이군."

욘은 브루스가 속삭이듯 중얼거리는 소리를 들었다.

"자. 지금까지 배운 것을 토대로 3 대 3 미니 게임을 할 거예요. 드리블, 패스, 그리고 상대 골대에 공을 넣으면 되는 거예요. 알겠죠?"

아직 경기를 할 수준에는 한참 못 미치지만 그래도 미니 게임이라도 하는 게 필요했다. 연습을 하는 건 결국 게임을 하기 위해서고 무엇보다 연습보다는 게임이 재미있으니까. 그래서 연습과 게임을 함께 해야 했다. 경험으로 보건대 그랬다. 욘은 사람들을 두 무리로 나눴다. 욘과 브루스, 페트로폴로스가 한편이 되고 슈워츠, 라마, 리오가 한편이 됐다. 이 정도면 실력 배분이 맞는 것 같았다.

플레이는 엉망이었다. 패스는 제대로 이루어지지 않았고 공은 여기저기로 튀어 다녔다. 사람들은 우두커니 서 있다가 공이 오면 그때서야 움직이며 공을 이리저리로 차버렸다. 공을 그나마 제대로 간수하거나 패스할 줄 아는 건 슈워츠뿐이었다. 페트로폴로스는 몸은 가벼웠지만 공을 다루는 게 서툴러서 너무 세게 차거나 엉뚱한 데로 차버렸고 브루스는 지쳤는지 숫제 움직이려 하지 않았다. 라마는 공이 오면 어쩔 줄 몰라 하다가 아무 데로나 힘껏 차버렸다. 미니 게임은 리오의 패스를 받은 슈워츠가 골대에 공을 넣으면서 끝났다. 그때쯤에는 욘도 숨이 꽤 찼다. 그리고 무릎이 아파왔다.

"그럼 오늘은 여기까지 하겠습니다. 어디 아프거나 다친 데는 없죠?"

모두들 숨이 차서 제대로 대답을 하지 못했다.

"오늘 수업이 너무 힘들거나 혹시 반대로 너무 지루하지는 않았나요? 혹시 배우고 싶은 게 있거나, 수업 방향에 대해 하고 싶은 이야기가 있나요? 나중에라도 생각나면 연락해주세요. 그리고 다음 수업은 수요일 저녁에 이곳에서 할 겁니다."

사람들이 천천히 뱀밭을 빠져나가는 동안 욘과 리오는 미니 골대를 접고 공을 챙겼다.

"이제 낚시하러 갈 거지?"

리오가 물었다.

욘은 잠시 망설였다. 무릎이 안 좋아 빨리 집에 가서 차가운 찜질을 하고 싶었다. 하지만 축구 교실을 할 수 있는 건 오로지 리오 덕분인데 리오와 어울리지 않고 이대로 집으로 돌아가면 마음에 걸릴 것 같았다.

"그러지 뭐, 까짓거."

둘은 낚시 장비를 챙겨 다시 한번 뱀밭을 가로질러 갔다. 호숫가에 자리를 잡은 뒤 낚싯대를 드리우고 앉아 있으려니 곧 피로가 몰려왔다. 모처럼 몸을 많이 움직인 때문이다. 체력이 정말로 많이 떨어졌군. 그러고 보니 어젯밤에는 잠을 좀 설치기까지 했지. 꼭 중요한 시합 전날처럼.

욘은 졸음을 쫓을 겸 입을 열었다.

"축구는 어디에서 배웠어? 꽤 잘하던데?"

"축구는 배운 적 없어."

"안 배웠는데 그 정도라는 거야?"

"사람은 누구나 태어날 때 울잖아. 그래서 우는 법은 배울 필요 없어. 기쁜 일이 있을 때 웃는 것도 누구한테 배운 게 아냐. 마찬가지로 사람은 누구나 사랑할 줄 알고, 노래할 줄 알고, 춤출 줄 알고, 달리거나 높이 뛸 줄 알아. 모두 그런 것들을 알고 있지. 이미 알고 있는 걸 다시 배울 필요는 없어."

"지금 무슨 소리를 하는 거야?"

"어떤 것들은 그걸 할 줄 아는지 알려면 뭔가 필요하다는 이야기지. 그림을 그릴 줄 안다는 걸 알려면 연필이 있어야 하고 음악을 연주할 줄 안다는 걸 알려면 악기가 있어야 하는 것처럼."

욘은 점점 졸려왔다.

"무슨 소리인지 하나도 모르겠네. 어쨌든 너는 재능이 있어. 아마추어치고 그 정도면 굉장히 잘하는 거야. 나이가 어렸으면 선수를 해도 좋았을 텐데. 진짜야……. 나는 말이지 여섯 살 때부터 축구를 배웠어. 내가 매일 골목에 나가서 축구를 하니까 우리 부모님이 아예 축구를 시켜야겠다고 생각하셨나 봐. 소질도 있었고. 주위에서는 다들 내가 나중에 훌륭한 선수가 될 거라고 그랬어. 부모님도 그렇게 믿으셨을 거야. 2부 리그 득점왕이 됐을 때, 제일 먼저 어머니가 생각나더라. 우리 어머니는 내가 열한 살 때 암으로 돌아가셨거든. 돌아가시기 전에 나한테 훌륭한 사람이 되라고 하셨어. 그런데 웃긴 게 뭔지 알아? 나중에야 내 레슨비 때문에 어머니가 치료를 제대로 못 받으셨을 것 같다는 생각이 드는 거야. 가만……. 이거 별로 웃긴 이야기가 아니네. 진짜 웃긴 건 따로 있는데……."

욘은 말을 잇지 못하고 낚시 의자에 쭈그리고 앉은 채 코를 골기 시작했다. 그리고 꿈도 없는 잠에 빠져들었다.

두 번째 수업

화요일 오전에 마침 근무가 없었기 때문에 욘은 병원에 갔다.

"안녕하세요, 선생님."

닥터 코플랜드는 안경을 코끝에 걸친 채 눈을 치뜨고 욘을 쳐다봤다.

"어서 오게, 욘. 또 무, 무릎이 아파서 온 건가?"

"맞아요."

닥터는 흉터투성이인 욘의 무릎을 이리저리 힘줘서 눌러보고 돌려봤다.

"이번에는 무릎이 많이 부, 부었군. 관절에 물은 차지 않았지만. 일을 너무 많이 했나? 그건 아닌 것 같고……. 무리한 체, 체위로…… 그것도 아닌 것 같고. 자네 혹시 축, 축구하나?"

"축구는 안 하고 강습만 했어요. 제가 축구 교실을 열었거
든요."

"그럼 그렇지. 혹시 축구를 다시 하려는 건 아니겠지?"

"무릎이 아파서 못 하는 거 아시잖아요."

"그래. 자네가 할 수 있는 축구는 이제 테, 테이블 축구와
컴퓨터 게임밖에 없으니까."

닥터는 진찰을 마친 뒤 욘에게 처방전을 써줬다.

"다행히 새로 다친 데는 없군. 하긴 더 다칠 만한 데도 벼,
별로 안 남아 있지만."

"강습 두 시간 했다고 이렇게 붓고 아파도 되는 건가요?"

"지금 자네 무릎이 어떤 상태인가 하면…… 알기 쉽게 말
하면…… 음. 만약에, 오, 올슨 씨가 아직 살아 계신다고 하고,
그동안 체중이 10킬로쯤 늘고, 운동도 하나도 안 하고, 당뇨
에 걸렸다면 지금쯤 그런 무릎이 돼 있었을 걸세."

욘은 잠시 생각해봤다.

"그 말은, 제가 당뇨가 있다는 뜻인가요?"

"아니, 내 말은, 무릎이 그만큼 안 좋다는 거지. 어쨌든 무
리하지 말고, 뜨거운 찜질을 하고, 약은 하루에 두 번 먹게."

확실히 약을 먹으니 통증이 가라앉았다. 그래도 부기가 있
어서 욘은 무릎 보호대를 했다.

"무릎이 좀 안 좋은 모양이군."

데이비드가 말했다.

"아냐. 별로 아프지는 않은데 더 다칠까 봐 하고 있는 거야. 일하는 데는 아무 지장 없어."

"솔직하게 말해도 돼. 아프면 근무를 좀 조정해줄 수도 있으니까."

"정말 괜찮다니까."

"그리고 아까 재고 장부를 보니 이번 주 폐기 식료품에 가공 육류가 좀 있더군. 햄이나 소시지 종류일 텐데 미리 빼놨으니 이따가 챙겨 가."

"어. 정말 고마워."

"축구 교실이 수요일 저녁, 일요일 아침이지? 그 시간 근무는 뺐는데, 그럼 되겠지?"

"……저기, 데이비드."

"왜?"

"나한테 평소에도 잘해주는 건 알지만 오늘따라 더 친절한 것 같은데?"

"사실은 말이야……."

데이비드는 잠시 입을 다물었다가는 이내 결심했다는 듯 말을 이었다.

"주말에 애들에게서 전화가 왔어. 아빠는 축구를 안 하냐고 묻더군. 학교 친구 중에 아빠가 축구를 해서 이긴 애가 있대. 이미 엄마, 아빠가 외계인과 시합을 한 애들도 꽤 있다고 하고. 그러면서 내가 외계인하고 축구 시합을 해서 이기면 좋겠대. 시합을 하면 보러 오겠다고도 했어."

"그 말은, 나도 시합을 보러 오라는 뜻이야?"

"그게 아니라 나도 그 팀에 넣어달라는 거야."

"팀이라니?"

"자네 축구 교실 말이야. 내가 들어가도 될까?"

"당연히 되지!"

수요일 저녁에는 일요일에 왔던 사람들 중 슈워츠만 나오지 않았는데 저녁에 당직 근무가 있다고 라마가 말해주었다. 그리고 새로 나온 사람이 있었는데 모두 세 명이었다.

첫 번째는 만만찮은 인상의 중년 여자였다. 머리를 남자처럼 짧게 자른 여자는 무슨 결심을 한 사람처럼 입을 힘주어 다물고 있다가 말했다.

"이름은 재클린 오셔입니다. 축구는 해본 적이 없고 축구를 하려는 이유는 다른 사람들과 마찬가지일 거예요. 실력을 길러서 외계인과의 시합에 나가기 위해서요. 운동은 잘하는 편이 아니지만 결과는 노력을 배신하지 않는 법이죠."

"무슨 일을 하시죠?"

욘이 물었다.

"축구를 하는 데 그런 게 필요한가요?"

욘은 더는 아무것도 묻지 않았다. 재클린 오셔는 자기 입을 다무는 것뿐만 아니라 다른 사람의 입을 다물게 하는 재주도 있었다.

다음은 데이비드 차례였다.

"데이비드 로슨이라고 합니다. 애가 둘 있는데 저보고 외계인과의 축구 시합에 나가 보라고 해서 참가하게 됐습니다. 아이들 앞에서 창피를 당하면 안 되니까요. 욘과는 같은 직장에서 함께 일하고 있습니다. 축구는 좀 해봤지만 그렇게 잘하는 편은 아닙니다. 욘의 발끝에도 못 미치죠. 그래도 팀에 피해가 되지 않게 열심히 해보겠습니다. 포지션은 미들에서 수비까지 가능합니다. 골키퍼는 좀 어려운데……."

그런 뒤 장갑 낀 손을 살짝 들면서 무슨 이야기를 하려다가 곧 입을 다물었다.

마지막은 젊은 여자였다.

"한은수라고 합니다. 그냥 은수라고 부르시면 됩니다. 학교 다닐 때 라크로스를 했고요 축구도 몇 번 해봤어요. 졸업 후에 직장에 다니면서 몸을 너무 안 움직여서 다시 운동을 시작하기 위해 나왔습니다. 그리고 욘 올슨 씨와는 이전에 한 번 뵌 적 있어요. 잘 기억 못 하시겠지만요."

"네? 언제요?"

욘은 은수를 다시 한번 봤다.

"저번에 은행에 오셨을 때요."

이야기를 듣고 나니 기억이 났다. 그래. 이 여자였어. 그때는 더 차가웠던 것 같은데. 안경을 쓰고 있었기 때문인가.

수업을 시작할 시간이었다.

"지난 시간에 배운 걸 다시 해볼게요. 지루하더라도 계속 반복해야 몸에 익으니까요. 자. 처음 오신 분들은 우선 시범을 보시고 옆에서 하는 걸 따라 해보세요. 우선 둘씩 짝을 지을 텐데 데이비드와 브루스, 라마와 페트로풀로스, 그리고 제가 오셔 씨와 할게요. 리오는 은수를 상대해줘."

10분 동안 패스 연습을 한 뒤 이번에는 짝을 바꾸게 했다.

"패스를 할 때 공을 발목에 정확하게 맞히세요. 공을 받을 때는 발목에 힘을 빼고. 발바닥으로 밟는 게 아니라 발목에 맞히는 거예요. 패스를 할 때는 발목에 힘을 주고. 받을 때는 힘을 빼고. 패스를 조금 더 강하게 하세요. 자. 남자들은 더 멀리 떨어져서 하세요. 더 멀리."

페트로풀로스는 여전히 패스가 강하고 부정확했다. 브루스는 움직임이 투박했지만 적어도 오늘은 공을 밟지는 않았다.

"브루스. 집에서 연습이라도 했어? 저번보다 좋아졌는데."

"연습? 인터넷 보면서 매일 하지."

이렇게 말하며 브루스는 멋쩍은 듯 웃었다. 브루스에게 이런 성실한 면이 있었다니. 욘은 조금 놀랐지만 내색하지 않았다.

데이비드는 몸이 다소 뻣뻣해도 기본은 돼 있었다. 은수는 운동신경이 있는 편이었고 킥은 약했지만 공을 받는 자세가 안정적이었다.

"둘 다 실력이 좋네. 데이비드. 패스할 때 양발로 번갈아서 해봐. 은수. 잘하고 있어요. 자세가 좋아요. 찰 때 발목에 더 강하게 맞혀요."

라마는 표정도 움직임도 지난번보다 약간 나아져 있었다. 오셔는 무척 열심이었고 첫인상과는 달리 상대인 라마와 이야기를 주고받으며 간간이 웃음을 터뜨리기도 했다.

"라마라고 했죠? 왜 축구를 배우려고 하나요?"

오셔가 물었다.

"운동을 하면 기분이 좀 나아질 것 같아서요. 그리고 이왕 할 거면 축구를 해보고 싶었어요."

"그래도 외계인과 시합을 해보고 싶겠죠?"

"잘 모르겠어요. 저는 빌고 싶은 소원도 없어요. 재클린은 어떤 소원을 빌 거예요?"

오셔는 공을 잠깐 멈췄다.

"아……. 이름을 불러서 미안해요."

"아뇨. 괜찮아요. 그냥 뭣 좀 생각하느라고요. 시청 근처에서 식당을 한다고 했죠? 다음에 저녁에 한번 갈게요."

그다음으로는 드리블 후 미니 골대를 향해 슛을 하는 연습을 했다. 그러기 위해 은은 바닥에 콘을 몇 개 깔았다.

"우선 공을 몰고 가서 빨간 콘이 있는 자리를 도는 거예요.

그다음에 노란 콘이 있는 데까지 와서 저한테 패스하세요. 그리고 제가 다시 패스를 해주면 그걸 골대를 향해서 차는 거예요. 아시겠죠? 데이비드. 시범 한번 보여줘. 자. 천천히 몰고 가서, 리오가 있는 자리를 돌고, 빨리 하지 않아도 돼요. 처음이니까 천천히. 그리고 저한테 패스. 패스는 강하게. 좋아. 자. 이제 슛. 슛은 정확하게. 리오. 골대 뒤에 가서 공 좀 받아줘. 자기 순서가 끝나면 다시 줄의 맨 뒤로 가세요. 그렇게 계속 도는 거예요. 자, 그다음은 브루스. 출발. 그래. 발등으로 밀면서 나가는 거지. 정말 연습을 많이 했네. 돌 때는 인사이드. 반대쪽 발로 해도 괜찮아. 그래. 천천히 돌아서. 나한테 패스. 어디다 차는 거야. 자. 이 공으로 해. 그대로 몰고 가서 슛! 발이 세모 아냐? 자, 그다음. 페트로폴로스 출발. 좋아. 천천히. 그래. 몸이 먼저 가 있으면 돼. 공을 차는 게 아니라 발로 민다고 생각하고. 그래. 돌아서. 아니 콘을 돌아야지. 어쨌든 이제 나한테 패스. 억. 너무 세. 괜찮아. 다른 공을 줘. 그래. 자, 이제 슛. 슛은 왜 이렇게 약해. 자. 다음. 오셔. 좋아요. 자세 좋아요. 보폭을 조금만 더 크게. 조금만 더. 조금만 더. 잘 돌았어요. 자. 나한테 패스. 패스는 강하게. 좋아요. 괜찮아요. 자. 내가 공을 줄게요. 이제 공을 쫓아가서, 멀리서 안 차도 돼요. 더 가까이 가서. 슛. 좋아요. 코스가 좋아요. 다음 라마. 출발하세요. 그렇지. 지난주보다 좋아요. 앗. 괜찮아요. 조금만 빨리. 거기서 멈추지 말고. 네. 천천히 돌아도 돼요. 괜찮아요. 계속 오세요. 계속. 계속. 자 이제 패스. 네. 좋아요. 자. 이제 앞으로 달려요. 패스를 받아요. 자. 계속 가서. 슛. 좋아요. 자 그다음. 은수 출발. 오. 좋아요. 드리블은 발등으로. 그렇지. 자 이제 돌아서, 달려 나오면서 나한테 패스. 자, 그대로 가서 슛. 좋아요. 슛은 코발 말고 인사이드나 인프런트로. 그럼 이제 순서대로 돌아가면서 다섯 번씩 할게요. 데이비드부터 출발. 기다리면서도 그냥 가만히 있지 말고 다른 사람들이 하는 걸 잘 보세요."

"뭘 봐야 되는 거죠?"

오셔가 물었다.

"잘하는 점, 못하는 점을 보는 거죠. 못하면 뭐가 안 되는지 봐두고 나는 저렇게 하지 말아야지, 하고 생각하고, 반대로 잘하면 그 사람을 따라 하려고 하는 거죠."

"잘하는 사람이 하는 걸 많이 봐두는 게 좋은 거 아닌가요? 그래야 그걸 머리에 새겨두고 따라 하죠."

듣고 보니 오셔 말이 일리가 있는 것 같았다.

"자 그럼 멈추세요. 리오. 이리 와서 시범 한번 보여줘."

리오는 공을 몰고 가서 콘을 돈 뒤 두 번째 콘이 있는 데서 욘에게 패스하고 욘이 다시 내준 볼을 미니 골대를 향해서 찼다. 깔끔하고 간결한 동작이었다.

"리오. 이번에는 조금 더 빠르게 해봐."

리오는 이번에는 조금 더 빠르게 공을 몰고 가서 콘을 더 빠르게 돌고 패스도, 슛도 조금 더 강하게 했다. 그러면서 조금도 막히는 데가 없었다.

"잘 보셨죠, 여러분? 리오. 더 빠르게 할 수 있어?"

리오는 이번에는 달리다시피 공을 몰고 가서 눈 깜짝할 사이에 콘을 돌더니 욘에게 강한 패스를 했다. 욘이 발을 갖다 대자 공은 다시 리오 앞으로 굴러갔고 리오는 공을 강하게 차서 미니 골대에 꽂아 넣었다. 미니 골대는 공중으로 튀어 올라 몇 바퀴 구르다 멈췄다.

"우아."

욘이 돌아보니 사람들 모두 놀라서 아무 말도 못 하고 있었다. 놀라기는 욘도 마찬가지였다.

"원래 선수들은 저 정도 하는 건가요?"

오셔가 말했다.

"리오는 선수도 아니었다는 것 같던데요."

페트로풀로스가 말했다.

"예전에 프로 선수를 본 적 있는데, 그 사람보다 더 빠른 것 같아요."

라마가 말했다.

"에이. 그래도 욘은 옛날에는 저것보다 빨랐어요. 안 그래, 욘?"

브루스가 말했다.

사람들이 욘을 쳐다봤다. 브루스의 말이 사실인지, 욘이 정말로 리오보다 공을 빨리 몰 수 있는지, 정말로 욘이 축구를 잘하는지, 축구 교실의 강사인 욘이 과연 그만한 자격이 있는지 증명하라고 하는 것 같았다. 욘은 등줄기에 식은땀이 났다.

"나는 무릎이 안 좋아서……."

욘은 무릎 보호대를 한 다리를 살짝 들어 보였다.

"욘은 지금 무릎이 안 좋아서 빨리 달릴 수 없어요. 아마 50미터 달리기로는 이 중에서 제일 느릴걸요."

리오가 말하자 사람들이 웃었다. 별로 우습지도 않은데 왜 웃는 거람. 어쨌든 욘도 시범을 안 보여도 될 것 같아 안심이 돼서 따라 웃었다.

"그렇게까지 말할 건 없잖아. 그래도 내가 여자들보다는 빠르지. 브루스보다도 빠르고."

쉬는 시간에 욘은 리오에게 말했다.

"그래? 난 걱정이 돼서 한 말이었어. 30미터도 못 달린다고 했잖아."

분명 그랬지. 욘은 할 말이 없었다.

연습 게임에서는 오셔, 은수, 페트로풀로스, 리오가 한편이 되고 라마, 브루스, 데이비드, 욘이 한편이 됐다.

욘은 자청해서 골키퍼를 맡았다. 무릎이 뻐근한 게 느낌이 안 좋았다. 대신 데이비드가 브루스와 라마에게 패스를 하면서 부지런히 움직여줬다. 상대 팀에서는 리오가 다른 사람들에게 열심히 패스를 했고 가끔씩은 어떻게 움직이라고 지시를 했다. 공을 다시 나한테 줘요. 그리고 앞으로 가요. 공을 받아서 돌아요. 그리고 앞쪽으로 패스해요. 거기서 멈춰요. 몸을 돌려서 공을 지켜요. 리오의 지시 덕분인지 그 팀은 한 사람 한 사람의 실력은 그대로였지만 전체적인 플레이는 조금씩 나아지고 있었다. 반면에 욘의 팀은 서로 발이 안 맞으면서 자꾸만 공을 뺏겼다. 브루스는 라마가 세 번째로 패스를 놓치자 한숨을 쉬기까지 했다. 데이비드가 뭔가 해보려 했지만 역부족이었다. 하는 수 없이 욘이 중간까지 나와서 패스를 주고받아야 했다. 그러다 페트로폴로스가 잘못 찬 공이 은수에게 갔고 은수의 발에 맞은 공이 골대 안으로 들어갔다. 오셔를 포함해 그 팀 선수들은 마치 우승을 결정짓는 결승골이라도 넣은 것처럼 소리를 지르며 좋아했다. 다음에는 데이비드의 패스를 받은 브루스가 우격다짐으로 골을 넣었다. 브루스는 손을 번쩍 치켜들어서 데이비드의 손에 강하게 하이파이브를 했다. 데이비드는 손이 얼얼한지 한참을 바지에 문질렀다. 그 뒤로는 한참 동안 골이 들어가지 않았고 마지막으로 모두 지칠 무렵 데이비드가 골을 넣었다.

"자, 여기서 끝! 모두 수고했어요!"

욘이 외치자 어떤 사람은 바닥에 앉아 숨을 골랐고 또 어떤 사람은 아예 풀밭에 누웠다. 누군가 나 죽을 것 같아, 하고 거친 호흡으로 중얼거렸고 그걸 들은 누군가가 조금 웃었다. 누군가 크게 한숨을 쉬었고 한숨 끝에 기침처럼 웃음이 조금 섞여 나왔다. 벌써 주위는 어둑해지고 있었다.

뜨거워진 몸. 거친 호흡. 귓가에 울리는 심장 박동. 몸 전체에서 피어오르는 땀 냄새. 붉어지는 하늘 너머에서 불어오는 서늘하고 상쾌한 바람. 그리고 주위에는 함께 몸을 부딪치며 공을 주고받은 사람들이, 마찬가지로 뜨거운 몸으로 거친 호흡을 내뱉으며, 방금 전까지 있었던 일에 대해 웃으며 떠들고 있었다.

욘은 문득 오래전에는 저녁이 언제나 이와 같았다는 것을 떠올렸다. 어두워서 더 이상 공이 보이지 않을 때까지 먼지와 땀을 뒤집어쓰고 골목에서 축구를 하다 집에 돌아가면 따뜻한 저녁밥이, 그리고 엄마와 아빠가 기다리고 있었다. 욘의 안에서 순간 뭔가가 울컥하며 올라왔다. 욘은 사람들에게서 등을 돌리고 가만히 서 있었다. 바람이 몸을 식히고 마음을 진정시켜주기를 기다리며.

잠시 뒤 발을 떼려는데 무릎에 통증이 몰려왔다. 몸이 뜨거운 동안에는 잊어버리고 있던 통증이었다. 욘은 아픈 다리에 힘을 주지 않으면서 천천히 걸었다. 이거 웃기는군. 잠깐 정신없이 뛰었다고 바로 이 모양이라니. 마치 무릎이 나한테 정신 차리라고 하는 것 같잖아. 옛날 생각 같은 거나 하지 말고 지금 내 꼴이 어떤지 보라고 하는 것 같잖아. 욘은 사람들이 떠나간 뒤에도 잠시 그 자리에 머물렀다.

"무릎이 많이 아파?"

리오가 물었다.

"아니. 별로 안 아파. 그냥 좀 뻐근한 것뿐이야."

욘은 무릎을 접었다 펴 보였다. 사실은 무릎이 화끈거렸지만 리오에게 약한 꼴을 보이고 싶지 않았다.

"이 정도는 아픈 것도 아냐. 나는 아픈 건 잘 참거든. 무릎이 박살 났을 때도, 수술 후 마취에서 깨어나 통증이 찾아왔을 때도 눈 하나 깜짝하지 않았어. 무통주사도 안 맞았어. 원래 그렇게 아파야 하는 건 줄 알고."

"그렇구나."

"진짜 아팠던 건 뭔지 알아? 재활치료였어. 그게 얼마나 아프고 힘든 거냐 하면 다 큰 남자들도 엉엉 울 정도야. 나도 포기하고 싶었던 적이 한두 번이 아니었어."

"왜 포기 안 했는데?"

"당연히 축구를 다시 하려고 그랬지."

욘은 잠시 말을 멈췄다.

"의사가 그랬거든. 분명 나을 거라고. 희망을 가지라고. 그 말을 믿고 열심히 재활을 했는데 결국, 잘 안됐어. 의사가 마지막으로 그러더라고. 이러다가도 어느 날 기적적으로 나아서 축구를 다시 하게 되는 경우가 있으니까 몸 관리를 잘하라고. 그런데 기적 같은 건 없더라고. 물론 내가 그 뒤로 운동도 하나도 안 하고 매일 술을 마시기는 했지만. 어쨌든 지금은 이 꼴이야. 잠깐 뛰었다고 다리가 퉁퉁 부어서 제대로 걷지도 못하고."

둘 다 한참 말이 없었다. 입을 연 것은 리오였다.

"그래서 울었어?"

"아니. 재활이 힘들다고 운 건 내가 아니고 다른 사람들이었어."

"아까 우는 것 같았는데."

"안 울었다니까. 나는 엄마 젖 뗀 뒤로는 한 번도 울어본 적없어. 나중에 브루스한테 물어봐. 학교 다닐 때 내가 어땠는지. 덩치 큰 녀석들하고 싸움이 붙어도 쫄지도 않고 물러서지도 않고 울지도 않았어. 브루스하고도 몇 번 싸웠지만 운 적은 없었어. 에잇. 이 이야기는 그만. 나는 이제 간다. 일요일아침에 깨우러 올 테니까 그때 보자."

세 번째 수업

일요일 수업에는 두 명이 새로 왔다.

첫 번째는 중년 남자로 태도가 아주 자신만만했다.

"제 이름은 막스 지글러입니다. 욘이 다니는 회사에서 인사 담당자로 일하고 있습니다. 나이는 좀 있지만 꾸준히 운동을 해서 신체 나이로는 20대와도 충분히 경쟁할 수 있다고 생각합니다. 포지션은 공격수입니다. 앞으로 저를 중심으로 다 함께 노력해서 반드시 외계인과의 시합에서 승리하도록 합시다."

"무슨 소원을 빌고 싶으세요?"

라마가 물었다.

"남들이 다 비는 바로 그 소원을 빌 겁니다."

"황금."

누군가 중얼거리자 지글러는 입을 살짝 다물며 근엄한 얼굴로 고개를 끄덕였다. 황금을 소원으로 비는 것이 순수하고 떳떳하고 당당하다는 듯한 태도였다.

다음 순서는 욘 또래의 젊은 여자였다.

"이름은 안젤라 퀸스예요. 학교에서 역사를 가르치고 있고요. 축구는 어렸을 때 남자애들과 어울려서 조금 해봤어요. 운동을 전혀 못하는 건 아니에요. 지금은 피트니스 센터에 다니고 있고요. 축구를 하려는 이유는 외계인을 만나보고 싶어서예요. 특별한 경험이잖아요."

욘은 사람들을 다섯 명씩 두 그룹으로 나눠서 초보자 그룹은 기본적인 패스를 하게 하고 숙련자 그룹은 그보다 조금 복잡한 걸 하게 했다.

"간단한 패스는 지난주에 했으니 난 숙련자 그룹에서 하겠어요."

초보자 그룹에 들어간 오서가 매서운 얼굴로 말했다.

"네. 그렇게 하세요."

"그럼 나도 숙련자 그룹에서 하겠어."

지글러가 말했다.

"지글러 씨는 처음 왔으니 초보자 쪽에서 하는 게 좋겠어요."

"내 실력을 보면 그렇게 말 못 할걸."

결국 지글러는 초보자 그룹으로 가서 브루스와 짝이 됐다.

그는 제자리에서 뛰면서 브루스가 공을 굴려주면 그걸 그대로 다시 차서 돌려줬다.

"이게 바로 원터치 패스라고."

지글러는 세 번에 한 번은 실수를 해서 브루스가 공을 주워와야 했다.

"나처럼 이렇게 뛰면서 하라구! 그래야 실력이 빨리 늘어!"

"그러다 금방 지칠걸요."

참다못한 브루스가 말했다.

"나는 운동을 많이 해서, 이 정도로는 끄떡없어!"

지글러는 마치 코치라도 되는 것처럼 브루스가 공을 받을 때마다 잘했어, 좋아, 아깝다, 자세를 낮춰 따위의 말을 하더니 첫 번째 패스 연습이 끝날 무렵에는 이미 땀을 흘리며 숨을 몰아쉬고 있었다.

안젤라는 은수와 짝이 됐는데 어렸을 때 축구를 해봐서인지 기본기가 돼 있었다. 무게중심이 높고 가볍게 움직이는 안젤라에 비해 은수는 무게중심이 낮고 움직임이 무거웠다. 둘이 공을 주고받으니 안젤라는 무용수, 은수는 로봇이나 군인처럼 보였다.

"남자들만 있으면 어쩌나 걱정했는데 그래도 생각보다 여자가 많아서 다행이네요."

안젤라가 말했다.

"네. 저도요."

은수가 대답했다.

"은수는 자주 나왔나 봐요? 공을 다루는 게 익숙하네요."

"오늘이 두 번째예요."

잠시 뒤에는 은수가 입을 열었다.

"학교 선생님이라고 하셨죠?"

"네. 맞아요."

"힘드시겠어요. 거친 애들도 많고."

"뭐 별로 힘들 것도 없어요. 가르치는 건 재미있어요. 학생들도 좋고요. 가끔 속상한 일도 있지만 그 정도는 어디에나 있는 일이겠죠. 은수는 어디에서 일해요?"

"은행이요."

"은행이 더 힘든 일이 많을 것 같아요."

"어디나 똑같죠."

은수가 그렇게만 말하고 입을 다물었기 때문에 안젤라도 더는 묻지 않고 패스를 주고받는 데만 집중했다.

다음은 트래핑 연습이었다. 욘은 사람들을 모아놓고 설명했다.

"지금은 패스 연습이어서 공이 발밑으로 오지만 실제로 시합 중에는 공중으로 올 수도 있고 조금 멀리 떨어진 곳으로 올 수도 있어요. 그럴 때 공을 잘 잡아야 자신의 소유로 만들수 있어요. 이걸 퍼스트 터치라고 해요. 축구를 잘하는 사람들은 퍼스트 터치가 좋아요. 왜냐면 그래야 다음 플레이를 준비할 수 있기 때문이에요. 시범을 보여줄게요. 브루스. 내 뒤에서 나를 마크해봐. 리오. 내게 공을 차줘."

무릎이 아팠지만 직접 시범을 보이는 게 좋을 것 같았다. 욘은 리오가 찬 공을 받으면서 한쪽으로 갈 것처럼 하다가 바로 반대쪽으로 돌아서서 브루스를 따돌렸다. 순간 무릎에 뜨끔하는 느낌이 있었지만 욘은 내색하지 않았다.

"제대로 못 봤는데 다시 한번 보여줄 수 있어?"

지글러가 말했다.

"아…… 이건 그냥 예를 들어 보여준 거예요. 퍼스트 터치 방법은 수십 가지나 있고 자신이 잘하는 걸 하면 돼요. 그리고 지금은 수비를 제치는 것보다는 우선 트래핑 연습을 할 거예요. 자. 아까 했던 것처럼 두 명씩 짝을 지으세요. 가까이 서세요. 우선 허벅지로 공을 받는 거예요. 그다음은 가슴으로 받는 걸 연습할 거예요. 우선 허벅지를 향해 공을 던져주세요. 처음에는 살살. 양쪽 다리를 번갈아 가면서 열 번씩 한 다음에 차례를 바꾸는 거예요."

트래핑 연습 중에 욘은 데이비드에게 다가갔다.

"저 사람은 도대체 왜 데리고 온 거야?"

데이비드는 어깨 너머로 지글러를 슬쩍 쳐다봤다.

"어쩔 수 없었어. 자네가 축구 교실을 한다는 걸 이미 알고 있더군."

"어떻게?"

114

"내가 전단지를 어디서 인쇄해 왔을 것 같아?"

"이런 젠장. 그러지 말았어야지."

"내가 뭔가 잘못했다면 그건 자네를 도와주려고 한 것밖에 없어. 전단지를 만들어주고, 축구 교실에 사람이 하나라도 더 많으면 기뻐할 거라고 생각했던 것뿐이지. 그게 잘못이라면 어쩔 수 없고."

데이비드의 말에 욘은 대꾸할 말이 없었다.

그다음은 킥 연습이었다.

"리오. 멀리 가서 서 있어봐. 조금 더. 됐어. 롱 킥을 할 때는 다리 힘도 중요하지만 더 중요한 건 자세예요. 자세만 좋으면 여기 있는 사람 누구나 저기까지 공을 보낼 수 있어요. 디딤발은 공과 주먹 하나 정도 떨어진 자리에 놓고 발등으로 공의 중심 조금 아래를 맞히는 거예요. 그리고 때리는 순간 발목에 힘을 주세요. 중요한 건 차고 난 다음에 발을 공이 나가는 방향으로 쭉 뻗어야 된다는 거예요. 회전이 아니라 미는 거라고 생각하고. 이렇게."

욘이 찬 공은 리오를 향해 똑바로 날아갔고 리오는 그걸 발로 정확하게 받아서 자기 발밑에 뒀다.

여자들 중에서는 은수가 자세가 제일 좋았고 그래서 공도 가장 멀리 날아갔다. 그다음은 안젤라였다. 오셔는 자기가 찬 공이 라마의 공보다도 안 나가니까 다시 한번 차겠다고 했다. 결과는 마찬가지였다. 남자들 중에서는 페트로폴로스가 찬 공이 제일 멀리까지 갔고 그다음은 슈워츠였다. 욘은 둘씩 짝지어 킥 연습을 시킨 다음 사람들 사이를 돌아다니며 자세를 봐줬다.

"오늘은 컨디션이 안 좋아. 평소에는 이거보다 훨씬 잘 날아간다고."

욘이 다가오자 지글러가 땀을 뻘뻘 흘리며 말했다.

"디딤 발을 조금 더 가까이 둬봐요. 그리고 공을 찬 발이 옆이 아니라 앞을 향하도록 하고."

"알겠어. 디딤 발 가까이. 발이 앞으로. 디딤 발 가까이. 발이 앞으로."

욘은 다른 사람들의 킥에 대해서도 한마디씩 한 다음 마지막으로 안젤라에게 갔다.

"킥이 좋은데요. 근육만 붙으면 웬만한 남자보다 더 잘 차겠어요."

"정말요? 고마워요."

"그런데 예전에 어디서 본 것 같은데……."

"아, 네? 그렇죠? 나도 아까부터 그 생각을 했어요."

"예전에 클럽 같은 데 놀러 가지 않았나요? 아니면 파티에서 봤을지도……."

"아……. 난 그런 데는 가본 적 없어요. 아마 다른 사람이랑 착각했나 봐요."

마지막 30분은 연습 게임이었다. 사람이 전보다 많아져서 골대를 멀리 둬야 했다. 리오까지 포함해 열 명이어서 욘은 심판을 봤다.

"그런데 골대가 너무 작은 거 아닌가?"

지글러가 말했다.

"맞아. 큰 골대가 있으면 좋겠어. 그래야 제대로 연습이 되지."

데이비드가 말했다.

"아직 패스도 제대로 안 되는데 큰 골대가 필요한가요?"

라마가 말했다.

"골대는 있어야죠. 그래야 제대로 된 경기장이라고 할 수 있죠."

슈워츠가 말했다.

"맞아요. 골대는 꼭 필요해요."

오셔가 말하자 그때까지 입을 다물고 있던 사람들도 맞장구를 쳤다.

"알았어요. 그건 알아볼게요."

욘은 뾰족한 방법은 떠오르지 않았지만 일단은 그렇게 말해두는 수밖에 없었다.

아닌 게 아니라 이제 미니 골대로 버티는 건 한계였다. 사람은 많고 골대는 작다 보니 발과 공이 뒤엉켜 킥도, 턴도, 패스도 쓸모없어져버렸다. 그런데도 다들 배운 걸 어떻게든 해보려고 하는 게 보기 안쓰러울 정도였다. 그래. 실력이 어떻든 제대로 된 경기장은 필요하지. 골대도 있어야 하고 라인도 필요해. 펜스도 있어야지. 그게 제대로 된 경기장이지. 하지만 경기장을 어디서 구한담. 욘은 다음 연습 때까지는 경기장을 구해보고 정 안 되면 라인이라도 그려야겠다고 생각했다.

연습 게임의 전반전이 끝난 뒤 여자 네 명이 욘에게 다가왔다. 뭔가 단체로 할 말이 있는 것 같았다.

"앞으로도 이런 식으로 연습할 건가요?"

오셔가 먼저 입을 열었다.

"무슨 뜻이죠?"

"남자들끼리만 패스를 해요."

라마가 말했다.

"남자들이 인정사정 봐주지 않고 공을 뺏어 가서 뭘 해볼 수 없어요."

안젤라가 말했다.

"이런 방식은 불공평한 것 같아요."

은수가 말했다.

"알겠어요. 음…… 여자 팀을 따로 만들어서 연습을 완전히 분리해서 하면 좋겠지만 지금은 그러기가 쉽지 않네요. 남자들한테 앞으로는 여자들을 좀 배려하라고 말할게요. 하지만 경기에 집중하다 보면 어쩔 수 없을 때가 있을 거예요. 게다가 축구가 원래 좀 거친 운동이에요. 공도 세게 날아오고, 몸싸움도 해야 하고, 태클도 하고, 그러다가 다치기도 하고.

축구를 하기로 했으면 그런 건 어느 정도는 각오해야 해요. 경기장에서는 그냥 다 같은 선수예요. 아무리 남자와 여자가 신체 조건이 달라도요."

욘이 말했다.

"그러게요. 차라리 외계인과 지구인이 더 비슷할지도 모르죠."

안젤라가 말하자 여자들이 웃었다. 웃음이 없던 라마까지 슬며시 웃었다. 욘은 여자들이 왜 웃는지 몰랐다.

"그럼 어떻게 하면 좋겠어요?"

욘이 물었다. 아무도 대답을 못 하고 있는데 옆에서 리오가 끼어들었다.

"여자와 남자로 나눠서 시합을 해보면 어때?"

"그게 게임이 될 거라고 생각해? 우선 사람 숫자도 안 맞잖아."

"내가 여자 팀에 들어갈게."

"그건 반칙이지. 너는 남자잖아."

"내가 여자일 수도 있지."

"너처럼 수염이 많이 난 여자가 어디 있어?"

"여자도 수염이 많이 날 수 있어요."

안젤라가 끼어들었다.

"그보다 지금도 이렇게 실력 차이가 많이 나는데 여자들과 남자들을 붙여놓으면 시합이 되겠어요?"

오셔가 따지듯 물었다.

"욘까지 우리 팀에 들어오면 어느 정도 공평한 시합이 될 것 같아요."

은수가 말했다. 듣고 보니 나쁘지 않은 생각인 것 같았다.

연습 경기의 후반전을 성별 대결로 하겠다고 하자 남자들은 조금 난처해하면서도 재미있어 했다. 아무리 축구에 초보지만 이쪽은 남자니까 여자보다는 낫고, 사람 숫자가 하나 부족하고 저쪽에는 축구를 꽤 잘하는 사람들도 있지만 그래도 이쪽이 유리한 데는 변함이 없다고, 오히려 너무 심하게 몰아붙여서 마음을 상하게 하지나 않을까 따위를 생각하는 것 같았다.

경기가 시작되자 처음에는 남자들이 우세했다. 남자들은 패스를 이어 가다가 골대 근처에 가면 슛을 날렸다. 반면 여자 팀은 공을 뺏지도 못하고 우왕좌왕했다. 남자들의 슛이 번번이 골대를 외면하면서 차츰 분위기가 달라졌는데 그 출발은 리오의 패스였다. 리오는 같은 편의 여자들에게 공을 패스하며 이런저런 간단한 지시를 내렸다. 안으로 들어가요. 물러서요. 사람들 사이에 서요. 지켜요. 저 사람을 막아요. 좋아요. 다시 내게 주고 들어가요. 여자들은 리오의 지시에 맞춰서 움직이면 공을 받기도 편하고 패스를 할 곳도 생긴다는 걸 알게 됐다. 서툴긴 하지만 플레이가 조금씩 이어지고 골대 앞까지 공이 연결됐다.

"리오만 막으면 되겠네. 내가 붙을게."

브루스가 리오에게 바짝 붙어서 수비하자 리오는 공을 욘에게 패스했고 욘은 그 공을 다른 선수에게 보냈다. 그러면 그 공을 받으러 다시 리오가 다가갔다.

"이게 뭐야? 왜 우리가 밀리는 것 같지?"

지글러가 숨을 헐떡이며 말했다. 나머지 남자들은 굳은 얼굴로 입을 다문 채 공을 쫓고 있었다.

그러다 남자 팀이 골을 넣었다. 라마가 수비 지역에서 제대로 처리하지 못한 공을 데이비드가 가로채서 골대 안으로 차 넣었다. 남자들은 어쩐지 안도하는 표정이었다.

"괜찮아요. 잘하고 있어요."

은수가 라마를 위로했다.

그리고 얼마 안 있어 이번에는 여자 팀이 골을 넣었다. 안젤라가 찬 공이 수비를 하던 페트로풀로스의 다리에 맞고는 은수 앞으로 흘러갔고 은수가 찬 공이 골대 안으로 들어갔다.

"우아!"

라마가 은수에게 뛰어가 하이파이브를 했다.

"자, 이제 끝!"

욘이 시계를 보고 휘슬을 불었다.

"뭐, 벌써 끝이라고?"

데이비드가 밀했다.

"정말이야. 시간이 다 됐어."

"오늘은 운동량이 부족한 것 같은데. 조금 더 뛰어도 되겠어."

슈워츠가 말했다.

"그러면 한 번 더 붙어볼래요? 어때요? 집에 빨리 가야 되는 사람 있어요?"

오셔가 다른 여자들을 돌아보며 물었다.

"그래. 한 번 더 해보자고. 이제 우리 팀도 슬슬 발이 맞기 시작했으니까 말이야."

지글러가 욘에게 다가와서 말했다. 욘이 주위를 보니 아무도 이대로 끝내고 싶어 하지 않는 것 같았다.

"좋아요. 그럼 15분만 더 할게요."

끝날 때까지 남자 팀은 한 골을 더 넣었고 여자 팀은 골을 넣지 못했다. 남자들은 이겼는데도 오히려 호되게 당한 듯 얼떨떨한 표정이었다. 반면에 여자들은 잔뜩 신이 나 있었다. 리오의 간단한 지시대로 움직였을 뿐인데 플레이가 달라진 걸 보고 자신들도 뭔가 할 수 있다는 걸 깨달은 모양이었다.

사람들이 돌아간 뒤 욘과 리오는 함께 짐을 정리한 다음 호숫가에 갔다. 욘은 낚싯대를 걸쳐놓고 나무 그늘에 앉아 미리 준비해 간 얼음팩을 무릎 위에 올렸다. 리오는 물가에 서서 호수를 내려다봤다. 오늘 잡을 물고기를 보는 모양이었다.

"좀 이상하지 않아?"

한참 뒤에 욘이 입을 열었.

"뭐가 이상한데?"

"난 지금까지 축구는 남자의 운동이라고 생각했거든. 물론 여자도 축구를 하고 싶으면 할 수 있겠지. 그러니까 여자들끼리 말이야. 그런데 여자가 남자와 같이 축구를 한다고? 그건 생각도 안 해봤어. 당연하잖아. 신체 조건이 다르니까. 키, 몸무게, 달리기…… 그러니 어떻게 함께 축구를 할 수 있겠어? 말도 안 되지."

욘은 말을 잠깐 멈췄다가 이었다.

"여자 회원들 봤지? 이 사람들은 공을 차면 10미터도 채 안 날아가. 100미터를 달리는 데는 얼마나 걸릴까? 20초? 30초? 그런데 말이야. 우리 둘이 여자들 팀에 들어가니까 확 달라졌잖아. 나는 아예 키퍼만 보고 너는 가운데서 별로 뛰지도 않았는데도. 그 정도는 실력 좋은 여자 선수도 할 수 있는 거잖아."

"그렇겠지."

"흠."

내가 지금까지 착각을 하고 있었던 걸까? 정말 축구가 남자의 운동일까? 물론 여자들이 남자들보다 축구를 못 하는 건 사실이었다. 하지만 실력이 좋은 여자 축구 선수도 있잖아? 축구 교실의 여자들도 몸 관리를 하고 축구를 체계적으로 배웠다면 남자들과 실력이 비슷하지 않을까? 그리고 애초에 꼭 실력이 좋아야만 같이 축구를 할 수 있는 것도 아니잖아?

어쨌든 지금은 그런 걸 생각하고 있을 때가 아니었다. 더 급한 문제가 있었다.

욘은 낚싯대를 걸쳐둔 채 여기저기 전화를 걸었다. 그러느라 찌가 움직이는 걸 알아차리지 못했다.

"욘. 방금 농어가……."

"가만. 나 지금 중요한 통화 중이야."

또다시 낚싯대가 움직일 때 리오는 한 번 더 욘을 불렀지만 욘은 통화에 정신이 팔려 대답조차 하지 않았다. 몇 번 더 통화를 한 뒤에야 욘은 휴대폰을 주머니에 집어넣었다. 그런 뒤에도 낚싯대에 새 미끼를 끼우려고는 하지 않고 생각에 잠겨 있었다.

"이번에도 뭔가 아주 중요한 생각을 하나 보군."

리오가 말했다. 욘은 잠시 뜸을 들인 뒤에 입을 열었다.

"그 사람들이 말한 게 맞아. 골대가 있어야 돼. 제대로 연습을 하려면 제대로 된 경기장이 필요하고 제대로 된 경기장이라면 무엇보다 골대가 있어야 돼. 사실 골대만 있으면 다른 건 상관없어. 모래밭에서도 자갈밭에서도 진흙탕에서도 축구를 할 수 있어. 반대로 국제 규격의 잔디밭에 라인에 코너 깃발까지 있어도 골대가 없으면 거기서는 축구를 할 수 없어."

"그건 그래."

"혹시……."

욘은 리오에게 혹시 골대 만드는 법은 배운 적 없느냐고 물으려다가 말았다. 당장 골대가 있다고 한들 그걸 뱀밭에 세울 수는 없었다. 뱀밭에도 주인이 있을 것이고 거기에 마음대로 골대를 설치하면 나중에 문제가 생길 것이다. 만약 관공서에서 조사를 하러 나와 축구 교실의 책임자를 찾는다면, 그리고 욘에 관한 기록을 들춰 본다면……. 욘은 고개를 저었다.

어차피 더 생각해본다고 해서 뾰족한 수가 있는 것도 아니었다. 게다가 무릎은 시큰거렸고 하루는 아직 많이 남아 있었다. 어떻게든 되겠지. 욘은 생각을 포기하고 낚싯줄을 당겨 바늘에 새 미끼를 끼웠다.

네 번째 수업

그리고 정말로 어떻게든 되어 있었다.

욘이 수요일 저녁에 공터에 도착해보니 공터 주변에 철망으로 된 펜스가 설치돼 있었다. 뿐만 아니라 공터 양쪽 끝에는 골대가 서 있고 바닥에 라인까지 깨끗하게 그려져 있었다. 그렇게 해놓으니 제대로 된 축구장처럼 보였다.

욘은 기쁘기보다 당황스러웠고 이어서 화가 났다. 이 땅 임자가, 아니 누구든 간에 뱀을 쫓아내고 여기에 축구장을 만들었기 때문이다. 기껏 찾아낸 곳인데 여기서도 쫓겨나게 생겼잖아. 하지만 이 공터는 내가 먼저 발견했다고. 내가 먼저 여기서 축구 연습을 하고 있었단 말이야.

공터 한가운데 서 있는 사람이 보였다. 욘은 가서 따실 생각으로 마음을 모질게 먹고 그 사람을 향해 걸어갔다. 그런데 가까이 가서 보니 리오였다.

"리오, 이게 다 뭐야?"

욘은 골대를 가리키며 말했다.

"저건 골대야. 저건 펜스고. 그리고 여기는 센터 서클이지."

"그걸 말하는 게 아니라. 이것들 말이야 일요일에만 해도 없었잖아. 그동안 누가 와서 이걸 만들고 간 거야? 너는 알고 있었지? 낚시하러 가면서 봤을 테니까. 그런데 그냥 보고만 있었단 말이야? 못 하게 말렸어야지. 아니면 내게 알리기라도 하든가. 도대체 네가 날 위해서 하는 게 뭐야?"

말도 안 되는 소리라는 걸 욘도 알고 있었다. 리오가 이걸 무슨 수로 말린단 말인가.

"골대가 있는 걸 좋아할 줄 알았는데. 어쩔 수 없지. 다시 치워달라고 할게."

리오가 말했다.

"가만. 무슨 말이야?"

"골대가 없어서 욘이 곤란해하는 것 같아 내가 친구한테 만들어달라고 부탁했거든. 펜스랑 라인도."

욘은 어디서 놀라야 할지 몰라 잠시 멍해 있었다. 골대를 만들라고 한 게 리오였다고? 리오의 친구가 3일 만에 이걸 만들었다고? 아니, 리오에게 나 말고 다른 친구가 있다고?

"어쨌든 이건 다시 치우라고 할게. 미안해."

"아냐. 그러지 마."

욘은 얼른 리오를 말렸다.

"좋아. 아주 좋아. 그래. 경기장에는 골대가 있어야지. 내가 그렇게 말했지. 뭐 구체적으로 부탁한 건 아니지만. 그렇지? 그냥 골대가 있으면 좋겠다, 그렇게 말한 것뿐이지. 어쨌든 잘했어. 이제야 제대로 된 경기장이 됐네. 모르겠다. 젠장. 나는 이런 걸 바란 게 아니었는데……."

"이런 걸 바란 게 아니면, 다시 없앨까?"

"아냐. 맞아. 이게 바로 딱 내가 바라던 거야."

가까이 가서 본 골대는 정말이지 흠잡을 데 없었다. 표면은 이제 막 공장에서 뽑은 듯 매끈했고 페인트칠도 그물도 모두 새것이었다. 이제까지 수많은 골대를 봐왔지만 이렇게 멋진 골대는 처음이었다. 욘은 자기도 모르게 골대를 만져봤다. 마음속에 여러 감정들이 한꺼번에 솟아났다. 그 감정들이 너무나 복잡해서 욘은 자신이 지금 어떤 기분인지, 무슨 말을 하면 좋을지 알 수 없었다. 하지만 뭘 해야 할지는 분명히 알 수 있었다.

"사람들이 오기 전에 슛 연습이라도 하자."

욘은 가져온 공을 모두 꺼내 하나씩 골대를 향해 찼다. 처음에는 몸이 삐거덕거렸지만 찰수록 점점 힘이 붙으며 공이 원하는 방향으로 날아가기 시작했다. 찬 공은 리오가 다시 되돌려줬다. 마지막으로 감아차기로 공을 우측 상단에 꽂아 넣은 다음 욘은 무릎을 쉬게 하고 숨도 돌릴 겸 리오에게 순서를 넘겼다.

"이번엔 네가 차봐. 내가 키퍼를 봐줄게."

리오가 찬 공은 욘의 정면을 향해 날아왔다. 묵직한 슛이었다.

"킥 좋은데. 좋아. 이번에는 구석으로 차봐."

욘이 구석을 가리킬 때마다 리오가 찬 공은 욘이 가리킨 곳에 정확하게 들어갔다. 강하고 정확한 킥이었다. 그리고 실수를 하는 법이 없었다. 욘은 왠지 조금 약이 올랐다.

"이번엔 더 멀리서 차봐."

"이만큼?"

"아니. 더 뒤로. 더 뒤. 그래. 거기. 좋아. 차봐."

거리가 멀어져도 리오의 슛은 정확하게 골대 구석으로 들어갔다. 속도 역시 조금도 죽지 않았다. 욘은 공을 막기를 포기했다. 프로 키퍼라면 이걸 막을 수 있을까? 이 정도면 프로 무대에서도 통하는 게 아닐까? 설마.

"리오. 이번에는 골대 맞히고 들어가게 할 수 있어?"

"해볼게."

욘은 골대의 한 지점을 가리켰다. 리오가 찬 공은 욘이 가리킨 점을 정확하게 맞히고 골대 안으로 들어갔다. 어느 지점을 가리키든 마찬가지였다. 이건 그렇게 어려운 게 아냐. 나도 예전에 동료들과 골대 맞히기 내기에서 다섯 번 연속으로 성공한 적이 있었어.

"그럼 이번에는 골대를 맞히고 공이 다시 너에게 돌아가게
할 수 있어?"

"한번 해보지 뭐."

리오가 찬 공은 위 골대를 강하게 때린 다음 포물선을 그리
며 날아가 정확히 리오의 발 앞에 떨어졌다.

"이번에는 그걸 발리로 다시 때려서 또 골대를 맞혀봐."

"발리가 뭐야?"

"공이 바닥에 닿기 전에 다시 차는 거."

"아. 알겠어."

리오가 골대를 향해 공을 찼다. 공은 골대에 맞고 리오에게
돌아왔고 리오는 공이 바닥에 떨어지기 전에 그걸 다시 한번
차서 이번에도 골대를 맞혔다. 골대에 맞은 공은 다시 리오에
게 돌아갔고 리오는 그걸 또 찼다. 그리고 그것을 계속 반복
했다. 보고 있노라니 무척 쉬워 보였다. 마치 공을 던졌다 받
았다 다시 던지는 것처럼. 하지만 그렇지 않다는 걸, 그럴 수
없다는 걸 욘은 알고 있었다.

"그만. 이번에는 내가 한번 해볼게."

욘은 골대를 맞히려고 공을 찼지만 공은 골대를 살짝 넘어
갔다. 공이 리오처럼 강하지도 않았다.

"리오. 혹시나 해서 묻는 건데 네 친구가 골대에 무슨 장치
라도 한 건 아니지?"

"이건 그냥 평범한 골대야."

"그렇군. 가만. 리오. 방금 한 걸 다시 한번 해봐."

"골대 맞고 나오면 다시 차는 거? 뭐 하러?"

"그냥 한번 해봐."

욘은 휴대폰을 꺼내 리오가 공을 차는 모습을 동영상으로 찍었다. 리오가 골대를 서른 번쯤 맞혔을 때 주차장에 차들이 들어오는 것이 보였다.

"이제 그만하자. 그리고 이건 아주 중요한 문제인데 솔직하게 대답해줘야 해."

"욘. 나는 언제나 솔직하게 대답해."

"장난하지 말고."

"장난하면 안 돼? 왜?"

"알았어. 해도 돼. 그런데 이번 대답만은 장난으로 하지 말아줘."

"알겠어. 장난하지 않고 진지하게 대답할게."

"너 외계인하고 하는 시합에 나간 적 없다고 했지? 그거 사실이지?"

"그래. 없어."

"그렇지? 역시 그렇지? 그래야지. 그래야 내 친구지. 리오. 절대 나한테 말 안 하고 시합에 나가면 안 돼. 알았지? 우린 친구잖아. 시합에는 꼭 나하고 같이 나가는 거야. 알았지? 그러겠다고 약속해."

욘은 왜 자신이 이런 말을 하는지 알 수 없었다. 축구도 할 수 없으면서 왜 리오에게 자신과 같이 시합에 나가자고 하는 건지. 하지만 리오를 놓치고 싶지 않았다. 리오만 있으면…….

"다른 사람하고만 안 나가면 되는 거야? 그건 약속할 수 있지만……."

"좋아. 그래. 그렇게 나와야지."

사람들은 골대를 보고는 이제야 제대로 축구 연습을 할 수 있게 됐다며 좋아했다. 페트로풀로스가 자청해서 골키퍼를 맡겠다고 하자 사람들은 수업을 시작할 생각은 하지 않고 슛 연습을 하기 시작했다. 그러는 동안 오셔가 욘의 옆에 다가와 말을 걸었다.

"골대가 아주 멋지네요. 허가는 받은 거겠죠?"

허가라는 말에 욘은 심장이 덜컥했다.

"……허가요?"

"호숫가의 이쪽 일대는 시유지예요. 임자 없는 땅이 아니라 시가 주인인 공유지라는 뜻이죠. 공유지에 개인이 영리를 목적으로 시설물을 설치해서 무단으로 점유하는 건 엄연한 불법이에요. 게다가 펜스까지 설치했네요. 배타적으로 이익을 취하기 위해서 타인의 출입을 막는 시설물을 설치했다면 죄가 더 무거워져요. 게다가 만약 여기가 개발제한구역이면……."

욘의 눈에 오셔가 이제까지와는 다른 사람으로 보였다. 눈빛과 태도는 엄했고 말하는 내용은 위협적이었다. 욘은 오셔의 입을 막아야 할지, 웃어넘겨야 할지, 화를 내야 할지, 못 본 것으로 하고 넘어가달라고 사정해야 할지, 자기는 모르는 일이라고 잡아떼야 할지 몰라 그저 마른침만 삼키고 가만히 있었다. 꼭 어렸을 때 싸움을 하고 교장실에 불려 간 기분이었다. 오셔는 작게 한숨을 쉬었다.

"내 딸하고 똑같은 표정을 하고 있네. 잠깐 기다려봐요. 이런 문제를 잘 아는 사람과 통화해볼게요."

오셔가 한쪽으로 가서 전화 통화를 하는 동안 욘은 초조하게 기다리고 있었다. 욘의 마음을 아는지 모르는지 다른 사람들은 여전히 골대 앞에서 슛 연습을 했다. 웃음소리와 탄성이 그치지 않았다. 통화를 마친 오셔가 욘에게 다가왔다.

"다행히 아직 퇴근하지 않은 친구가 있어서 물어봤어요. 확실히 이 근처는 시유지가 맞아요. 다행히 개발제한구역은 아니군요. 친구의 말에 따르면 시설물이 충분히 안전하고 공공의 복지와 이익에 기여하는 것이 분명하다면 철거 요청을 보류할 수 있다는군요. 다만 시설물의 이용에 관한 안전상의 책임이 항상 따른다는 걸 명심하기 바랍니다."

"그게 무슨 뜻인지……."

"골대를 치우지 않아도 된다는 거죠. 대신 안전에는 책임을 지세요."

"정말요? 그거 확실한 건가요?"

"확실해요. 내 말을 믿으세요. 다만 펜스에 잠금장치는 하지 마세요. 그러면 당장 문제가 될 거예요. 알겠죠? 그나저나 오늘은 무슨 연습을 할 거죠?"

"네? 아. 네. 그러니까, 골대가 생겼으니 슛 연습을 해볼까요? 아. 그리고…… 지난번에 한번 시범을 보여준 걸 연습해볼게요. 등 뒤에 수비수가 있을 때 공을 받으면서 수비수를 따돌리고 슛을 하는 거 말이에요. 그리고, 알아봐주셔서 감사해요."

어쨌든 새 골대도 생겼고 걱정도 덜었다. 사람들이 웃으며 슛 연습을 하는 걸 보니 욘은 덩달아 신이 났다. 갑자기 모든 일이 잘 풀리는 느낌이 들었다. 무릎도 별로 안 아픈 것 같았다.

"자, 모여보세요. 새 골대가 생겼어요. 리오의 친구가 만들어준 거랍니다. 리오. 고마워. 그리고 이 골대는 문제없이 쓸 수 있다고 오셔 씨가 말해줬습니다. 오셔 씨. 다시 한번 감사합니다. 그리고 데이비드, 슈워츠, 은수, 안젤라, 라마, 페트로풀로스, 브루스, 지글러 씨, 오늘도 이렇게 와주셔서 정말 감사합니다. 자 그러면 이제 제대로 된 경기장이 생겼으니, 우선 골대가 생긴 기념으로 슛 연습을 제대로 한번 해볼까요? 방금 전까지 계속 슛 연습을 하고 있었잖아요? 공을 세워놓고. 하지만 실제 경기에서는 그런 상황은 거의 오지 않아요. 공은 항상 움직이고 있고 사람도 움직이고 있어요. 그래서 슛 연습을 두 가지를 할 겁니다. 우선 수비수를 등지고 턴하는 걸 할게요. 저번에 보여드렸죠? 공을 굴려주면 그걸 받아서 수비를 어떻게든 따돌리고 슛을 하는 거예요. 자. 제가 수비를 할게요. 리오가 공을 굴려줘. 골대는 비워놓을게요. 제대로 슛만 하면 들어가는 거예요."

욘은 수비를 맡으며 사람들에게 움직임을 지시했다. 안정적으로 받아요. 좋아요. 거기서 돌고. 슛. 좋아요. 받으면서 바로 페이크. 페이크를 할 때는 정말로 그 방향으로 갈 것처럼. 괜찮아. 실패해도 자꾸 시도하면 돼. 좋아. 시도가 좋아. 데이비드와 슈워츠는 그나마 뭔가 그럴듯하게 해냈고 나머지 사람들 중에 페트로풀로스와 은수, 지글러, 브루스는 어렴풋이 흉내를 냈고 안젤라는 준비는 열심히 하더니 정작 자기 차례가 되자 몸이 굳었고 라마는 종종걸음을 하면서 공을 제대로 받지 못했고 오셔는 의욕은 넘쳤지만 슛을 하며 헛발질을 했다. 그래도 욘은 모두에게 칭찬을 아끼지 않았다.

휴식 시간이 됐는데도 사람들은 방금 전에 했던 걸 자기들끼리 연습했다. 안젤라는 은수에게 자세를 배웠고 데이비드는 오셔를, 슈워츠는 라마를 도와줬다. 브루스가 페트로풀로스를 등지고 어설프게 몸을 돌리려고 하자 페트로풀로스가 브루스의 등을 어깨로 밀어 넘어뜨렸다. 둘은 서로 상대가 잘못한 거라고 말하더니 잠시 뒤에는 함께 웃었다.

그다음 연습은 드리블 후에 콘을 돌아서 욘에게 패스하고 그 공을 다시 받아 슛을 하는 것이었다. 이전에도 같은 연습을 했지만 이번에는 경기장도, 골대도 더 커졌다.

"드리블을 더 과감하게 하세요. 패스도 더 강하게. 천천히 몰고 오다가 패스를 한 다음에 달려가세요. 그러면 제가 그 앞에 공을 굴려줄게요. 그리고 슛을 할 때는 발목에 힘을 주고 다리 전체를 휘두른다고 생각하고 때리는 거예요! 자 출발."

슛 연습이 끝나고 그다음 연습을 하기 전에 욘은 사람들에게 기술에 대해 설명했다.

"이번에 배울 기술은 아주아주 중요한 겁니다. 지금까지 배운 것들을 잘 못해도 이거 하나만 제대로 할 수 있으면 정말 축구를 잘하게 될 거예요. 이 기술의 대단한 점은 쉽고 효과가 확실하다는 거예요. 제대로만 쓰면 초보도 프로 선수를 상대로 써먹을 수 있어요. 알면서도 당할 수밖에 없는 기술이거든요."

"그렇게 좋은 기술이면 외계인과의 경기에서도 써먹을 수 있겠군?"

지글러가 물었다.

"물론이죠."

욘의 말에 사람들의 눈이 반짝였다.

"그게 뭔데?"

"빨리 가르쳐줘요."

"뜸 들이지 말고 어서."

"바로 2 대 1 패스예요."

욘이 말했다.

"음……. 그게 뭐죠?"

안젤라가 물었다.

"간단해요. 내가 공을 갖고 있는데 앞에 수비가 있어요. 그럼 나는 동료에게 패스해요. 그리고 얼른 수비 뒤로 돌아가서 그 공을 받는 거예요. 쉽죠? 방금 전에 슛 연습할 때 제게 패스한 다음에 달려갔잖아요. 그게 2 대 1 패스예요."

사람들의 반응이 시큰둥했다.

"아무래도 시범을 보여야겠네요. 브루스. 공을 막아봐. 리오. 2 대 1 패스를 받아줘. 자, 내가 이렇게 몰고 나가는데 앞에 수비가 나타났어요. 브루스. 이걸 뺏거나 막아봐. 자. 수비가 오고 있잖아요. 그러면 나는 리오에게 패스를 할 거예요. 그리고 나한테 다시 패스!"

욘이 리오에게 공을 차준 다음 얼른 브루스를 지나쳐 달리자 리오는 욘이 뛰어가는 자리를 향해 공을 굴려줬고 욘은 다시 그 공을 잡았다. 그러는 동안 브루스는 공을 쳐다보느라 욘을 쫓아가지도 패스를 막지도 못했다.

"저건 월 패스라고 하는 거야. 패스를 받는 사람이 벽처럼 공을 반사해주는 역할을 하기 때문이지."

지글러가 말하자 사람들은 고개를 끄덕였다. 욘은 다리를 조금 절룩이며 자리로 돌아왔다. 방금 달리다 무릎을 삐끗한 탓이었다.

"중요한 건 이 기술은 혼자서 못 한다는 거예요. 둘이 서로 도와야 해요. 패스를 주는 쪽은 동료를 믿어야 하고, 패스를 받아서 다시 내주는 쪽은 동료가 뭘 원하는지, 뭘 하려는지를 알아차려야 해요."

"그걸 어떻게 알아차리죠?"

라마가 물었다.

"하다 보면 저절로 알게 돼요. 그 사람이 원하는 게 뭔지. 내가 뭘 해주기를 원하는지."

욘은 사람들을 각자 자리에 서게 하고 연습을 시작했다. 연습은 처음 시작할 때부터 끝날 때까지 뒤죽박죽에 엉망진창이었다. 사람들은 언제 어떻게 어느 쪽으로 움직여야 하는지 몰랐고 공을 엉뚱한 데로 차주기도 하고 순서와 자리를 헷갈리기도 했다. 쉬는 시간에도 사람들은 끼리끼리 모여 2 대 1 패스에 대해 토론했다. 그렇게 좋은 기술이라면 꼭 익혀야지. 그런데 왜 이렇게 안 되는 걸까? 뭔가 놓치는 부분이 있는 게 아닐까? 아까 욘이 그랬어. 서로 도와야 한다고. 믿어야 한다고. 그러니까 나를 좀 믿어봐. 믿는다니, 뭘?

욘이 아픈 무릎을 주무르고 있는데 사람들이 차례로 와서 궁금한 걸 물었다. 2 대 1 패스를 어떤 경우에 써먹는 거죠? 2 대 1 패스를 막으려면 어떻게 해야 되는 거야? 패스를 할 때 세게 하는 게 좋아, 약하게 하는 게 좋아? 굴리는 게 좋아, 띄

우는 게 좋아? 2 대 1 패스를 알면서도 막지 못하는 이유가 뭔가요?

지글러가 왔을 때 욘은 미리 선수를 쳤다.

"2 대 1 패스에 대해 궁금한 게 있으면, 그냥 경기 중에 직접 해보세요. 그러면 알게 돼요."

"나는 패스 얘기를 하려는 게 아냐."

"그러면요?"

지글러는 목소리를 낮췄다.

"이제 인적 쇄신으로 조직 개편을 단행할 때가 됐다고 생각하는데."

"그거 혹시…… 제가 승진한다는 뜻인가요? 그러면 데이비드는 어떡하고요?"

"회사가 아니라 우리 팀 이야기를 하는 거야. 내가 보기에 지금 여기 있는 사람들 중에는 함께 시합을 뛰기 곤란한 사람이 몇 명 있어. 여자들을 제외하고서도 말이야. 그러니 외계인과의 시합에서 이기려면 우린 조금 더 제대로 된 선수들로 팀을 짜야 해."

욘은 지글러를 말없이 잠시 쳐다보고는 입을 열었다.

"이건 그냥 축구 교실이에요. 축구팀이 아니라고요. 지글러 씨가 외계인과의 시합을 진지하게 생각하고 있다면 다른 팀을 알아보는 게 좋을 거예요."

"갑작스러운 제의가 당혹스러워서 그러는 모양이니 자네

마음이 준비될 때까지 기다려주지. 나는 아량이 넓은 남자니까."

지글러는 욘의 어깨를 툭툭 친 다음에 자기 자리로 돌아갔다.

연습 게임은 욘을 제외한 나머지 사람들이 다섯 명씩 한 팀이 됐고 큰 골대 하나를 놓고 공을 뺏기거나 골이 들어갈 때마다 공격과 수비를 바꿨다. 골키퍼는 욘이 봤다. 무릎이 아파 뛰어다니기 어려워서였다. 공격은 하프라인에서부터 시작했는데 욘이 공을 차주면 거기서 공을 받아 드리블과 패스를 하며 전진하다 골대가 가까워지면 슛을 했다. 골대가 커지고 경기장도 넓어지니 남자들은 움직임이 커져서 공도 더 세게 차고 달리기도 더 빨라졌다. 반면 여자들은 어쩐지 주눅이 들어 있었다. 라마는 자기에게 공이 오면 당황해서 아무렇게나 차버렸고 오셔는 공만 열심히 쫓아갈 뿐 뭘 해야 하는지 모르는 것 같았고 안젤라도 마찬가지였고 은수는 공에서 자꾸 멀어지려고 하는 것처럼 보였다. 모두 지난 연습 경기 때의 자신감을 잃은 것 같았다.

욘은 골키퍼를 보면서 계속 사람들에게 주문했다.

"경기장을 넓게 써요. 드리블보다는 패스를 해요. 자기가 맡은 상대를 잘 봐요. 공을 따라갈 필요 없어요. 빨리 달리지 않아도 돼요. 미리 가서 기다리고 있으면 돼요. 동료를 믿어요. 뺏겨도 돼요. 배운 걸 자꾸 써먹어봐요. 자신감을 가져요.

기회가 되면 과감하게 슛을 해요."

어느 순간부터 여자들의 움직임이 많아졌고 남자들이 여자들에게 패스하는 횟수가 늘어났다. 게임이 계속될수록 모든 사람들의 움직임이 눈에 띄게 좋아졌다. 한번은 브루스와 슈워츠가 2 대 1 패스를 성공시킬 뻔하기도 했다. 브루스는 욘을 쳐다보며 으스댔다.

해가 저물며 주위가 어두워지고 있는데도 아무도 경기를 끝내고 집에 갈 생각을 하지 않았다. 꼭 욘이 어렸을 때 골목길에서 함께 공을 차던 아이들처럼. 욘은 문득 이 사람들에 섞여 함께 공을 차고 싶었다.

무릎만 괜찮다면.

아까부터 걸음을 뗄 때마다 무릎이 찌르듯이 아파왔다. 가만 서 있어도 욱신거리고 화끈거렸다. 골대가 생겨서 기분이 좋다고 무리를 한 탓인가. 패스 시범을 보인다고 달릴 때 어디가 잘못된 걸까. 만약 지금처럼 계속 아프면, 당장 내일 출근이 걱정이었다. 병원에 다시 가봐야겠어. 닥터가 또 잔소리를 하겠지.

연습 경기는 약속한 시간을 훨씬 지나서야 끝났다. 이미 해가 져서 어둠이 내리고 있었다.

"조명을 설치하면 늦게까지 할 수 있겠네."

"그러게 말이야. 그러면 밤새워서 축구를 할 수도 있겠지."

"힘들어서 그렇게는 못 해. 아무리 축구에 미쳐도 그렇지."

"나는 할 수 있을 것 같은데."

"골대가 생기니까 정말 좋네."

"이제야 진짜로 축구를 하는 것 같군."

"선수들은 이렇게 큰 경기장을 뛰어다닌단 말이야? 난 죽어도 못 해."

"어디 아픈 사람들 없죠? 그럼 일요일에 봐요. 욘. 무릎 관리 잘해요."

수업이 끝나고 사람들이 돌아간 뒤에 욘은 바닥에 주저앉았다.

"무릎이 아파서 잠깐만 쉬어야겠어. 짐은 놔둬. 내가 조금 있다가 정리할게."

그렇게 말했는데도 리오는 혼자 공과 콘 따위를 정리해서는 욘의 옆에 앉았다.

"무릎이 많이 아파?"

"괜찮아. 조금 쉬면 나아질 거야."

"마사지 받아볼래? 티베트에서 배워 온……."

"의사도 못 고치고 진통제도 안 듣는데 마사지를 한다고 낫겠어?"

"뭐. 싫으면 어쩔 수 없고."

둘은 잠시 아무 말 없이 앉아서 벌레와 개구리와 물새 소리를 들었다.

"리오. 너는 지금 이렇게 사는 게 좋아?"

"이렇게 사는 거라니?"

"알잖아. 일도 하지 않고 축구와 낚시만 하면서 트레일러에서 외롭게 사는 거 말이야."

"난 안 외로워. 친구가 있으니까. 욘도 있고, 같이 축구하는 사람들도 있고. 그리고 축구도 낚시도 할 수 있어서 좋아. 욘이 음식을 가져다줘서도 좋고."

"좋겠다. 만족하면서 살고 있어서."

"욘은 어때?"

"나는 잘 모르겠어. 솔직하게 말하면 돈 때문에 축구 교실을 시작하기는 했는데, 무릎이 이렇게 안 좋아질 줄은 몰랐어. 그리고 나보다 나이가 많은 사람들도 이렇게 재미있게 뛰고 있는데 나는 뭐 하는 건가 하는 생각도 들고."

"축구를 하고 싶어서?"

욘은 대답하지 않았다.

"무릎이 나으면 축구를 할 거야?"

"……이제 슬슬 가봐야겠다."

욘은 일어나려다가 다시 주저앉았다. 갑자기 움직인 탓인지 무릎의 통증이 더 심해졌다. 이대로는 내일 일은 물론이고 당장 집까지 가는 것도 걱정이었다.

"많이 아프면 마사지를 해줄까? 아픈 게 금방 사라질걸. 나를 믿어봐."

그놈의 마사지. 받아봐야 뭐가 나아지겠어. 하지만 더 나빠질 것도 없겠지. 또 지금 당장 뭘 할 수 있는 것도 아니잖아? 리오가 이렇게 권하는데 한 번은 받아도 괜찮겠지. 그리고 정말로 뭔가 효과가 있을지도 모르니까.

"좋아. 까짓거 해보지 뭐. 많이 아픈 건 아니지? 어떻게 해야 돼? 누울까? 엎드려서 해? 아니면 앉아서? 바지는 어떻게 해? 걷어 올릴까? 설마 아예 다 벗어야 되는 건 아니지?"

"편하게 누워. 옷은 안 걷어도 돼."

욘은 리오가 시키는 대로 풀밭에 누웠다. 누워서 보니 어두워진 하늘에 구름이 지나가고 있었다. 하늘을 올려다보는 건 오랜만이었다. 구름 사이로 별이 드문드문 보였고 그중에는 유난히 반짝이는 별도 있었다. 욘이 별을 보는 동안 리오의 손이 욘의 무릎 위에 올라왔다. 리오가 티베트인가 어딘가에서 배워 왔다는 마사지는 이제까지 욘이 받아봤던 것과는 다르기는 했다. 리오는 무릎을 주무르거나 비틀지도, 살을 문지르거나 튕기지도 않고 그저 손을 올린 채 가만히 있었다. 리오가 하는 대부분이 그렇듯 마사지 역시 별나고 우스워 보였다. 효과가 요만큼이라도 있으면 좋겠는데. 일단 집까지라도 무사히 갈 수 있다면 바랄 게 없겠네. 잠시 뒤 욘의 무릎 속이 점점 따뜻해졌다.

"리오. 무릎이 더 뜨거워지는 것 같은데?"

리오는 대답하지 않고 손을 올린 채 가만히 있었다.

잠시 기다리자 뜨거웠던 무릎이 점차 시원해지더니 이윽고 무릎 속에 물이 흐르는 느낌이 들었다. 이상하고 신기한 감각이었다. 어쩌면 리오는 정말로 티베트에서 관절에 좋다는 마사지를 배웠을지도 모른다. 아니면 뭐, 티베트 기념품을 함께 파는 마사지 숍에서 2주쯤 견습사원으로 일하며 곁눈질로 배웠거나. 어쨌든 효과만 있으면 되는 거 아닌가. 욘의 무릎 속으로 가는 물줄기가 흘렀다. 물줄기는 조금씩 넓어지더니 이윽고 작은 개울이 됐다. 차가운 물이 넘치는 개울이었다. 물속에는 수많은 작은 물고기들이 지느러미를 반짝이며 헤엄치고 있었다.

욘은 퍼뜩 정신을 차리고 고개를 들었다. 깜박 잠이 들었던 모양이다. 리오의 손 안에서 욘의 무릎이 희미하게 빛나는 것처럼 보였다. 휴대폰 불빛 때문이겠지만.

리오가 손을 치운 뒤 욘은 무릎을 살짝 움직여봤다. 마사지 덕분인지, 잠시 잠들었던 덕분인지 무릎이 한결 부드러웠다.

"어. 좋은데? 이 정도면 거뜬히 집에 갈 수 있겠어. 그 마사지 끝내주네. 효과가 좋다고 진작 말해주지 그랬어."

"그러게. 진작 말해줄걸."

"와. 이거 정말 신기한데."

그날 밤 집에 돌아와 몸을 씻은 뒤 욘은 무릎을 움직여봤다. 별로 아프지 않았다. 이런 느낌은 아주 오랜만이었다.

"리오 녀석, 이런 좋은 재주가 있었다니. 마사지 숍을 차려도 되겠는데."

윤은 무릎을 몇 번 더 움직여봤다. 통증이 없었다.

없어도 너무 없었다.

윤은 쪼그려 앉았다 일어났다 해봤다. 괜찮았다. 점프를 해봤다. 괜찮았다. 한쪽 다리로 서서 무릎을 비틀어봤다. 처음에는 조금. 그리고 점점 더 많이. 괜찮았다.

윤의 머릿속에 목소리가 맴돌았다. 기적적으로, 언젠가 다시 축구를 할 수 있게 될지도 모릅니다.

기적적으로.

윤은 무릎을 만져봤다. 부기는 없었다. 아프지도 않았다.

게다가 어쩐지 흉터도 사라져 있었다.

막간

오전 근무가 끝날 무렵 욘은 데이비드를 찾아갔다.

"데이비드. 나 오후에 병원에 다녀오면 안 될까?"

"무릎이 많이 아파?"

"아니. 안 아파."

"안 아프면 병원에 안 가도 되는 거 아냐? 지금 일손이 부족해서 그런 걸로는 조퇴할 수 없어."

"그럼 잠깐 외출하고 오는 걸로 해주면 안 될까?"

"알겠어. 대신 너무 오래 비워서는 안 돼."

욘이 진찰실에 들어가자 닥터 코플랜드가 그럴 줄 알았다는 듯이 한심하다는 얼굴로 욘을 쳐다봤다.

"또, 또 무릎이 아파서 왔군. 그렇게 조심하라고 일렀건만."

"사실은 무릎이 하나도 안 아파서 왔어요."

"무릎이 아, 안 아프다고? 그럼 이, 이번에는 어디가 아파서 온 건데?"

"무릎이 안 아파서 왔다니까요? 왜 안 아프죠?"

코플랜드는 무릎을 진찰한 다음 엑스레이를 찍게 하고는 예전에 찍은 사진과 비교해봤다.

"음. 사진으로 봐서는 아, 아주 멀쩡하군."

"그럴 리가요. 인대가 끊어지고 연골이 찢어져서 수술을 받았잖아요. 바로 어제까지만 해도 무릎이 잘 굽혀지지 않았는데요."

"하지만 지금은 잘 구, 굽혀지잖아. 아마, 이건, 나을 때가 돼서 나은 모양이지."

"이럴 수 있는 건가요?"

"통증을 내, 내면화하면 그럴 수도 있지. 병에 가둔 벼룩이나, 끓는 물속의 개구리처럼. 무슨 말인가 하면 신경계와 근골격계가 통증을 학, 학습해서 약간의 충격에도 통증이 나타나도록 적응하고 있었던 거야. 물론 심리적인 문제도 함께 작용하지. 만, 만성통증 질환에서 종종 볼 수 있는 경우네."

"무슨 말인지 잘 모르겠네요. 어쨌든 수술한 흉터도 없어졌어요."

"흉터가 있었다고?"

"있었죠. 보셨잖아요."

"글쎄. 뭐, 흉터도 없어졌나 보지."

"그게 그렇게 없어질 수도 있는 건가요?"

"자세한 건 피부과에 가서 물어보게. 나한테 뭘 바라나? 나는 그, 그냥 말, 말을 더듬는 가정의학과 의사일 뿐이야."

"그러면요, 사진으로 봐서도 멀쩡하고, 흉터도 없고, 지금 아프지도 않으면요."

"축, 축구를 해도 괜찮으냐고?"

"네."

"그렇게 물어볼 줄 알았지. 내 대답은 알고 있겠지? 그리고 내가 뭐라고 하든 자, 자네는 축구를 다시 하겠지. 뻔하지. 자네가 올, 올슨 씨 손을 잡고 이 방에 처음 들어왔을 때부터 봐 왔으니까. 그래도, 내 말을 명심하게. 지금 그 무릎은 기, 기둥이 삭았는데도 간신히 서 있는 집이나 마찬가지야. 언제 어떻게 무너질지 몰라."

집 이야기가 나오자 욘은 갑자기 마음이 무거워졌다.

"……그럼 제가 어떻게 해야 하죠?"

"그, 그냥 축구를 해야지. 무너지면 무너지는 거고. 어떻게 되든 운, 운명이라고 생각할 수밖에."

닥터는 뭔가 생각하더니 다시 말을 이었다.

"그런데, 자네가 한다는 축구 교실 말이야, 나, 나이 제한이 있나?"

"아뇨. 나이 제한도 없고 성별 제한도 없어요."

"그럼 혹시 거기 들어가려면 무슨, 테스트 같은 걸 받아야 하나?"

"전혀요. 배우고 싶으면 누구든지 배울 수 있죠."

"그럼 자네 축구 교실에 혹시, 팀, 팀 닥터는 안 필요한가?"

"팀 닥터요?"

"왜 연습을 하다 보면 응급 환자가 생길 수도 있고, 자네 무릎이 갑자기 이플 수도 있고, 또, 나도, 운동을 좀 해보면 좋을 것 같아서. 물론 수업료는 내겠네."

욘은 병원을 나왔다. 무릎이 아프지 않다니. 무릎이 멀쩡해졌다니. 도무지 믿기지 않았다. 10년도 넘게 지긋지긋하게 따라다녔던 무릎 통증에서 이제야 해방됐다. 욘은 어떻게 해야 할지 몰랐다. 다시 마트로 돌아가야 하는데 어쩐지 지금은 그러고 싶지 않았다. 하지만 어디로 가야 할지, 누구에게 이 이야기를 해야 할지 몰랐다. 이제 무릎이 아프지 않아. 이제 축구를 할 수 있어. 욘은 휴대폰을 꺼냈다. 누구에게 이 이야기를 하지? 주얼? 미친 거 아냐? 정신 차려. 그럼 그다음은? 생각나는 사람이 없어. 아니, 소식을 전하는 건 그만두자. 그다음은 뭘 해야 하지?

축구를 해야지. 왜냐고? 축구를 할 수 있으니까! 당연한 거 아냐? 이제 무릎이 아프지 않으니까! 축구를 할 수 있으니까 축구를 하는 거지. 이제 마음껏 공을 찰 수 있어. 내가 하고 싶을 때 하고 싶은 만큼 축구를 할 수 있어. 그리고 외계인과 한 번 붙어보는 거야. 그러려면 물론 팀을 찾아야 하겠지만. 지금 축구 교실 사람들은, 그래. 좋은 사람들이기는 해. 모두 열심이고 나를 잘 따르지. 하지만 솔직히 말해 내게 맞는 수준은 아니잖아. 그중에서 나와 어울리는 건 리오밖에 없어.

그래. 리오를 만나러 가자. 리오에게 내 무릎이 얼마나 좋아졌는지 보여줘야지. 좋은 생각이 났어. 리오에게 내가 연습하는 걸 동영상으로 찍어달라고 해야겠어. 그리고 그걸 예전에 축구를 하면서 알았던 사람들에게 뿌리는 거야. 나를 기억하는 사람이 있겠지. 부상으로 은퇴했던 축구 천재, 외계인과의 시합을 위해 부상을 극복하고 돌아오다. 사람들에게 내가 축구를 할 수 있다는 걸 알려야지. 그래서 축구팀에 들어가야지. 그리고 그 팀에는 반드시 리오가 있어야 해.

리오는 마침 집에서 생선을 굽는 중이었다.

"어, 욘. 마침 잘 왔어. 같이 먹을래?"

"리오. 지금은 생선이나 구울 때가 아냐. 내 말 잘 들어. 엄청난 뉴스가 있으니까. 듣고 놀라지 말라고. 난 무릎이 나았어. 축구를 할 수 있게 됐다고."

"그래? 잘됐네. 마사지가 효과가 좋았나 보네."

"내가 말했지? 의사가 그랬었다고. 기적처럼, 언젠가 축구를 다시 하는 날이 오게 될 거라고. 그게 바로 지금이야! 어젯밤에 보니까 흉터마저 사라졌지 뭐야. 아. 물론 네 마사지가 뭔가 도움이 되기는 했을 거야. 그래서 하는 말인데 도와주는 김에 조금만 더 도와줘. 당장 나와 공터에 가자. 내 무릎이 아무렇지 않다는 걸 세상이 알아야 한다고."

욘은 공터에 가서 리오에게 휴대폰을 주고 자신이 제자리 뜀을 하거나 한쪽 발로 점프를 하거나 킥을 하거나 슛을 하거나 공을 저글링하는 모습을 찍게 했다. 그리고 마지막에는 리오와 함께 셀카를 찍은 다음 앞서 찍은 리오의 영상까지 더해 자기가 예전에 알던 사람들에게 보냈다.

욘은 대출 창구에서 은수를 찾았다. 은수는 안경에 정장 차림이었다. 처음 봤을 때의 기억이 잠깐 떠올랐지만 지금은 그런 건 아무렇지 않았다.

"욘. 아니 올슨 씨. 반가워요. 그럼 아까 전화로 말한 걸 다시 한번 설명해보시겠어요?"

은수가 긴장된 웃음을 지으며 말했다.

"그러니까, 간단하게 말해서 혹시 내 상황이 지난번과 달라지면 대출을 받을 수 있을까 하고요."

"재정적인 변화가 생겼나요?"

"아뇨. 그건 아니고……."

"그럼요?"

"예를 들어 이제 더 이상 무릎이 아프지 않다든가, 축구를 할 수 있게 됐다든가……."

"아. 병원에 다녀왔나요? 이제 무릎은 좀 괜찮아요?"

"아뇨. 그러니까 내 말은 병원에 다녀오기는 했는데, 어쨌든, 만약에 말이에요. 만약에 그렇게 되면 어떻게 되는지 궁금해서요."

"잠시만요. 조회를 해볼게요. 지난번에는 주택담보대출을 문의했었죠. 그런데 이미 대출이 있고…… 혹시 다른 변화는 없나요? 재정 상태에요. 유산을 받았다든가, 축구 시합에서 이겨 상금을 수령했다든가. 하긴 그랬으면 대출은 물론이고 축구 교실도 필요 없겠지만요."

"아뇨. 그런 일은 전혀 없어요."

은수는 이마를 조금 긁다가 얼른 손을 내렸다.

"그러면 주택담보대출 말고 다른 대출 상품이 있는지 알아볼게요."

컴퓨터 화면을 들여다보는 동안 은수의 표정이 점차 굳었다.

"……뭔가 잘못됐나요?"

욘이 물었다.

"네? 아니에요. 전혀요. 제 표정이 좀 심각했죠? 집중하다 보면 나도 모르게 그렇게 돼서요. 조금만 더 찾아볼게요."

그러고도 은수는 10분은 더 컴퓨터 화면을 들여다봤다.

"죄송합니다. 그런 사유로 대출 조건이 달라지는 상품은 없네요. 최근에는 대출 규제도 심해지고 있어서요. 담보에 변동이 없으면 대출은 어려울 것 같아요. 도움을 드리고 싶은데 방법이 없네요. 정말 죄송해요."

은수의 표정이 너무나 침통해서 욘은 자신이 은수에게 뭔가 나쁜 짓을 저지른 것 같은 기분이 들었다.

"괜찮아요. 정말로 괜찮아요. 그냥 한번 알아보러 온 것뿐이에요. 나는 실망하지도 않았고 화가 나지도 않았고 누구를 원망하지도 않아요. 이번에는 홧김에 술을 퍼마시고 운전대를 잡는다거나 하는 얼빠진 짓은 하지 않을 거니까, 어쨌든 신경 쓰지 마세요."

"무슨 말씀이세요?"

"아무것도 아니에요. 그럼 다음 수업 때 봐요."

욘이 마트에 돌아오니 데이비드가 서류를 내밀었다.

"여기에 사인해. 업무상 외출을 다녀왔다는 확인서야. 그리고 지난달 시간외근무 확인서에도 사인해."

"고마워."

데이비드는 욘과 조금 떨어진 곳에 앉아 욘이 서류에 사인하는 것을 보고 있었다.

"왜? 뭐 하고 싶은 말이라도 있어?"

"아니. 자네는? 뭔가 하고 싶은 말이 있지 않아? 병원에 갔다 왔잖아."

"응. 그렇기는 한데…… 할 말은 없어."

욘은 자신이 왜 데이비드에게 무릎에 대해 숨기는지 알 수 없었다.

그때 누군가 사무실 문을 열고 들어왔다. 지글러였다.

"마침 둘 다 있군."

"무슨 일이죠?"

데이비드가 물었다. 지글러는 한쪽 의자를 돌려서 둘을 향하게 한 뒤 다리를 꼬고 앉았다.

"우리 팀의 미래에 대해서 할 말이 있네."

"이보세요. 그 이야기는……."

욘을 데이비드가 막았다.

"무슨 이야기를 하려는 거죠?"

데이비드가 물었다.

"짧게 이야기하지. 간단한 것이 최선이니까. 내가 보기에 이 팀에서 쓸 만한 선수는 나와 데이비드, 리오뿐이야. 내 구상은 이래. 이 셋을 중심으로 따로 팀을 만드는 거야. 그리고 내 인맥을 이용해 회사에서 나머지 사람들을 충원하는 거지. 지금 사람을 모으는 중이니 곧 인원이 다 찰 거야. 머뭇거리면 자네 자리가 없을 수도 있어."

지글러는 데이비드에게 생각할 시간을 주겠다는 듯 입을 다물었다.

"그런데 왜 거기에 욘의 이름은 없는 거죠?"

데이비드가 물었다.

"음. 그거 아주 좋은 질문이야. 나는 욘에게는 코치직을 제

안할 생각이야. 그리고 본인이 희망한다면 후보 명단에 이름을 올릴 수도 있고 경우에 따라서는 후반전 막판에 잠시 출전시킬 수도 있겠지. 물론 큰 점수 차이로 이기고 있을 때만이야."

"그렇게 말하니 꼭 지글러 씨에게 출전을 결정할 권한이 있는 것처럼 들리는데요."

"당연하지. 내가 주장 겸 감독이 될 거니까. 물론 욘이 우리 중에 제일 축구에 대해 잘 아는 건 사실이야. 킥도 좋고. 하지만 뛸 수 없잖아. 뛸 수 없는 선수가 뭘 할 수 있지? 기껏해야 경기장 가운데 우두커니 서 있다가 공이 오면 받아서 다시 우리 편에게 패스를 해줄 수 있을 뿐이지. 그래서는 경기에서 이길 수 없어. 그건 한쪽 손만 있는 권투 선수가 이길 수 없는 것과 같은 이치지."

지글러는 그렇게 말하고 데이비드의 손을 흘끔 쳐다봤다.

"내 손을 왜 쳐다보죠?"

"문득 생각이 나서 말이야. 그 손, 축구할 때 불편하지 않나?"

"축구를 할 때는 물론이고 일할 때도 조금도 불편하지 않아요. 일상생활도 모두 할 수 있어요."

"그래도 그 손으로 권투는 못 하겠지. 글씨도 못 쓰고, 그림도 못 그리고. 난 자네에게 뭐라고 하는 게 아냐, 데이비드. 그저 예를 든 것뿐이지. 어쨌든 둘 다 내 말을 이해하겠지? 그럼 내 제의를 생각해보기 바라네."

욘은 퇴근 후에 정육점에 들렀다. 브루스는 카운터에 기대 있다가 욘의 얼굴을 보더니 조금 놀라며 벽에 걸린 달력을 봤다.

"요일을 착각한 거 아냐? 오늘은 목요일인데."

"그냥 지나가다 들렀어."

"지나가다 들렀다고?"

"그래."

"나한테 무슨 할 말이 있는 건 아니고?"

"아니. 없어."

사실은 할 말이 아주 없는 건 아니었다. 혹시 주얼에게 전해줄 수 있어? 내가 축구를 다시 할 수 있게 됐다고. 내 무릎이 다 나았다고. 우리가 가장 좋았던 때로, 주얼이 가장 좋아하던 내 모습으로, 함께 꿈을 꿨던 그때로 돌아갈 수 있다고. 물론 브루스가 그런 말을 전해줄 리 없었다.

주얼이 브루스를 만난다는 걸 알았을 때는 깜짝 놀랐다. 브루스가 주얼을 오래 따라다닌 건 알고 있었지만, 주얼은 뭐가 좋다고 더러운 옷을 입은 정육점 주인을, 칼을 든 덩치를 만나는 건가.

"온 김에 하나만 물어보자. 네 눈에는 내가 어때 보여?"

브루스가 물었다.

"더러운 옷을 입은 정육점 주인."

"그거 말고."

"칼을 든 덩치."

"이런 젠장. 그런 거 말고 축구 선수로서 말이야."

"축구 선수? 달리기는 빠르지 않고 공 다루는 것도 서툴지만 킥은 그래도 좀 강한 편이고 플레이에서는 책임감이 있고 수비할 때 끈질기게 따라붙고 승부에 집착하는 면이 있다. 뭐 그런 거 말이야?"

브루스는 칭찬을 받은 학생처럼 만족스러운 표정으로 고개를 끄덕였다.

"그리고?"

"그리고라니?"

"그리고 뭘 더 하면 좋겠느냐는 거지. 나한테 부족한 걸 채우려면, 너만큼 하려면 뭘 더 해야 하느냐고."

"브루스. 사람은 다 달라. 나는 어려서부터 축구를 했던 게 몸에 배어 있지만 너는 아니잖아."

"젠장. 그건 나도 알아. 그러니까 나는 평생 걸려도 너만큼 할 수 없다는 거야?"

브루스가 칼을 내려놓으며 물었다.

"대신 너는 수비가 좋잖아. 네가 수비를 하면 나도 뚫기 어려워."

물론 내가 무릎이 안 좋을 때의 이야기지만.

"그래? 흠. 그렇단 말이지. 알겠어. 뭐, 고기는 안 필요해?"

"고기는 됐고…… 음. 주얼은 어떻게 지내?"

"잘 지내지. 일도 하고 봉사도 하고. 가끔 가게에 나와서 나를 도와주기도 하고."

그럼 여기 있으면 주얼을 만날 수도 있다는 거군. 지금이라도 저 문이 열리면서 주얼이 들어올 수도…….

그때 정말로 문 열리는 소리가 났다. 욘은 깜짝 놀라면서, 더 놀랄 준비를 하면서 뒤를 돌아봤다. 여자가 들어왔다. 하지만 주얼이 아니었다. 그런데 욘이 아는 얼굴이었다.

"브루스. 안녕하세요? 욘도 있네요?"

안젤라였다. 옆에는 선생님처럼 차려입은 남자가 있었다.

"이쪽은 제 남자 친구예요. 대학에서 인류학을 가르치고 있어요. 그리고 이쪽은 저와 축구를 같이 하는 사람들이에요. 축구 교실 선생님인 욘은 예전에 2부 리그 선수였구요."

안젤라의 남자 친구는 입을 다문 채 빙긋 웃으며 고개를 끄덕였다.

"그런데, 브루스. 우리 예전에 어디서 본 적 있지 않아요?"

안젤라가 브루스에게 물었다. 욘은 저거 내가 써먹었던 수법인데? 하고 생각했다. 남자 친구를 옆에 두고 뭐 하려는 거지?

"어렸을 때부터 이 동네에 살았나요? 나이도 비슷한 것 같은데 어쩌면 학교에서 봤을지도 모르잖아요. 혹시 나 기억 못

해요?"

안젤라의 남자 친구가 끼어들었다.

"저번에 당신 어렸을 때 사진을 봤잖아. 그때는 지금과는 달리 아주 못난이여서 남자애들이 쳐다도 보지 않았을걸?"

남자 친구가 웃었고 안젤라도 뒤늦게 따라서 웃었다.

"스테이크용 고기 두 개를 주세요. 오늘 이 사람이 부교수로 승진했거든요. 그래서 그걸 기념하려고요."

안젤라가 말했다.

"좋은 일이군요. 어떤 부위로 줄까요?"

"제일 좋은 부위로요."

"이런. 그런 식으로 주문을 하면 안 돼, 안젤라."

남자 친구가 다시 끼어들었다.

"당신 친구는 양심적인 사람이라 행여 그런 일은 없겠지만 어떤 정육점에서는 그렇게 말하면 제일 안 팔리는 부위를 준다니까. 그런 고기는 수분도 증발하고 냄새도 나는데 에이징돼서 그렇다고 둘러대기 일쑤지. 그리고 보통 사람들은 서로인을 더 좋아하지만 나는 립아이가 더 좋은 부위라고 생각해. 대부분의 미식가도 그렇게 말하지. 가벼운 레드 와인과 잘 어울리고. 그래도 당신 원하는 대로 주문하고 싶다면, 그렇게 하도록 해. 나는 그저 알려줄 뿐이고 결정은 당신이 내리는 거니까."

"아…… 고마워. 그러면 이 사람이 말한 부위로 주세요."

브루스가 고기를 자르는 동안 욘은 안젤라에게 이번 주말에도 나올 거냐고 물었다.

"물론 나가야죠. 이 사람은 독립적이고 활동적인 여자를 좋아해요."

"남자 친구는 운동 안 하세요? 축구에 관심이 있으면 함께 하면 좋을 텐데."

"축구는 나처럼 섬세하고 지적인 남자가 하기에는 너무 과격한 운동이 아닌가요?"

"그런가요? 하지만 여자들도 하는걸요."

"와일드."

"와일드? 아. 물론 조금 거친 면이 있기는 하죠."

"오스카 와일드. 방금 그 말이 오스카 와일드가 한 말이라는 뜻입니다."

남자 친구는 그렇게 말하고 빙긋 웃었다.

"아…… 그렇군요."

욘은 안젤라가 고기 값을 내고 둘에게 주말에 보자고 인사하고 가게를 떠날 때까지 입을 다물고 있었다.

"나도 이제 가봐야겠어."

"응. 그래. 그런데 오늘 정말 무슨 일로 온 거야?"

"아무 일도. 아무 일도 아냐. 아픈 데도 없고. 아무 일도 없어. 그럼 일요일에 보자."

집에 도착한 욘은 차만 세워두고 다시 나왔다. 이런 날은 혼자 집에 있어서는 안 될 것 같아서였다. 새로운 삶이 시작되는 날이니까, 우선 그럴듯한 곳에 가서 그럴듯한 걸 먹어야지. 괜찮은 술집에 가도 좋을 거고. 그렇고 그런 클럽에 갈 수도 있고…… 어쨌든 시내로 나가야지.

욘이 시내로 나가는 버스에 타니 운전석에 페트로풀로스가 앉아 있었다. 버스에 다른 손님이 없어서 욘은 페트로풀로스의 건너편에 앉았다.

"이 시간에 어디 가는 거야?"

페트로풀로스가 물었다.

"시내에."

"이 시간에 시내에 가는 거면 데이트겠네."

"아냐. 나는 만나는 여자 없어."

"그럼 시내에는 왜 가는데?"

"그냥 놀러."

"좋겠네. 난 그런 데는 한 번도 안 가봤어. 끝나면 집에 빨리 가봐야 해서."

"집에서 누가 기다리는데? 아내? 여자 친구?"

"아니."

"그럼 애?"

"아니."

"그럼…… 개?"

"하하. 아냐."

"그럼 뭐야 도대체. 말을 제대로 하든가."

"미안. 여기 교차로는 좀 주의를 해야 해서."

페트로폴로스는 잠시 입을 다물고 있다가 버스가 멈춘 뒤 다시 입을 열었다.

"우리 엄마."

"뭐가?"

"집에서 기다리는 거. 우리 엄마라고."

"아 그래. 착한 아들이네."

"그런가. 욘은?"

"우리 엄마? 내가 어렸을 때 돌아가셨어."

"그렇군."

둘은 또 한참 말이 없었다. 욘은 뭔가 재미있거나 신기한 이야기라도 해야 할 것 같았다.

"난 오전에 병원에 다녀왔어."

"어디가 아파서?"

"아냐. 아픈 데는 없었어."

"그럼 누가 아팠는데?"

"아무도 아프지 않았어."

"그럼 병원에 왜 갔는데?"

"그냥."

"그래. 그냥 가는 게 어디가 아파서 가는 거보다 낫지. 그리고……."

페트로폴로스가 뭔가 말했지만 주위의 소리가 시끄러워 욘에게는 잘 들리지 않았다. 욘이 묻기도 전에 버스는 목적지에 도착했다.

"그럼 일요일에 봐."

"잘 가. 욘. 내 몫까지 재미있게 놀아."

술집에 가려면 우선 시청, 법원, 경찰서 따위가 모여 있는 행정타운을 지나야 했지만 욘은 그쪽 길로는 가고 싶지 않아서 시청 뒤편의 골목으로 들어갔다. 그러다 문득 고개를 들어보니 언젠가 들어본 이름의 간판이 보였다. 이름을 들어봤다면 괜찮은 음식점이겠지. 욘은 문을 열고 들어갔다.

"아. 욘. 식사하러 온 건가요? 일행은요?"

입구에서 욘을 맞은 건 라마였다. 어쩐지 이름이 귀에 익더라니.

"아. 네……. 맞아요. 식사 좋죠."

"미리 전화를 줬으면 좋았을 텐데. 지금은 예약석밖에 없어서요. 잠시 기다려줄래요?"

그때 욘의 앞으로 한 무리의 사람들이 지나갔는데 그중에 욘이 아는 사람이 있었다. 오셔였다. 오셔는 정장 차림에 머리 모양도 다른 데다 화장까지 하고 있어 평소보다 더 위엄 있게 보였다. 일행들도 비슷한 차림이었는데 시청이나 그 근처에서 일하는 사람들인 것 같았다.

"어, 욘? 식사하러 왔어요?"

오셔가 욘을 발견하고 말을 걸었다.

"네. 그런 셈이죠."

"일행은 없어요?"

"네. 혼자예요."

"나는 직장 동료들과 같이 왔어요. 동료들이 라마의 음식을 좋아하네요. 식사 맛있게 해요. 그럼 일요일 아침에 봐요."

오셔가 들어가고 난 뒤 욘은 자리가 나기를 기다리며 카운터 앞에 우두커니 서 있었다. 그러다 문득 이상한 느낌이 들었다. 그러고 보니 오늘은 축구 교실 사람들을 자꾸만 마주치고 있지 않은가. 일부러 찾아가기도 했지만 우연히 만난 사람들이 더 많았다. 이러다가는 축구 교실 사람들 전부를 만나게 될 것 같았다. 무릎이 나은 것과, 축구를 다시 할 수 있게 된 것과 뭔가 관련이 있는 건가. 그럴 리는 없겠지만 만약 축구의 신이 있어서 욘의 무릎을 고쳐준 거라면 이 사람들을 마주치는 것에도 뭔가 의미가 있는 건 아닐까. 그러고 보니 한 명을 아직 안 만났는데, 만약 그 한 명까지 만나게 되면 정말로 뭔가 계시 같은 것일지도 모르겠다고 생각하는 찰나 그 한 명이 나타났다.

슈워츠는 한 손은 주머니에 넣고 다른 한 손에는 꽃을 든 채 들어오다가 욘을 발견하고는 그대로 멈춰 섰다.

"안녕하세요, 슈워츠."

"안녕. 욘."

욘은 슈워츠의 얼굴을, 이어 그가 들고 있는 꽃을 봤고 슈워츠는 욘의 시선을 쫓다가 자신의 손에 들린 꽃을 봤다. 그러다 욘과 눈이 마주치자 꽃을 슬그머니 내렸다.

"여긴 무슨 일이지?"

슈워츠가 물었다.

"식사를 하러요."

"나도야."

슈워츠는 입 주위를 문지르면서 주위를 두리번거리다가 라마가 나오자 꽃다발을 카운터에 올려놓았다.

"자리가 없나 보군."

"금방 날 거예요. 욘과 합석하는 것도 괜찮다면요."

라마가 말했다.

"아뇨. 괜찮아요. 다음에 올게요."

슈워츠가 몸을 돌려서 나갔다.

"꽃 고마워요."

라마가 슈워츠의 등에 대고 말했다.

욘은 기다리면서 식당 안을 둘러보았다. 따뜻한 분위기의 작은 공간이었다. 곳곳에 축구와 관련된 사진이 걸려 있는 것이 특이했다. 축구 교실에 다니게 됐다고 이런 장식을 한 것 같지는 않고 원래부터 축구를 좋아했던 모양이었다. 그리고 보니 프로 선수를 가까이서 본 적이 있다고 했었지.

욘의 시선이 카운터 뒤 벽에 걸린 사진에 가서 멈췄다. 사진 속에는 유니폼을 갖춰 입은 축구 선수가 이를 드러내며 활짝 웃고 있었다. 그 얼굴을 보자 욘은 갑자기 위가 오그라드는 기분이 들었다.

"욘. 테이블이 준비됐어요. 안내해줄게요."

라마가 다가와서 말했다. 그러나 욘은 움직일 수 없었다.

욘의 머릿속에 오래전 무릎을 다쳤던 그날의 일이 떠올랐다. 프리시즌의 연습 경기였다. 상대는 거칠기로는 1부 리그에 못지않은 것으로 유명한 3부 리그의 팀이었고, 점수는 5 대 1이었다. 상대는 약이 바짝 올라 있었다. 그러다 더프가 욘에게 패스를 찔러줬고, 욘은 상대를 제치려고 뛰어들었고, 그 순간 상대 수비가 달려들면서 욘의 무릎을……. 그 수비수가 사진 속에서 웃고 있었다. 마치 자기 때문에 10년을 날리고 이제야 축구를 다시 시작하게 된 기분이 어떠냐고 묻는 것 같았다.

"욘. 괜찮아요?"

욘은 자기도 모르게 쥐고 있던 주먹을 얼른 풀었다.

"미안해요. 라마. 급한 볼일이 생각나서 식사는 못 하겠어요. 다음에 다시 올게요."

욘은 나가기 전에 라마에게 물었다.

"카운터 벽에 걸려 있는 저 사진은 뭐예요?"

라마는 고개를 돌려 사진을 한번 보고는 말없이 조금 웃었다. 아마 누군지 모르는 거겠지. 하필이면 저 따위 작자의 사진을 걸어놓다니.

집에 돌아온 욘은 티브이도 켜지 않고 맥주도 꺼내지 않고 소파에 멍하니 앉아 있었다.

이상한 하루였다. 정말이지 이상한 하루였다.

제일 이상한 건 역시 무릎이 괜찮다는 말을 들은 거지. 혹시 닥터가 착각한 거 아닐까? 하지만 오늘 하루 종일 돌아다녔는데 아프지 않잖아. 리오가 보는 앞에서 뛰기도 했는데 그때는 물론이고 지금도 하나도 아프지 않아. 그래. 이제 다 나은 거야. 심리적인 통증이라고 했잖아. 처음부터 별거 아니었던 거 아냐? 아픈 줄 알았는데 사실은 별로 안 아팠던 거 아냐? 어쨌든 이제 내 무릎은 멀쩡해. 무슨 문제가 있었는지는 몰라도 이제 난 그걸 극복한 거야.

이상한 일은 또 있었지. 축구 교실 사람들을 만난 거야. 데이비드, 지글러, 리오, 안젤라, 은수, 페트로폴로스, 브루스, 슈워츠, 오서, 안젤라, 이런, 안젤라는 두 번이나 셌군, 라마, 그리고 닥터 코플랜드도 축구를 배우겠다고 했지. 왜지? 글쎄. 누가 알겠어. 그냥 우연인 거지. 무슨 문제 있어? 아무 문제없어. 그냥 뭔가 좀 이상하다는 거지.

아무려면 어때. 지금은 그게 중요한 게 아니잖아. 지금은 미래를 생각할 때야.

그 순간 전화가 걸려왔다. 바로 그 미래로부터 걸려온 전화였다.

다섯 번째 수업과 레스트

닥터는 정말로 일요일 아침에 나타났다.

"토마스 코플랜드라고 합니다. 남쪽 주택가에서 작은 의원을 하고 있습니다. 축구는 젊었을 때 올슨 씨와, 그러니까 욘의 아버지와 해봤습니다. 그러니 나이는 대략 짐작할 수 있을 겁니다. 욘의 무릎 상태도 볼 겸 운동도 할 겸 해서 나왔습니다. 경기장 안에서는 별로 도움이 안 되겠지만 팀 닥터 노릇은 할 수 있을 것 같습니다."

닥터는 한 번도 말을 더듬지 않았다. 아마 이 말을 하려고 많이 연습한 모양이었다.

욘은 사람 수를 세봤다. 욘과 리오를 제외하고 모두 열 명이었다. 이 정도면 부상이나 피로로 교체할 것을 생각하면 한팀을 꾸리기에 아슬아슬한 인원이라고 할 수 있었다. 그런데 한 팀이라니. 욘과 리오를 제외하면 모두 생초보였고 여자도 네 명이나 됐다. 만약 이들이 정말로 한 팀이 돼서 축구를 한 다면. 그건 말도 안 되는 일이었다. 실력은 둘째 치고 체력도 체격도 나이도 너무 차이가 컸다.

준비운동을 시키던 욘은 공터 밖에 어떤 남자가 서 있는 것을 보았다. 일요일 아침인데도 남자는 선글라스와 블레이저와 정장 바지와 구두 차림이었고 팔짱을 낀 채 이쪽을 지켜보고 있었다. 목에는 카메라도 걸려 있었다. 욘은 지난날 밤에 받은 전화를 떠올렸다. 차림으로 보아 남자는 스카우터임에 분명했다. 무엇보다 카메라가 그 증거였다. 최근에 어디선가 본 것 같은데 기분 탓이겠지.

욘은 다른 사람들에게 공으로 가볍게 몸을 풀라고 한 뒤 자신은 공을 저글링하다가 위로 뻥 차올렸다가 떨어지는 공을 부드럽게 트래핑하고, 골대를 향해 롱 킥을 하고, 공을 갖고 전속력으로 달리며 드리블했다가 갑자기 방향을 바꿔 원래 자리로 돌아오는 동작을 연거푸 했다. 욘이 숨을 헐떡거리면서 힐끔 보니 선글라스의 남자는 여전히 팔짱을 낀 채 이쪽을 보고 있었다.

"자. 모두 동그랗게 모여 서세요. 첫 번째 훈련은 론도입니다."

"론도가 뭐야?"

브루스가 물었다.

"둥글게 모여 서서 패스하는 공을 술래가 뺏는 게임이야. 공을 뺏기거나 패스를 잘못한 사람은 술래가 되는 거지. 우선 투 터치부터. 공을 받기 전에 먼저 어디로 패스할지 생각해두세요."

패스를 실패 없이 스무 번 연결하면 다음으로 넘어가겠다고 했지만 패스는 일곱 번도 채 이어지지 않았다. 술래가 굳이 뺏으려 하지 않아도 그랬다. 이건 안 되겠어. 이래서야 내가 공을 얼마나 여유 있게 다루는지, 또 얼마나 부드럽게 수비의 시선과 타이밍을 뺏는지 스카우터에게 보여줄 수 없잖아.

"자. 그만. 다음은 슛 연습입니다."

욘은 페트로풀로스에게 골키퍼를 맡겼다. 페트로풀로스가 팔다리가 길어 그를 상대로 골을 넣으면 스카우터의 눈에 더 멋져 보일 것 같았기 때문이었다. 욘은 열 개를 가능한 한 세게, 그리고 신중하게 찼다. 한 번은 막히고 한 번은 빗나가서 골대 안으로 들어간 건 모두 여덟 개였다. 그 정도면 나쁘지 않다고 생각했는데 리오는 힘들이지 않고 열 개를 모두 넣었다. 모두 페트로풀로스가 손을 뻗어볼 생각도 할 수 없을 만큼 정확하게 골문 구석으로 향하는 골이었다. 욘은 다른 사람에게도 슛 연습을 시키고 자세를 교정해주면서 간간이 시범을 보였다. 그러면서 한 번씩 스카우터 쪽을 쳐다봤다.

"욘이 오늘은 평소보다 훨씬 열심이군."

"연습도 평소보다 더 집중력 있어요."

"좋아. 이래야 제대로 된 훈련이지."

모든 사람이 한마디씩 거들었다.

"자. 바로 다음 연습을 하겠습니다. 지금은 가만히 서서 패스를 하거나 받았지만 이제부터는 움직이면서 할 겁니다. 앞으로 달려 나오면서 공을 받은 뒤 그 공을 맞은편에 있는 사람에게 다시 주는 거예요."

욘은 사람을 반으로 나눠 맞은편에서 달려오며 패스하게 했고 자신도 무리에 섞였다.

"공은 강하게 차세요. 그래야 상대가 트래핑 연습이 되니까. 그다음 움직임을 생각하세요. 자. 달려요!"

페트로풀로스가 욘에게 패스한 공은 언제나 그랬듯 강하고 부정확했다. 욘은 자신이 그런 공도 얼마든지 부드럽게 처리할 수 있다는 걸 보여주고 싶었다. 그래서 원 터치로 바로 상대편으로 보냈는데 공은 욘이 생각했던 것보다 더 강하게 맞으면서 맞은편에서 달려오던 라마를 향해 정면으로 날아갔다. 깜짝 놀란 라마가 얼른 팔을 들어 막으려 했지만 공은 라마의 몸을 정통으로 때리고 말았다.

"악!"

라마가 짧은 비명을 지르며 그 자리에 풀썩 주저앉자 슈워츠가 얼른 달려가서 라마의 어깨를 끌어안았다. 사람들은 훈련을 중단하고 모두 라마의 근처로 모여들었다.

"이런 일이 있을 줄 알았지. 다들 비켜보세요. 내가 볼게요."

닥터가 앞으로 나섰다.

"자. 괜찮아요. 천천히 숨을 쉬어보세요. 지금은 놀라서 숨
이 안 쉬어질 수도 있어요. 횡격막이 잠깐 마비돼서 그럴 수
도 있고. 정말 숨이 안 쉬어지면 삽관, 아니, 이, 인공호흡을
해야 되지만. 괜찮아요. 일시적인 증상이니까. 자, 천천히. 옆
에서 겨드랑이를 잡고 들었다 났다, 올렸다 내렸다 해주세요.
좋아요. 자 그래요. 천천히 숨을 쉬어요."

"공이 너무 강했어요."

"피할 수도 없었어."

"이 중에서 그런 공을 받을 수 있는 건 리오밖에 없을 거
야."

사람들이 저마다 한마디씩 거들었다. 그 모든 말이 욘에게
는 책망으로 들렸다. 욘도 자신의 잘못이라는 걸 알고 있었
다. 자신이 공을 잘못 찼고, 혼자 잘난 척하려다가, 스카우터
에게 잘 보이려다 그런 것이었고……. 욘은 부끄럽고 화가 났
다. 하지만 어쩔 수 없잖아. 나보고 뭘 어쩌라고. 내게도 미래
가 있지 않느냐고. 이제 나도 내 축구를 해야 되지 않겠냐고.

갑자기 라마가 울기 시작했다. 닥터는 어쩔 줄 몰라 했고
슈워츠는 라마의 어깨를 더 세게 끌어안았다. 옆에서는 안젤
라와 오셔가 라마의 두 손을 잡고 있었다. 나머지 사람들은
아무 말 없이 욘을 흘끔거렸다.

"욘. 라마에게 사과하는 게 좋겠어."

데이비드가 낮은 목소리로 말했다. 주위에 모여든 사람들이 욘을 쳐다봤다.

"라마. 미안해요. 내가 너무…… 세게 차고 말았어요."

"괜찮아요. 욘의 잘못이 아니에요. 내가 공을 제대로 못 받아서 그래요. 울어서 미안해요. 내 잘못이에요. 내가 잘못해서……."

라마는 말을 맺지 못하고 다시 한번 울음을 터뜨렸다. 슈워츠가 라마를 일으켜 한쪽으로 데려가 쉬게 했다.

욘은 제발 스카우터가 이 모습을 보지 않았으면 좋겠다고 생각하며 그쪽을 보니 스카우터를 향해 누군가 다가가고 있었다. 안젤라였다. 설마 지금 고자질하러 가는 거야? 그런데 둘이 원래 아는 사이인 듯 친근하게 이야기를 나누기 시작했다. 그제야 그 남자를 어디서 봤는지 생각났다. 바로 안젤라의 남자 친구였다.

"저 빌어먹을 자식은 뭐 하는 놈이길래 일요일 아침부터 여자 친구가 축구 연습을 하는 걸 감시하러 나온 거야?"

"대학 교수라잖아."

욘의 혼잣말에 브루스가 대답했다.

다음 연습으로는 뭘 해야 할지 당장 떠오르지 않아 욘은 콘과 공을 나눠준 다음 패스 연습을 시켰다.

"퍼스트 터치 연습이라고 생각하세요. 받는 순간 공을 콘

반대쪽으로 이동시키는 거예요. 어느 쪽 발을 사용하든 상관 없어요. 발 안쪽, 바깥쪽 모두 괜찮아요. 번갈아 가면서 연습 해보세요."

욘이 시범을 보인 다음 사람들이 연습하는 걸 지켜보고 있는데 줄무늬 유니폼을 입은 사람이 펜스 안으로 들어와서는 주위를 살피며 욘에게 다가왔다. 축구 교실의 첫날 공터를 사용하려다가 뱀 때문에 도망간 사람들 중 하나인 것 같았다.

"매주 일요일 아침에 여기서 축구 수업을 하시나요?"

"맞아요. 수요일 저녁에도 하죠. 그런데요?"

"뱀은 어떻게 하구요?"

"연습할 동안은 뱀이 못 들어오게 대비를 해놓았어요. 방법은 비밀이지만요."

"그럼 여기 펜스와 골대는 누가 설치한 겁니까?"

"제 친구의 친구가요. 그런 걸 왜 물으시는 거죠?"

"지난주에도 와서 봤는데 운동장을 반만 쓰시더군요. 그래서 하는 말인데 저희가 나머지 반을 쓰면 안 될까요?"

욘은 안 된다고 하고 싶었지만 리오의 의견을 물어야 할 것 같았다. 어쨌든 뱀밭을 쓰는 것도, 골대를 세운 것도 리오의 덕분이니까.

"괜찮은데? 같이 축구할 사람들이 있으면 좋잖아?"

리오는 흔쾌히 승낙했다.

욘은 줄무늬 유니폼의 남자에게 운동장을 함께 써도 좋다고 말했다. 단 온의 축구 교실을 할 때뿐이고 수업을 방해하지 않으며 언제든 요구할 때 비워주는 조건이었다.

잠시 뒤 줄무늬 유니폼을 입은 사람들이 운동장에 들어와 반대편에 자리를 잡더니 자기들끼리 공을 주고받기 시작했다. 모두 30대에서 40대 정도의 남자들이었는데 축구 실력은 그리 대단한 편은 아니었다. 어쩌면 다음에 연습 삼아 경기를 해도 좋을 것 같았다.

수업의 마지막은 언제나 미니 게임이었다. 이번에는 사람이 모두 열두 명이었기 때문에 온도 직접 게임에 참여했다. 아직 체력이 올라오지 않아 숨은 찼지만 패스를 하고 조금 달리는 것 정도는 얼마든지 할 수 있었다. 어떤 동작을 해도 무릎이 아프지 않았다. 예전처럼 드리블 돌파로 골을 넣는 것도 얼마든지 가능할 것 같았다. 하지만 이 사람들을 상대로 그럴 수는 없었다. 미니 게임의 전반전이 끝난 뒤 온은 한 명씩 기술이나 자세와 관련해 고쳐야 할 점을 알려줬다.

"오셔. 플레이에 집중하는 건 좋은데 너무 집중하면 시야가 좁아질 수 있으니 어깨에 힘을 빼고 조금 더 느긋하게 하는 게 좋겠어요. 브루스. 수비를 할 때는 공격수의 전면을 향해서가 아니라 비스듬한 방향으로 서는 게 좋아. 그래야 한쪽 방향으로 유도할 수 있으니까. 무게중심은 낮게 두고. 은수. 패스를 받으려면 계속 경기의 흐름을 주시하고 그 상황에 필요한 게 뭔지를 생각해봐요. 지글러 씨. 적극적인 자세 좋아요. 골문 앞에서 조금만 더 침착하면 좋겠어요."

"알겠어. 침착하게. 침착하게."

데이비드와 페트로폴로스는 쉬는 시간에도 골대 앞에서 숏 연습을 하고 있었다.

"데이비드. 세게 찰 필요 없이 정확하게만 맞히면 골키퍼는 막을 수 없으니까 다리 전체를 부드럽게 휘둘러. 발목에는 힘을 주고. 페트로폴로스. 골키퍼에 소질 있는데? 골키퍼 훈련을 따로 시켜줄까?"

욘은 한쪽에 떨어져 앉아 숨을 몰아쉬고 있는 닥터에게 갔다.

"닥터. 괜찮으세요?"

"하, 그래, 나는, 괜찮아, 그런데, 내가 쓰러지면, 누가, 심폐소생술을, 해주지?"

"아마 리오가 할 거예요. 그렇지, 리오? 심폐소생술 할 줄 알지?"

"응. 리우데자네이루에 있을 때 배웠어."

옆에서 슈워츠에게 킥을 설명하던 리오가 대답했다.

"들으셨죠?"

욘은 이번에는 앉아서 쉬고 있는 라마에게 다가갔다.

"아까 정말 미안했어요. 공에 맞은 데는 괜찮아요?"

욘은 라마에게 말했다.

"이제 괜찮아졌어요. 울고 나니 한결 낫네요. 고마워요."

이렇게 말하고 라마는 살짝 웃었다.

그사이 다시 남자 친구를 만나러 펜스까지 갔던 안젤라가 돌아오고 있었다. 욘은 안젤라에게 다가갔다.

"아까 보니까 평소보다 소극적이더군요. 그렇게 가만히 있으면 2 대 1 패스를 받기 어려우니까 미리 준비하고 있어야 해요."

"그건 아는데 자꾸 몸이 굳어요."

"몸이 굳는 건 두려움 때문이죠. 두려워하는 거라도 있나요?"

"글쎄요. 내가 뭘 두려워하죠? 그런 건 없는 것 같은데요?"

"두려움이 없는 사람은 없어요."

"그러면 욘은 뭘 두려워하죠?"

"나는 축구 이야기를 하는 거예요."

"그렇겠죠. 내가 뭘 두려워하는지는 모르겠지만 어쨌든 계속하다 보면 나아지겠죠?"

"물론이죠. 음. 그런데 남자 친구는 뭐 하러 온 거죠?"

"내가 축구하는 모습을 보고 싶어서 온 거죠. 축구도 남자 친구가 권해서 하게 된 거예요. 외계인과의 경기에서 이기면 그걸로 결혼자금을 하재요."

"음. 그래요. 그러려면 연습을 좀 더 적극적으로 해야겠네요."

그렇게 사람들에게 하나씩 주문을 했건만 연습 경기 후반전도 전반전과 비교해서 별로 나아진 게 없었다. 그래도 사람들은 모두 열심이고 즐거워 보였다. 누군가 이렇게 집중하는 걸 보는 건 아주 오랜만이었다. 나는 어땠지? 뭔가에 이렇게 열중했던 적이 있었나? 생각나지 않았다. 축구를 그만둔 후로는 없었다. 그 후로는 껍데기뿐인 삶을 살았지. 이것도 저 것도 아닌 삶. 그저 매일을 흘려보낼 뿐인 삶. 겉모습은 멀쩡하지만 속은 텅 비어버린, 마치 썩은 나무 기둥 같은 삶.

연습이 끝나고 사람들이 짐을 챙겨 떠날 무렵 욘은 줄무늬 유니폼 사람들 쪽에도 이제 수업을 마쳤으니 돌아가라고 말했다.

"이제 낚시 가는 거지?"

리오가 말했다.

"아니. 누가 오기로 했어. 기다려야 해."

사람들이 모두 돌아간 뒤 얼마 안 있어 정장을 근사하게 빼 입고 선글라스를 낀 남자가 공터를 가로질러 천천히 다가왔다. 이번에는 누구인지 분명히 알 수 있었다. 욘도 그를 향해 다가갔다.

"반가워, 내 친구 욘. 정말 오랜만이다."

"더프, 이 개 같은 자식."

욘은 자기도 모르게 더프의 멱살을 쥐었다.

"내 돈 내놔, 이 자식아!"

"실망이다. 친구. 그 이야기는 전화로 다 설명한 줄 알았는데.”

 “당장이라도 줄 수 있다고 그랬지. 그러면 지금 당장 내놓
으란 말이야.”

 “그래? 그러면 되겠어? 그걸로 우리 관계는 끝나는 거야.
정말 그걸 원해? 그 동영상에 대해 이야기하기로 한 거 아니
었어?”

 욘은 슬그머니 손의 힘을 풀었다.

 “욘. 네 기분은 이해해. 그날 이후로 단 하루도 네 생각을
안 한 적이 없었어. 너도 그랬겠지만 나도 힘든 시간을 보냈
어. 어쨌든 이제 그 시간은 지나갔고 사업도 본궤도에 올랐
어. 정리할 것들이 조금 남아 있을 뿐이야. 그런데 그걸 못 기
다려주다니. 그 정도는 이해해줄 수 있잖아. 우리가 겨우 그
정도밖에 안 되는 사이였어?”

 “그러면 전화번호는 왜 바꿨지? 왜 연락이 안 됐던 거야?”

 “그때는 문제가 좀 복잡했어. 이제는 다 깔끔하게 정리됐
지만. 이거 봐, 욘. 과거가 뭐가 중요해. 우리가 지금 여기 같
이 있다는 게 중요하지. 그리고 앞으로의 날들이 중요한 거잖
아. 안 그래?”

 “……그래. 네 말이 맞아.”

 더프가 웃으면서 손을 내밀었다. 욘은 마지못해 그 손을 잡
았다.

 “그런데 그거 정말이야? 네 무릎 말이야. 정말로 괜찮은 거

야?"

"아무렇지도 않다니까. 한번 볼래?"

욘은 바지를 걷어서 흉터 하나 없이 말끔해진 무릎을 보여
줬다.

"음. 이렇게 봐서는 잘 모르겠지만 어쨌든 겉으로는 멀쩡
해 보이네."

"무슨 소리야. 너도 내가 얼마나 큰 수술을 받았는지 알잖
아."

"이것 봐. 욘. 정말 큰 수술을 받았으면 이렇게 깔끔하게 잘
나을 리 없다는 거 너도 알잖아."

"나는 그 부상으로 은퇴했다고."

"이제 와서 그런 게 뭐가 중요해. 어쨌든 네가 나아서 다행
이다. 그리고 이쪽이 네가 말한 그 선수구나."

"그래. 맞아. 둘이 인사해. 리오. 이쪽은 내 선수 시절의 친
구인 더프야. 더프 매과이어. 노는 걸 좋아하고 가끔 사람을
골탕 먹이기도 하지만 근본은 좋은 놈이야. 그리고 이쪽은 리
오야. 음. 정말 재주가 많은데 게다가 축구까지 잘해. 재능이
있달까."

"재능? 욘. 내가 이 생활을 하며 제일 뼈저리게 느낀 게 뭔
지 알아? 세상에는 재능 있는 사람이 정말로 많다는 거야. 너
나 나처럼. 그런데 그런 사람들이 모두 성공하는 건 아니지.
필요한 게 뭔지 알아? 노력과 끈기? 천만에. 노력은 누구나

해. 성공을 위해 정말로 필요한 건 바로 운이야. 좋은 팀에서 좋은 동료와 좋은 감독을 만나야 한단 말이야. 그리고 그 운을 가져다주는 게 바로 에이전시야. 시시한 에이전시를 두면 시시한 팀에 들어가서 시시한 선수 생활을 하다 시시하게 끝나지만 좋은 에이전시를 만나면 좋은 동료들과 좋은 팀에서 축구를 하게 되는 거야."

욘은 더프의 말에 고개를 끄덕였다.

"그런 면에서 네 친구는 정말로 운이 좋은 거야. 나를 만났으니까. 이제 와서 하는 말이지만 나는 언젠가 새로운 축구의 시대가 열릴 거라고 생각하고 있었어. 외계인이 찾아왔을 때 나는 바로 알아차렸어. 이게 내가 기다려온 바로 그것이라는 걸. 나는 이미 모든 준비가 끝났어. 내게는 수백 명의 뛰어난 선수들에 대한 명단이 있다구. 내가 할 일은 그 선수들로 완벽한 팀을 만드는 거야. 그러려면 우선 선수에 대해 완벽하게 알아야지. 그러니까, 네 친구를 테스트할 필요가 있단 말이야. 어때. 괜찮지?"

"그럼 나는?"

"네 실력은 이미 알잖아. 안 그래? 그러니까 이제 네 친구 실력을 봐야지."

욘은 자기도 모르게 고개를 끄덕였다.

"좋아. 그 전에 한 가지만 확인할게. 네 친구, 아직 외계인과의 축구 시합에 안 나간 거 확실하지? 괜히 시간과 노력을 뺏기고 싶지 않아서 그래."

"리오. 네 입으로 말해. 외계인과의 시합에 안 나간 거 맞지?"

"응. 맞아."

"좋아. 그럼 실력을 확인해보기로 하지. 동영상에 나온 게 합성일 수도 있잖아."

욘은 페널티 라인에 공을 몇 개 꺼내놓고 리오에게 영상으로 찍었던 것처럼 공을 차보라고 하면서 골대의 구석을 하나씩 차례로 가리켰다. 리오는 욘이 가리키는 구석에 정확하게 공을 차 넣었다.

"음. 괜찮군. 그럼 이번에는 더 멀리서 넣는 걸 보여줄 수 있어? 10미터 더 뒤로 가서 차는 거야."

욘은 더프의 말대로 10미터 더 뒤로 가서 리오에게 공을 차게 했다. 리오는 이번에도 네 코너에 모두 공을 차 넣었다.

"좋아. 그럼 이제 동영상으로 봤던 그걸 하라고 해봐. 골대를 맞히고 나온 공을 발리로 차서 다시 골대를 맞히는 거."

"하지만 동영상은 이거보다 가까운 데서 찍은 거라고."

"그래? 그러면 더 먼 데서는 못하는 거야?"

하는 수 없었다.

"리오. 그거 있지? 골대 맞고 나오는 걸 차서 다시 골대를 맞히는 거. 그 자리에서 할 수 있어?"

"몇 번이나 하면 돼?"

"할 수 있는 만큼."

공이 골대를 맞고 리오에게 돌아올 때마다 더프의 표정이 점점 더 굳어졌다. 욘은 공이 열 번째 튕겨 나올 때 리오를 멈추게 했다.

"자. 이제 됐지? 직접 눈으로 보니 어때?"

더프는 뭔가 생각에 잠긴 얼굴이었다.

"뭔가 더 보여줘야 돼?"

"더 뒤로 가서 차봐."

"얼마나 더 가야 하는데?"

"하프라인까지."

"미쳤어? 하프라인이면 50미터는 되잖아."

하지만 더프의 표정은 단호했다.

셋은 함께 하프라인까지 갔다. 거기서 보니 골대가 굉장히 작아 보였다.

"좋아. 리오. 여기서도 골대 안에 넣을 수 있어? 이번에도 똑같이 네 구석에 공을 넣는 거야."

"해보지, 뭐."

욘은 그런 게 가능할 거라고 생각하지 않으면서도 네 개의 코너를 하나씩 가리켰다. 리오는 공을 강하게 찼고 리오가 찬 공은 욘이 지금까지 한 번도 본 적 없는 방식으로 출렁거리며 날아가더니 코너에 정확하게 꽂혔다. 욘도, 더프도 입을 열지 않았다.

"이제 그만하고 낚시하러 가면 안 될까?"

리오가 말했다.

그때 욘의 마음속에 한 가지 생각이 떠올랐다.

"리오. 여기서 공을 차서 골대를 맞히고 다시 돌아오게 할 수 있어?"

더프가 욘을 쳐다봤다. 무슨 말도 안 되는 소리를 하느냐는 듯이.

"그것만 하고 당장 낚시를 하러 가자."

"그래? 알았어. 해보지, 뭐."

말도 안 된다는 건 욘도 알고 있었다. 여기서 골대까지 공을 날리는 건 프로 선수라면 누구나 할 수 있었다. 골대를 맞히는 것도 운이 좋으면 가능했다. 하지만 그 공이 다시 하프라인까지 날아오는 건 불가능했다. 굴러서 되돌아오는 것도 불가능했다. 적어도 욘이 알기로는 그랬다. 아니, 그건 무조건 불가능한 일이었다. 왜냐고? 그건 정말 불가능한 일이기 때문이었다. 대포로 공을 쏘면 가능할지도 모르지. 그런데 왜 리오에게 해보라고 하는 거지? 해내는 걸 보고 싶어서? 아니면 실패하는 걸 보고 싶어서?

리오는 공을 놓고 몇 걸음 뒤로 물러서더니 달려 나오면서 강하게 공을 찼다. 공은 한참 동안 날아가 골대의 윗부분을 강하게 때리고 튕겨 올랐다. 어찌나 세게 맞았는지 골대가 흔들리는 게 이 먼 거리에서도 보이는 것 같았다. 하지만 저 공이 다시 돌아올 수는 없을 거야.

그 순간 욘의 얼굴로 바람이 불어왔다. 그리고 공이, 아마도 바람에 실려서겠지만 이쪽을 향해 빠르게 날아왔다. 리오는 그 공을 다시 찰 준비를 했다. 설마 여기서 다시 공을 차서, 다시 골대를 맞히고, 그 공이 다시 날아오고…… 그건 있어서는 안 되는 일이었다.

"그만."

욘은 리오의 몸을 밀고 공을 대신 받았다.

"휴. 이건 좀 어려웠어. 리마에서 바람을 읽는 법을 배우지 않았으면……."

"그만 좀 해. 이건 그냥 행운이잖아."

욘이 말했다.

"그래, 행운. 그게 바로 내가 말한 거야."

더프가 끼어들었다.

"내가 말했지? 성공에 필요한 건 운이라고. 난 늘 이런 친구를 기다리고 있었어. 재능에, 실력에, 그리고 마지막에 한 것처럼, 그런 운까지 따르는 사람을. 자네와 내가 손을 잡으면 외계인을 이길 수 있어."

더프는 리오의 손을 덥석 잡았다.

"자네의 재능은 이런 곳에서 썩히고 있어도 되는 게 아냐. 내 팀에 들어오면 이런 축구 교실보다 훨씬 수준이 높은 축구를 할 수 있어. 세계적인 수준의 선수들과 함께 축구를 할 수 있다고. 내가 그런 수준의 선수들과 연결해줄 테니까."

더프는 활짝 웃으며 리오의 손을 쥐고 흔들었다. 누구든 따라 웃게 만드는, 그러다 마음과 지갑을 열게 만드는 그런 웃음이었다.

그러나 지금 욘은 웃지 않았다. 더프가 자기에게는 조금도 관심을 두지 않아서였다. 하긴 눈앞에서 그런 킥을 봤으니 다른 게 눈에 들어올 리 없었다. 그래도 더프. 우리는 친구였잖아? 내가 축구 선수로는 한물간 30대 중반에, 그동안 축구는커녕 다른 운동도 하지 않아서 몸 상태가 엉망이기는 하지만, 물론 나 정도 되는 선수는 흔하겠지만, 지금 리오의 킥은 부상 전의 나조차도 상대가 안 될 만큼 대단하다는 건 나도 잘 알지만, 그래도 말이야, 그 세월 동안 내가 네게 해줬던 것들을 생각하면 네가 나한테 이러면 안 되지 않아?

그리고 리오. 너는 도대체 정체가 뭐야?

더프

욘이 작업지시서를 잘못 읽는 바람에 욘과 동료들은 점심도 거르고 물건들을 재배치해야 했다. 그 일이 끝난 후 욘은 데이비드를 찾아갔다.

"미안해, 데이비드. 내가 큰 실수를 해버렸어."

"괜찮아. 그래도 다른 동료들에게도 사과는 해야 할 거야."

"당연하지. 내가 잘못한걸."

"요즘 실수가 잦은 것 같아. 혹시 축구 교실 때문에 피곤해서 그러는 거야? 아니면 무슨 고민이라도 있어?"

"고민? 내가 무슨 고민이 있어? 이제 모든 게 다 잘 풀려가고 있는데."

"하긴 그래. 축구 교실도 잘 돌아가고 몸도 더 좋아 보이고. 하지만 모든 게 좋은 방향으로 흘러가는 것처럼 보일 때가 가장 조심해야 하는 때일 수도 있어."

그러면서 그는 장갑을 낀 오른손을 내려다봤다. 손을 다쳤을 때의 일을 생각하는 모양이었다. 결국 그는 가족들과 헤어졌지만 어차피 그건 데이비드의 일이었다. 나한테는 헤어질 사람도 없잖아. 뭐가 더 나빠질 수 있겠어?

그날 저녁 욘은 브루스의 정육점에 들렀다. 브루스는 욘이 문을 열고 들어오자 달력을 쳐다봤다.

"화요일."

"알아."

"오늘도 그냥 들른 거지?"

"응."

"뭔가 할 말이 있어서는 아니고?"

"사실은 연습에 대해 이야기할까 하고. 아직 수비 자세가 덜 잡힌 것 같으니까 다음에는 수비 연습을 하면 좋을 것 같아. 두 명씩 짝지어서 한 명은 돌파하고 다른 한 명은 막는 훈련을 하는 거야."

브루스는 욘을 말없이 쳐다봤다.

"왜?"

"그냥 솔직하게 말해. 주얼을 만날 수 있을까 해서 온 거지?"

"아냐."

"아니긴. 주얼에게 뭐 할 말이라도 있어? 할 말이 있으면 나한테 해. 전해줄 테니까."

"……아냐. 없어."

"그래? 그럼 고기를 살 거면 사고, 다른 할 말 없으면 가봐. 주얼은 오늘 안 올 거니까."

욘은 망설이다가 결국 입을 열었다.

"혹시 말이야, 주얼한테 내가 축구 교실을 한다고 말해줄 수 있어?"

"내가 뭐 하러?"

"……."

"흥. 그거라면 이미 말했어. 수요일 저녁마다 어디 가느냐고 해서 욘의 축구 교실에 간다고 했지. 그러니까 그 욘이 자기가 아는 그 욘이내. 그래서 그렇다고 했지."

"그래서?"

"그래서라니? 그걸로 끝이었어."

"정말?"

"그럼 내가 거짓말이라도 한다는 거야? 주얼이 어머, 욘이 축구 교실을 한다니, 공을 차는 그의 모습은 얼마나 멋있을까, 생각만 해도 가슴이 두근거리네, 뭐 이러기라도 할 줄 알았어? 남자 친구 앞에서?"

"네가 남자 친구라고? 그냥 네 착각 아냐?"

"데이트도 했는데?"

"데이트를 했다고? 그럼…… 그것도 했어?"

"내가 왜 그걸 너한테 말해야 하는데? 그리고 데이트라고 하니 그 생각밖에 안 드냐? 멍청한 자식아."

"누가 멍청하다는 거야?"

"누구긴 누구야. 너지."

"멍청한 건 너지. 네가 어렸을 때부터 주얼을 좋아한 걸 모를 줄 알아? 어떻게 한 여자를 코흘리개 때부터 계속 쫓아다니냐. 그러니까 축구도 발전이 없지."

"이런 젠장."

브루스는 칼을 어느 때보다 세게 내리쳤다.

"첫눈에 반한 여자를 한 번도 변하지 않고 사랑하는 게 멍청한 짓이냐? 그럼 너는 뭐가 잘났는데? 돈은 날리고, 여자는 놓치고, 그 여자를 다시 잡겠다고 밤마다 찾아가 못살게 굴고. 그리고 네가 술 먹고 운전하다 다리 위의 가로등을 처박은 걸 모를 줄 알아? 그런 게 진짜 멍청한 짓이지."

"그래. 너 잘났다. 그렇게 잘난 놈이 축구 교실에는 왜 나오는 거야?"

"당연히 축구를 배우러 가는 거지."

"축구를 배우고 싶으면 다른 데도 많이 있을 텐데 왜 굳이 나한테 와서 배우냐고. 내가 어떤 꼴로 사는지 구경하려고 나온 거야?"

"이런 멍청한 자식. 내가 아는 사람 중에 네가 제일 축구를 잘하니까 그렇지."

둘은 잠시 서로를 노려봤다.

"알았다. 그럼 간다."

욘이 가게를 나가려 할 때 브루스가 욘을 불렀다.

"그 가로등 말이야. 주얼에게는 말 안 했어. 이미 알고 있을지도 모르지만."

"고맙다."

기다리던 연락은 다음 날 낮에 왔다. 욘은 작업 중이었지만 번호를 확인하자마자 얼른 전화를 받았다. 저만치 떨어져 있던 데이비드가 욘을 잠시 쳐다봤다.

"오늘 저녁에 괜찮아?"

휴대폰 너머에서 더프가 말했다.

"물론이지. 어디로 가면 될까? 리오를 데려가야겠지?"

"아니. 그 전에 우리끼리 먼저 만나지 뭐. 어디 조용하고 사람들 눈을 피할 수 있는 데면 좋겠는데. 이런 건 소문이 나면 안 좋으니까."

"그러면……."

"너 요즘 누구랑 살아?"

"혼자 사는데."

"잘됐네. 너희 집으로 갈게. 주소를 불러줘."

욘은 퇴근하자마자 집을 깨끗이 치웠다. 쓰레기를 버리고 빨래들을 세탁기 속에 집어넣고 먼지를 털고 청소기를 돌리고 밀린 설거지를 하고 걸레질까지 한 다음 더프를 기다렸다. 그러나 더프는 약속한 시간이 돼도 오지 않았고 전화도 받지 않았다. 이 빌어먹을 자식. 설마 또 튄 거 아냐? 그런데 뭐 하러 튀겠어? 나한테서 돈을 받아 간 것도 아닌데. 가만. 설마 리오에게 간 거 아냐? 나와 약속을 잡아서 기다리게 해놓고 혼자 리오를 만나러 간 거 아냐? 욘은 당장 트레일러 파크로 가려고 일어났다가도 자신이 집을 비운 사이에 더프가 찾아올까 싶어 주저앉기를 몇 번이나 반복했다. 그리고 온갖 생각에 지쳐 냉장고에서 맥주를 꺼냈다.

더프는 한밤중에 찾아왔다. 욘은 이미 반쯤 취해 있었다.

"집이 참 아늑하네. 소박하고. 아주 멋져. 내가 꿈에 그리던 집이야."

더프는 집 안을 둘러보다 벽에 걸린 사진과 그 밑에 벽이 움푹 들어간 자리를 잠깐 봤다.

"왜 이렇게 늦었어? 이리 와서 너도 한잔해. 맥주밖에 없지만."

"아니. 운전을 해야 해서. 하. 긴 하루였어. 앉아도 되지?"

"그래. 아무 데나 편한 데 앉아."

더프는 소파에 털썩 앉았다. 그리고 잠시 뒤 코를 킁킁거리더니 식탁으로 자리를 옮겼다. 욘은 새 맥주를 꺼내 맞은편에 앉았다.

"혹시 뭔가 먹을 건 없나?"

더프가 물었다.

"저쪽에 있는 상자에서 아무거나 골라봐."

더프는 욘이 가리킨 식료품 상자를 잠깐 쳐다보고는 고개를 돌렸다.

"아냐. 생각해보니 배가 별로 안 고픈 것 같아. 하. 이렇게 마주 앉으니 옛 생각이 나네. 내 친구 욘. 너는 정말 대단한 놈이었어. 지금도 너를 처음 훈련장에서 봤을 때가 생각나. 난 네가 천재거나 미친놈인 줄 알았어. 처음 공을 잡기도 전에 이미 알아봤다니까. 그런데 나중에 보니까 둘 다였지 뭐야. 그거 기억나? 네가 일곱 명을 혼자서 제치고 골을 넣었던 거. 우리는 다 네가 골을 넣는 걸 구경만 했지. 정말 웃겼던 건 처음에는 제발 패스 좀 하라고 길길이 날뛰던 감독이 네가 골을 넣자 태도가 돌변했던 거야."

"그래. 기억나. 그때 감독 표정이 정말 웃겼었지."

더프는 자세와 표정을 다잡았다.

"그런데 있잖아, 욘. 이런 말 하기는 미안하지만, 리오와의 계약은 보류야."

"뭐? 왜? 리오와 함께라면 외계인을 이길 수 있다며? 네 입으로 그렇게 말했잖아."

"그날은 너를 오랜만에 만나서 반가운 나머지 너무 흥분했어. 그런데 집에 가서 생각해보니 잘 모르겠더라고. 그래. 킥은 인정해. 하지만 킥만 잘하는 선수를 어디에 쓰겠어? 그 친구는 아직 검증이 덜 됐어. 필드에서 뛰는 모습을 봐야 한다고. 안 그래?"

더프의 말이 맞는 것 같았다. 더프의 말은 늘 맞지. 하지만 그 말대로 하는 게 맞는 건 아니라는 걸 욘은 알고 있었다.

"그럼 여기는 왜 왔어? 리오와 계약할 생각도 없으면서 나를 찾아왔다는 기야? 그냥 옛날이야기나 하자고? 그럴 거면 그냥 집에 가. 다른 사람을 찾아볼 테니까."

더프는 뒤로 조금 물러나 앉았다.

"욘. 너 혹시 리오와 정식으로 계약했어?"

"음. 그래."

"아직 안 했네."

"한 거나 마찬가지야. 리오는 내가 찾아냈어. 그리고 나와 같이 운동을 하고 있다고. 내가 그 자식에게 축구를 가르치고 있어."

"그 정도 갖고 네 선수라고 말할 수 있어? 이거 봐, 욘. 리오는 자유야. 지금이라도 내가 여기 와서 너를 만나는 동안에 다른 사람을 시켜서 리오를 찾아가 계약서에 사인을 받더라도 법적으로는 아무런 문제가 없어."

"이 쥐새끼 같은 자식!"

욘은 주먹을 쥐고 자리에서 벌떡 일어났다.

"흥분하지 마. 진짜 그랬다는 건 아냐. 다른 에이전트라면 그렇게 했을 거라는 거지. 그리고 그 영상을 여기저기에 돌린 건 너야. 다른 누군가 역시 리오를 눈여겨보고 몰래 찾아갈 수도 있다는 말이야."

더프의 말이 맞았다. 욘은 자리에 앉았다.

"그래. 좋아. 솔직하게 말할게. 우리는 친구니까. 이 말은 내가 너를 믿듯 너도 나를 믿어야 한다는 뜻이야. 잘 들어. 사실은 여기 오기 전에 리오를 만났어. 앉아. 흥분하지 말고. 이렇게 흥분하면 내가 어떻게 너한테 사실을 말할 수 있겠어? 미리 말해두는데 계약은 하지 않았어. 그냥 의향만 물어보러 간 거니까. 너도 알겠지만 원래 계약이라는 게 세부적인 걸 조정하는 데 시간이 걸리잖아. 그런데 리오가 그러더군. 자기는 외계인과의 시합에는 나가지 않을 거라고. 너한테 이미 말했다던데? 그리고 욘의 축구 교실에 멤버로 있으니까 나와 함께 갈 수 없다는 거야."

더프는 식탁 위의 맥주를 하나 집더니 뚜껑을 따고 두어 모금 넘겼다.

"나는 선수들에게 10퍼센트의 보수를 받아. 물론 이겼을 때 이야기지. 그래서 말인데, 리오와 계약하게 해주면 내 몫에서 10퍼센트를 네게 줄게. 리오가 외계인과의 시합에서 이겨 황금을 받으면 너는 아무것도 안 하고 그 황금의 1퍼센트를 받게 되는 거지. 그저 말 몇 마디만 하는 대가로 말이야."

욘은 잠시 생각했다.

"정말 리오가 나가면 외계인과의 시합에서 이길 수 있다고 확신해?"

"그 킥이면 경기장 어디에서도 골을 넣을 수 있어."

"정말 이긴다고 확신해? 네 엄마를 걸고서도 약속할 수 있어?"

"거기서 우리 엄마가 왜 나와? 비겁한 자식. 너도 알잖아. 축구에서는 100퍼센트란 없어. 하지만 가능성은 더 높아지지."

"팀은 어느 정도나 꾸려졌지?"

"내가 줄이 닿아 있는 팀은 한두 개가 아냐. 하지만 리오는 그중에서 가장 좋은 팀에 넣을 거야. 그래야 가장 실력을 잘 발휘할 테니까."

욘은 잠시 더 생각했다.

"좋아. 리오와 계약하게 도와주지. 그 대신 조건이 있어."

"무슨 조건?"

"나도 그 팀에 넣어줘."

더프는 잠시 말이 없었다.

"욘. 내 친구 욘. 너도 알겠지만 팀이라는 건 유기적인 거야. 톱니바퀴처럼 맞물려 돌아가야 하고 서로 화학반응이 일어나야 해. 누구 하나 떨어지거나 삐져나오면 제대로 돌아가지 않는다고. 너도 잘 알 거 아냐."

"무슨 소리야?"

"상황을 객관적으로 보라는 거야. 너는 지금 일급 트레이너와 영양사가 달라붙어서 관리해도 은퇴하고도 남았을 나이야. 계속 관리했어도 그 정도란 말이야. 그런데 지금 네 몸은 어떻지? 이 뱃살은 다 뭐야? 그 물렁한 다리는? 욘. 이건 현실이야. 가능성의 문제가 아니란 말이야. 나도 이렇게 말해서 마음이 아프지만 무릎이 나왔다고 해서 지금 당장 엘리트 수준에서 뛸 수 있는 몸이 아니라는 건 너도 알 거 아냐."

"하지만 난 뛸 수 있어. 우리 팀의 젊은이들보다 더 빠르게 뛸 수 있다고."

"너희 팀의 그 어중이떠중이들 말이야? 내가 열 살 때도 그보다는 빨랐어."

"네 말이 맞을지도 모르지. 하지만 넌 나한테 빚이 있어."

"갚을 거야."

"넌 나한테 빚이 있다고."

"갚는다고 했잖아."

"돈을 말하는 게 아냐. 네가 술집에 드나들 때 너를 위해 감독에게 거짓말해준 게 누구야? 네가 술집에서 두드려 맞을 뻔할 때 구해준 게 누구야? 네가 멍청하게 준 패스 때문에 무릎이 박살 났던 게 누구야? 그런데 너는 어떻게 했지? 매번 나를 버려두고 혼자 빠져나갔어."

더프는 대답하지 않았다.

"내가 어떻게 살고 있는지 말해줄까? 집이 무너지고 있는데 못 고치고 있어. 왜? 친구한테 사기를 당해서. 같이 살던 여자는 떠났어. 왜? 친구한테 사기를 당해서. 매일 폐기 통조림으로 끼니를 때우고 있어. 왜? 친구한테 사기를 당해서. 예전에 입었던 트레이닝복을 아직도 입고 있어. 왜? 친구한테 사기를 당해서. 그런데 이제 와서 뭐라고? 내가 나이가 많아서 팀에 넣어줄 수 없다고?"

욘은 식탁 위에 올린 주먹을 부르르 떨었다.

"왜 저 사진만 저 자리에 걸려 있는지 알아? 네가 돈만 받고 연락을 끊은 뒤에 나는 주얼하고 싸웠어. 너한테 준 그 돈은, 그러니까 네가 네 에이전시 회사에 투자하라고 하면서 나한테 받아 간 돈은 나와 주얼의 돈이었으니까. 주얼은 너를 고소하라고 했고 나는 그럴 수 없다고 했어. 주얼은 나한테 사기꾼한테 당해놓고도 두둔하는 거냐 그랬고 나는 그만하라고 했고, 그러다 내가 벽을 주먹으로 친 거야. 내 친구를 욕하지 말라고 하면서. 벽에 저 구멍 보이지? 나는 그러면서도 너를 감쌌단 말이다, 이 개자식아. 그런데 나더러 이제 퇴물 늙다리니까 뒤로 물러나서 젊은 놈들에게 양보하라는 거야? 내겐 기회조차 주지 않겠다는 거야?"

더프는 한참 동안 말이 없었다.

"그런 줄 몰랐어. 미안하다."

그 한마디를 하고 나서 한참 뒤에 더프는 다시 무겁게 입을 열었다.

"네가 네 이야기를 했으니까 나도 뭔가 이야기해야 할 것 같아서 말하는 건데, 만나는 여자가 있어. 모델이야. 너는 내 여자 친구들을 많이 봐왔지만…… 이 여자는 그런 여자가 아냐. 달라. 정말 달라. 어떻게 다르냐면, 이 여자는 나를 다른 사람이 되게 해줘. 나는 다시는 이런 사람을 만나지 못할 거야. 나도 내가 이런 생각을 하게 될 줄 몰랐는데, 이 여자와 결혼하고 싶어. 그런데 나는 아직 준비가 안 됐어."

"그게 무슨 뜻이야? 준비가 안 됐다니?"

더프는 대답하지 않았다. 그래서 욘은 다시 물었다.

"그게 무슨 뜻이냐고."

"돈이 없다는 소리다, 이 자식아."

"그러면 그 옷과 시계는 뭐야? 또 바깥에 세워놓은 차는 뭐고?"

"옷은 중고로 샀고 시계는 짝퉁이고 차는 빌린 거다. 됐냐? 내 사정을 알고 나니 속이 시원해? 너도 그렇지만 나도 이 기회에 팔자를 고치지 못하면 쫄딱 망한단 말이야. 그러니까 그 친구가 꼭 필요하다고. 그런데 옛 친구라는 놈이 자기도 끼워 달라면서 나를 엿 먹일 생각이나 하고 있다니."

"그냥 팀에 넣어주기만 하면 돼. 그다음은 내가 알아서 할 테니까."

"빌어먹을 자식. 리오를 데려와. 그러면 너하고도 계약할 게. 그 대신 이제 너랑 나 사이에 빚은 없는 거다. 돈만이 아니라 마음의 빚도 다."

"알았어."

"그리고, 한 가지 더 있어."

"뭔데?"

"싸우지 않는다고 약속해. 아무와도 안 싸운다고. 감독하고
도, 동료하고도, 상대 팀하고도. 말싸움도. 주먹질도 안 돼. 싸
움을 하면 계약은 그걸로 끝나고 너는 리오만 남겨두고 팀에
서 나가는 거야. 약속할 수 있어?"

"좋아."

둘은 악수했다.

"더프. 너는 내가 아는 사람 중에 제일 개자식이야."

욘이 말했다.

"네가 바깥세상에서 한 달만 구르면 내가 얼마나 좋은 사
람인지 알게 될 거다."

더프가 대답했다.

출발하기 전까지의 일들

다음 수업이 있는 날 욘은 평소보다 일찍 트레일러 파크를 찾아가 리오를 깨웠다.

"리오. 나는 외계인과 시합을 할 거야. 나와 한 팀이 돼줘."

잠을 깬 리오는 눈을 끔벅대다가 입을 열었다.

"난 시합을 할 수 없어. 외계인들이 나와는 시합을 하려 하지 않을 거야."

"왜? 너 혹시 그새 외계인과 시합을 한 거야?"

"아니."

"그럼 문제될 거 없어. 일단 계약을 하면 나머지는 더프가 알아서 다 해줄 거니까. 그리고 우리 둘이 새 팀에 들어가서 외계인들과 시합을 하는 거야."

"응? 축구 교실 사람들하고 같이 하는 게 아냐?"

"너도 알잖아. 그 사람들은 우리와 같이 팀을 짜기에는 실력 차이가 너무 커."

"그럼 축구 교실은 어떻게 되는 거야?"

"아쉽지만 축구 교실은 이제 못 하게 될 거야."

"그러면 욘 혼자서 다녀와. 나는 그 사람들하고 같이 축구 연습을 하고 있을게. 그 사람들은 내가 필요해. 내가 없으면 뱀이 공격할 테니까."

"리오. 이건 엄청난 기회야. 외계인과의 시합에서 이기면 너도 제대로 된 집에서 제대로 된 옷을 입고 제대로 된 음식을 먹으면서 살 수 있어. 매일 생선을 먹는 거 지겹지도 않아? 이렇게 사는 게 지겹지도 않아?"

"아니. 나는 아주 만족하며 살고 있어."

"나는 싫어. 나는 외계인하고 시합을 해야겠어."

"그러면 욘 혼자 다녀와."

"젠장. 우리 둘이 같이 가야 된다고. 너를 데려가야 나도 그 팀에 받아주겠다고 했단 말이야. 내가 축구를 하려면 네가 필요해."

리오는 잠시 생각했다.

"욘. 축구를 하고 싶어?"

"그래. 축구를 하고 싶어. 이제 무릎이 괜찮으니까 내 실력을 시험해보고 싶어. 부상 때문에 미처 못 했던 것들을 하고 싶어. 나도 알아. 내가 이제 나이도 많고 몸도 안 된다는 걸.

그래도 이대로 끝내고 싶지는 않아. 이건 내 마지막 기회라고."

리오는 대답하지 않았다.

"너는 내 친구잖아. 내가 너에게 뭔가 부탁한 적 있어? 없잖아."

"있어. 축구 교실을 도와달라고 했잖아."

"그래. 맞아. 있어. 그리고 네가 골대도 만들어줬지. 그건 엄밀히 말해 내가 부탁한 건 아니지만. 그러니까 이번 한 번만 더 도와달라고."

"잠깐 명상을 좀 해야겠어."

리오는 욘이 대답도 하기 전에 히말라야 명상에 들어갔다. 숨도 쉬지 않고 눈도 깜박이지 않아서 꼭 마네킹이나 죽은 사람처럼 보이는 그 명상법이었다. 이번 명상은 평소보다 더 길었다. 이러다 정말로 숨을 멈추는 게 아닐까 걱정이 돼 욘이 깨우려 할 때쯤 리오가 숨을 내쉬고는 말했다.

"그러면 어쩔 수 없네. 갈게. 대신 시합만 끝나면 바로 와서 축구 교실을 하는 거야."

"좋아! 그쯤이야 얼마든지 약속할 수 있지."

"뱀은 경기장에 못 오게 할게. 하지만 믿을 수 없는 녀석들이라서 내 말을 잘 안 들을지도 몰라."

욘은 더프에게 전화를 걸어 이 소식을 알렸다. 더프는 한 달쯤 뒤에 연락을 할 테니 축구 교실이라도 열심히 하면서 몸을 만들어두라고 했다. 그리고 연락하면 바로 팀에 합류할 수 있게 다른 것들도 준비를 해두라고 했다. 준비라니? 축구 교실도 정리하고 직장도 정리해야 하지 않겠어? 욘이 일을 그만둬야 하냐고 묻자 더프는 이건 일생을 건 일인데 지금 그깟 직장이 문제냐고 했다. 그러면 일을 안 하면 뭘 먹고 살지? 통장에 그만한 돈도 없어? 욘이 대답을 못 하자 더프는 그러면 직장에는 두 달 정도 휴가를 내고 두 달 안에 경기를 못 하면 그때 가서 다시 생각해보라고 했다.

전화를 끊고 공터를 향해 가는데 욘의 마음속에 생각들이 걷잡을 수 없이 솟아났다. 내가 지금 뭘 하고 있는 거지? 다시 축구를 한다고? 이게 꿈인가? 아니면 내가 미친 건가? 아니야. 이건 꿈이 아냐. 미친 것도 아냐. 나는 이제 축구를 다시 할 수 있어. 무릎이 멀쩡하니까. 아냐. 내 무릎은 언제 무너질지 모르는 집 같은 거라고 닥터가 말했어. 그래. 집. 무너져가는 집. 지금도 빗물과 습기와 곰팡이 때문에 계속 무너져가고 있는 집. 그게 내 삶이야. 내가 이런 미친 짓을 하는 건 순전히 그 삶에서 벗어나기 위해서야. 나는 이제 축구를 할 거야. 축구 교실 같은 거 말고 진짜 축구를 할 거야. 그러면 이 사람들은 어떻게 하지. 누구? 축구 교실 사람들? 내가 왜 그 사람들을 걱정해야 하지? 나와는 전혀 다른 세계에서 살고 있는 사람들인데. 그들이 내 삶에 대해 뭘 알겠어. 다들 나보다 좋은 직업이 있고 좋은 집에 살고 좋은 옷을 입고 좋은 차를 타면서 행복하게 사는 사람들이야. 내가 왜 그들을 걱정해야 해? 나는 돈을 받은 만큼 가르쳐주면 그만이야. 더 이상 뭘 하겠어? 가르칠 수 있는 만큼은 가르쳤다고. 이런 젠장. 아니잖아. 아직 가르쳐야 할 게 많이 남아 있잖아. 너무나 많이 남아 있잖아. 그 사람들은 축구 규칙도 몰라. 실제 경기를 해본 적도 한 번도 없어. 그들을 프로 선수로 만들 수는 없지만 그래도 기본은 할 수 있게 만들어야지. 공을 받고, 연결하고, 달리고, 막고, 헤딩하고, 예측하고, 서로 믿고, 그 모든 걸 두려움 없이 할 수 있도록 해야지.

욘은 뭘 두려워하죠?

내가 뭔가를 두려워한다고? 나는 아무것도 두렵지 않아. 나는 아무것도 무섭지 않아. 어렸을 때 브루스의 덩치는 내 두 배는 됐어. 나는 그래도 겁나지 않았어. 나는 아무것도 무섭지 않았고…….

욘은 갑자기 걸음을 멈췄다.

어느 날 오후의 어떤 길이 떠올랐다. 학교에서 집으로 돌아가는 길이. 평소에는 사람들이 많던 그 길이 그날은 한없이 조용했다. 입을 다문 사람들이 욘을 위해 길을 비켜주었다. 아주 조용한 그 길은 집까지 이어져 있었다.

욘은 숨을 고르면서 기억이 가라앉기를 기다렸다. 그리고 다시 앞을 향해 걸었다.

"이제 기초적인 건 어느 정도 했으니까 앞으로는 연습을 조금 빡빡하게 하겠습니다. 오늘은 우선 헤딩 연습을 한 다음 패스와 트래핑을 할 거예요. 그리고 운동장 건너편에서 연습을 하는 줄무늬 팀과 연습 경기를 하겠습니다. 이쪽에는 여자도 많으니 거칠지 않게 해달라고 이야기는 해두었습니다. 그쪽은 다 남자로 구성돼 있지만 너무 긴장하지 말고 마음 편하게 하면 됩니다."

헤딩 연습을 할 때 오셔와 라마가 공을 무서워하는 것 같아 욘은 사람의 뼈 중에서 머리가 가장 단단하고 이마에 공을 맞으면 잠시 어지러운 기분은 들지만 곧 괜찮아진다고 말했다. 자꾸 공을 정수리에 맞히는 은수에게는 공을 무서워하지 말고 눈을 뜨고 끝까지 공을 본 다음 이마에 맞히라고 했다. 지글러가 자기는 고혈압 가족력이 있어 머리를 보호해야 한다고 말해서 욘은 그건 알아서 하라고 했다.

연습 경기를 하기 전에 욘은 미니 게임을 할 때 입던 조끼를 나눠줬다. 라마가 우리도 유니폼이 있으면 좋겠다고 말하자 슈워츠도 같은 생각이라고 말했다. 유니폼이 있으면 좋겠지. 하지만 그 전에 팀을 만들어야지. 우리가 한 팀인가? 이 정도면 한 팀이라고 할 수 있지 않아? 사람들이 저마다 한마디씩 했다. 그리고 욘이 무슨 말이든 해주기를 바라듯 그를 쳐다봤다. 욘은 유니폼 문제는 생각해보겠다고 대답했다.

줄무늬 팀과의 연습 경기에서는 욘, 페트로풀로스, 브루스, 데이비드가 수비를 맡고 공격에는 지글러, 은수, 그리고 미드필더에 슈워츠, 오셔, 라마, 안젤라가 섰다. 골키퍼는 리오가 맡았다. 욘이 보기에 줄무늬 팀에 선수 생활을 한 사람은 없는 것 같았지만 그래도 대부분 어느 정도 기본기가 있었고 젊고 잘 달리는 사람도, 킥이 꽤 괜찮은 사람도 있었다. 25분 동안 욘의 팀은 하프라인을 한 번도 넘어가지 못했는데 줄무늬 팀은 네 골을 넣었다. 그나마도 리오가 골이 될 수 있는 몇 개의 공을 아슬아슬하게 쳐낸 덕분이었다.

쉬는 시간에 사람들은 다들 어쩐지 침울하고 짜증이 나 보였고 몇 명은 지쳐서 고개를 숙인 채 숨을 몰아쉬고 있었다. 그 와중에 지글러와 슈워츠는 말싸움을 했다. 지글러가 슈워츠에게 왜 자기에게 패스하지 않고 아무도 없는 앞쪽으로만 차냐고 하자 슈워츠는 스루패스를 준 거라고 했다. 지글러가 그러면 왜 자기가 패스를 받으려고 수비 뒤에 가 있을 때는 안 줬냐고 하자 이번에는 오프사이드여서 안 준 거라고 했다. 표정을 보니 지글러는 슈워츠가 무슨 말을 하는지 잘 모르는 것 같았다. 지글러는 그러지 말고 패스를 좀 제대로 달라고 했고 슈워츠는 알았다고 하고는 이내 고개를 절레절레 저었다.

후반전에는 포지션을 조금 바꿨고 라마를 닥터와 교체했다. 줄무늬 팀도 포지션을 조금 바꿨는데 이번에는 여섯 골을 넣었다.

경기가 끝난 뒤 욘은 사람들을 모아 실제로 경기를 해보니까 어떠냐고 물었다. 데이비드는 실력 차이가 현저하다고 말했고 슈워츠는 조금 익숙해지면 해볼 만할 거라고 말했다. 닥터는 체력에서 상대가 안 되는 것 같다고 했고 페트로폴로스는 상대 공격을 못 막아서 미안하다고 말했다. 오셔는 남자와 여자는 상대가 안 되는 것 같다고 했고 라마는 축구가 보기보다 힘들고 거칠다는 걸 알게 됐다고 했다. 안젤라는 그래도 재미있었다고 말했고 은수는 앞으로 더 열심히 하겠다고 말했다. 브루스는 아무 말도 하지 않았는데 아마 단단히 화가 나서 그런 것 같았다.

"그래도 아무도 다치지 않고 첫 경기를 마쳐서 다행입니다. 이런 결과가 나오는 게 당연한 거예요. 체력, 실력, 경험, 모두 저쪽이 더 나으니까요. 자, 다음 수업에 오기 전에 해야 할 숙제가 있습니다. 축구 경기를 적어도 두 경기 이상 보고 오세요. 경기장에 직접 가서 보면 더 좋겠지만 티브이 중계도 괜찮아요. 그냥 봐서는 안 되고 최대한 주의 깊게 보세요. 선수들 움직임을 하나하나 다 보고, 자신이 그 사람이 됐다고 생각하면서 보세요."

"과학 잡지에서 읽은 것 같아요. 유심히 보는 것만으로도 마치 내 몸을 움직이는 것처럼 운동신경을 훈련시킬 수 있다고."

안젤라가 말했다.

"거, 거울 뉴런."

닥터가 덧붙였다.

욘은 정말 열심히, 많이 본 사람에게는 상을 주겠다고 하고 수업을 마쳤다.

"오늘은 축구 규칙 몇 가지를 가르쳐주겠어요. 우리끼리 미니 게임을 할 때는 필요 없었지만 나중에 정식으로 시합을 하려면 규칙을 반드시 알아야 하니까요. 하지만 걱정할 거 없어요. 축구는 규칙이 정말 간단하거든요. 자, 우선 공이 경기장 밖으로 나갔을 때예요. 그러면 마지막으로 공을 건드린 쪽의 상대편에게 소유권이 있는데 골라인을 넘어갔을 때는 코너킥, 터치라인을 넘어가면 스로인을 하게 돼요. 코너킥은 그냥 차면 되지만 스로인을 할 때는 두 발을 땅에 붙이고, 두 손으로 공을 머리 뒤로 넘겼다가 던져야 해요."

"자세가 중요한가? 그런 건 대강 넘어가고 다른 연습을 하는 게 좋을 것 같은데?"

지글러가 말했다.

"나중에 외계인과 경기를 하다가 스로인을 해야 할 때 자세를 제대로 하지 못하면 볼 소유권이 상대에게 넘어가버려요."

"그러면 안 되지. 소유권은 중요하지."

오셔가 말했다.

욘은 스로인을 할 때의 바른 자세를 설명하고 실제로 시범을 보여준 다음 모두에게 한 번씩 해보게 했다.

"다음은 축구에서 제일 까다롭고, 말도 많고, 이해하기 어려운 규칙을 설명할 테니 정신을 똑바로 차리세요."

욘은 준비해 온 작전판에 자석 스티커를 붙여가면서 설명을 시작했다.

"이건 오프사이드 규칙이에요. 잘 들으세요. 조금 복잡해요. 같은 편 선수가 공을 차는 순간, 공보다 앞에 있으면서, 두 번째 수비수보다 더 들어가 있으면서, 플레이에 관여하면 오프사이드 반칙이에요. 이 규칙 때문에 수비하는 쪽은 라인을 잘 맞춰서 서야 하고 공격하는 쪽은 그 라인을 잘 깨야 해요. 그리고 순간적으로 라인을 깰 때 제일 좋은 방법이 바로 2 대 1 패스죠."

욘이 작전판에 몇 개의 예를 들어 오프사이드에 대해 설명한 뒤에도 사람들은 몇 명씩 모여 자기가 아는 오프사이드 규칙이 맞는 건지 확인하느라 바빴다.

"두 번째 수비면 수비 두 번째라는 거야? 그럼 골키퍼까지 세 명?"

"골키퍼 포함이지. 그러니까 두 번째 수비란 최종 수비수를 말하는 거야."

"그렇게 기억하면 안 돼요. 골키퍼가 더 앞에 나가 있는 경우도 있으니까 그냥 상대편 두 명으로 이해해야 해요."

"그러니까 우리 편보다 앞에 나가 있으면 안 된다는 거지? 뒤에서 출발하면 되는 거 아냐?"

"아니. 공보다 앞에 나가 있으면 안 되는 거야."

"그게 무슨 차이예요?"

"몸은 뒤에 있어도 공은 앞에 있을 수 있으니까요. 미세한 차이로."

"그러면 공 가진 사람이 무조건 제일 앞에 서 있어야 되는 거예요? 그럼 지금까지 우리가 한 건 뭐가 되는 거죠?"

"두 번째 수비보다 앞서 있지만 않으면 괜찮아요. 그리고, 오프사이드 포지션에 있더라도 플레이에 관여하지 않으면 반칙이 아니에요."

"그러니까 두 번째 수비보다 더 나가서 공을 받으면 안 된다는 거지?"

"아뇨. 공을 차는 순간 기준이에요."

"그럼 플레이에 관여했는지 안 했는지, 두 번째인지 첫 번째인지 수비보다 앞인지 뒤인지, 그걸 다 무슨 수로 알아요?"

"하늘의 눈이 다 보고 있죠."

그날도 패스 연습과 트래핑, 슛, 2 대 1 패스 연습을 한 다음 줄무늬 팀과 연습 경기를 했다. 지글러는 오프사이드 반칙에 다섯 번 걸리고 슛을 한 번 했고 브루스는 상대를 세 번 놓치고 한 번 막았고 오셔는 상대와 부딪쳐서 넘어졌고 은수는 상대의 패스를 한 번 뺏었고 페트로폴로스가 찬 공이 펜스를 넘어가서 주워 오느라 경기가 잠시 중단됐었고 라마는 슈워츠에게 패스를 성공한 뒤 잠시 우두커니 서 있었고 데이비드는 닥터와 함께 2 대 1 패스를 했고 안젤라는 패스를 다섯 번 받았다.

그리고 합계 8 대 0으로 졌다.

다음 수업 시간에 욘은 축구 경기는 잘 보고 있는지, 그날까지 모두 몇 경기를 봤는지 물었다. 가장 많이 본 건 라마와 은수였는데 둘 다 아홉 경기씩을 봤다고 했다. 라마는 경기장에 직접 찾아가서 봤다고도 했다.

"두 분에게는 상으로 축구공을 하나씩 드릴게요."

축구공을 받은 라마는 그걸 옆에 있던 오셔에게 줬다.

"집에 축구공이 많아서요."

오셔는 그런 걸 한 번도 받아본 적 없는 사람처럼 어쩔 줄 몰라 하며 공을 받았다.

이날 연습 경기에서 지글러는 오프사이드에 두 번 걸렸고 슛을 두 번 했는데 두 번 다 너무 약해 골키퍼에게 막혔다. 슈워츠는 상대 수비의 공을 빼앗아 슛을 했는데 골대 위로 넘어갔다. 데이비드는 상대의 긴 패스를 두 번 차단했다. 브루스는 헛발질을 하면서 엉겁결에 상대를 제치고는 50미터쯤 혼자 드리블했다. 안젤라는 공을 네 번 뺏겼지만 그중 한 번은 되찾아 왔다. 라마는 우연치 않게 상대의 패스를 한 번 차단했다. 오셔는 상대의 발목을 걷어차고는 재빨리 사과했다. 닥터는 헤딩을 한 다음 어지러운지 잠시 그 자리에 서 있었다. 은수는 슬라이딩 태클을 한 번 시도했고 패스를 두 번 성공했다. 페트로풀로스는 반칙은 아니었지만 상대를 두 명 넘어뜨렸다. 그리고 경기는 7 대 0으로 졌다.

경기가 끝난 뒤 욘은 사람들을 잠시 불러 모았다.

"오늘 경기를 보고 느낀 점을 말해줄게요. 모두, 처음과 비교하면 엄청나게 나아졌어요. 이제 점점 축구다워지고 있어요. 지금 상태에서 한 가지만 바란다면 조금 더 자신을 갖고 경기를 하면 좋겠다는 거예요. 어차피 저쪽도 이쪽도 똑같은 사람이잖아요? 외계인도 아니니까요. 남자, 여자 차이가 있기는 하지만 제 경험으로 보면 그런 건 문제가 안 돼요. 그리고 실력도 저쪽이 그리 잘하는 게 아니고 우리는 점점 늘고 있는데 이렇게 점수 차이가 크게 나는 건 소극적으로 플레이하기 때문이에요."

"나도 욘의 말이 맞는다고 생각해요. 더 적극적으로 하면, 더 플레이가 좋아질 거예요. 해보니까 느끼겠어요. 난 오늘 실수도 많고 제대로 한 것도 없지만요."

라마가 말했다.

"그렇지 않아요. 오늘 정말 좋았어요."

슈워츠가 말했다.

"맞아요. 움직임이 안정적이고 활발해졌어요. 내가 보기에도 여자 선수들의 움직임이 좋아졌어요. 특히 오늘 오셔의 플레이는 아주 지능적이었어요."

데이비드가 말했다.

"지글러의 파고드는 움직임도 좋았어."

닥터가 말했다.

"인젤라의 활동량이 지난번보다 많이 늘었어요."

은수가 말했다.

사람들은 저마다 플레이를 칭찬하면서 다음에는 더 재미있게 해보자고 했다. 욘은 거기에 더할 말이 없었다.

"요즘 따로 운동하고 있어?"

욘이 점심 식사를 마치고 단백질 음료를 마시려고 하는 참에 데이비드가 물었다.

"아니. 왜 그런 걸 물어?"

"어쩐지 몸이 좋아 보여서."

"무릎이 덜 아파서 근력운동을 조금씩 하고 있어. 체중조절을 하려고 식이요법도 하고 있고."

"혹시 외계인과의 시합을 대비해서 몸을 만드는 건가?"

"꼭 그런 건 아냐."

데이비드는 잠시 입을 다물었다가 말했다.

"욘. 지난번에도 비슷한 말을 했지만, 나는 이루고 싶은 간

절한 소원이 있어. 이런 부탁이 무리라는 건 알아. 너와 나의 실력 차가 어느 정도인지는 나도 아니까. 그래도 말이야, 욘. 외계인과 시합을 할 거라면, 내 생각을 한 번만 해줘. 나는 어느 자리에서든 최선을 다할 테니까."

"……알았어. 생각해볼게."

다음 수업 시간에 안젤라는 유니폼을 차려입고 나왔다. 남자 친구도 함께였는데 남자 친구는 휴대폰으로 안젤라가 유니폼을 입은 사진을 몇 장 찍었고 안젤라는 남자 친구가 시키는 대로 이런저런 포즈를 취했다.

이날 오셔는 공을 한 번 뺏었고 패스를 두 번 성공시켰다. 그리고 상대의 미드필더와 몸싸움을 하기도 했다. 라마는 닥터에게 상대의 8번을 막으라고 소리치더니 잠시 뒤에는 패스를 하나 차단했다. 닥터는 긴 스루패스를 했고 슈워츠가 달려가서 그 공을 받았다. 안젤라는 데이비드가 시도하는 2 대 1 패스에 발을 갖다 댔다. 데이비드에게 제대로 연결되지는 않았지만 분명히 시도는 제대로 했다. 은수는 브루스가 공을 잡자 자기한테 패스를 달라고 손을 흔들었다. 페트로폴로스는 패스를 받아서 공을 지켜낸 다음 상대 두 명을 억지로 뚫고 지글러에게 패스했다. 지글러는 그 공을 받아서 슛했는데 골키퍼가 쳐냈다. 브루스는 상대의 긴 패스를 한 번 가로챘고 두 번 걷어냈다.

그리고 경기는 3 대 0으로 졌다.

"확실히 지난번보다 더 나아졌어."

"맞아요. 오늘은 졌는데도 기분이 좋아요. 왜죠?"

"이기면 기분이 더 좋겠죠."

"다음에는 이길 수도 있지 않겠어요?"

"아마 그럴 수도 있겠지."

"언젠가는."

화요일 저녁에 욘은 더프의 전화를 받았다.

수요일에 욘은 인사과에 가서 휴가 신청서를 냈다. 그리고 창고로 돌아와 데이비드에게 미안하다고 말했다. 데이비드는 그 한마디로 모든 것을 알겠다는 듯 아무것도 묻지 않았다. 대신 한참 뒤에 입을 열어 축구 교실은 어떻게 할 거냐고 물었다. 욘은 그 일이 끝난 뒤에 돌아와서 축구 교실을 다시 열기로 리오와 약속했다고 대답했다. 데이비드는 리오도 같이 간다는 거군, 하고 말했다. 욘은 대답하지 않았다.

그날 저녁 공터에서 연습을 시작하기 전에 욘은 리오에게 우리는 곧 이곳을 떠나게 될 거라고 말했다. 리오는 알겠다고 했다. 욘은 리오에게 뱀에게 말해두라고 했고 리오는 그러겠다고 했다.

연습은 평소와 마찬가지였는데 사람들은 어쩐지 들떠 있

었고 그러면서도 편안해 보였다. 모두 연습을 즐기고 있었고 가끔 누군가 다른 사람을 악의 없이 놀리면 곧 웃음이 퍼져 나갔다. 다만 데이비드만 말이 없고 표정이 어두웠다.

줄무늬 팀과 연습 경기를 할 때도 사람들은 서로 위치를 알려주고 맡아야 할 상대를 지정해주고 이름을 부르며 자기에게 공을 달라고 외쳤다. 전반전이 2 대 0으로 끝난 뒤에도 사람들은 플레이에 대해 이야기하며 서로 격려했다.

후반전에 골키퍼인 페트로폴로스는 상대의 슛을 막은 다음 굴러가는 공을 몸을 던져서 잡았다. 그리고 몸을 일으키자마자 오른쪽 수비인 데이비드에게 공을 던져줬다. 데이비드는 그 공을 몰고 가다가 센터백인 리오에게 줬고 리오는 그 공을 다시 왼쪽 수비인 브루스에게 넘겼다. 브루스는 미드필더인 안젤라에게 줬고 그 패스는 조금 약해서 상대에게 뺏기고 말았다. 안젤라는 포기하지 않고 상대를 쫓아갔는데 상대가 오셔를 피하려고 주춤하는 틈에 발을 집어넣어 공을 건드렸고 그 공을 오셔가 얼른 잡아서 가까이에 있는 라마에게 패스했다. 라마는 공을 잡자마자 바로 찼고 그 공은 닥터에게 갔다. 닥터는 공을 잡아서 지글러에게 패스했는데 지글러의 뒤에 있던 상대가 발을 뻗어 그 공을 먼저 건드렸고 그 공은 다시 닥터에게 굴러갔다. 닥터가 공을 다시 잡으려 할 때 왼쪽 멀리에서 슈워츠가 손을 흔들고 있었고 닥터는 굴러오는 공을 그대로 세게 찼다. 높이 날아간 공은 수비의 뒷공간으로 달려가는 슈워츠의 앞에 떨어졌다. 슈워츠는 공을 잡아서 골대 쪽을 향해 달려가다가 슛을 했는데 공은 어느 틈에 달려온 수비의 발에 맞아서 튕겨 나왔고, 그 공은 은수 쪽으로 굴러갔다. 은수는 공을 잡아서 골대 쪽을 향해 힘껏 찼는데 발에 제대로 맞지 않았고, 그 공은 상대 수비의 다리에 맞고 한쪽으로 굴러갔다. 수비들이 얼른 시선을 돌려 보니 공이 굴러가는 곳을 향해 누군가 달려오고 있었는데 그건 지글러였고 지글러는 달려오던 속도 그대로 공을 찼고 공은 골키퍼가 잡을 수 없는 곳으로 날아가서 골대 안으로 들어갔다.

골이었다.

"우아아아아!"

지글러는 뜻도 없는 소리를 지르면서 두 팔을 치켜들고 달리기 시작했다. 슈워츠는 와우, 하고 소리쳤고 은수는 지글러를 향해 달려가서 하이파이브를 했고 오셔는 두 팔을 번쩍 치켜들어 흔들었고 라마는 두 손으로 입을 가렸고 데이비드는 소리 내 웃었고 브루스도 슬그머니 웃었고 안젤라는 손을 흔들며 제자리에서 폴짝 뛰었고 닥터는 슈워츠와 서로 손가락으로 가리키며 엄지를 치켜들어 보였고 페트로풀로스는 하늘을 보며 웃었다.

그 뒤에 한 골을 먹어 경기는 3 대 1로 끝났다.

경기가 끝난 뒤 그래도 우리가 한 골을 넣었어, 내가 공만 주면 넣을 거라고 했잖아, 그때 공 뺏기는 줄 알았어요, 내가 패스를 조금 잘못 줬지요, 그 공이 하필이면 수비에 맞는 바람에 말이야, 그 패스가 그렇게 올 줄 몰랐어, 그 순간 그게 보이더라구요, 하는 이야기들을 나누며 웃는 사람들에게 욘은 할 이야기가 있다고 말했다.

"갑자기 이런 말을 해서 미안하지만 축구 교실은 오늘을 마지막으로 당분간 쉬겠습니다."

모두 입을 다물었다.

"개인적인 사정이 생겼어요. 일이 끝나는 대로 가능한 한 빨리 돌아와 축구 교실을 다시 시작하겠습니다."

"그 개인적인 사정이라는 게 뭐지?"

페트로폴로스가 물었다.

"혹시 외계인과 시합을 하러 가는 건가?"

지글러가 물었다.

욘은 잠시 입을 다물고 있다가 대답했다.

"그래요."

"언젠가 이럴 줄 알았지."

브루스가 말했다.

"아니, 이건 비아냥이 아냐. 너를 위해서 잘됐다고 하는 말이지. 뛰는데 무릎이 안 아파 보이더라. 그러면 외계인하고 시합을 하고 싶겠지. 나라도 그럴걸."

"우리랑 같이 나가면 좋겠지만, 애초에 욘은 우리와는 수준이 다르니까."

오셔가 말했다.

"잘 다녀오게. 무릎 조심하고."

닥터가 말했다.

"이왕 가는 거니까 이기면 좋겠어요."

라마가 말했다.

"축구 교실로 꼭 돌아오시길 바라요."

은수가 말했다.

다른 사람들도 욘에게 무사히 잘 다녀오라고, 꼭 이기기를 바란다고 말했다.

욘은 헤어지기 전에 마지막으로 무슨 이야기를 해야 할 것 같은 기분이 들었지만 무슨 말을 하면 좋을지 잘 생각나지 않았다.

그리고 리오와 함께 차를 타고 떠났다.

다시 세계

외계인들은 경기를 할 때 경기장 주위에 반투명한 보호막을 설치했다. 보호막은 눈에도 보이고 만져지기도 했는데 공기와 소리는 통과하면서도 다른 물건은 통과하지 못했다. 밖에서 누군가 경기장 안에 뭔가를 집어 던지거나 억지로 밀어넣을 수 없었고 경기장 안에서 뭔가를 빼낼 수도 없었다. 경기 중에 라인 밖으로 나간 공은 보호막에 부딪혀 다시 경기장 안으로 돌아왔다. 한번은 어떤 사람이 시합 중인 경기장을 향해 총을 쏜 일이 있었다. 그 사람은 탄창이 모두 빌 때까지 계속 총을 쏜 다음 경찰이 와서 자기를 잡아가기를 기다렸다. 그가 쏜 총알은 보호막에 매달려 있었는데 경찰이 아무리 빼내려고 해도 빠지지 않다가 경기가 끝나고 보호막이 사라지자 바닥에 떨어졌다. 떨어진 총알은 뜨거웠다. 총을 쏜 사람은 나중에 재판을 받고 정신병원에 수용됐다.

보호막은 경기가 끝나기 전까지는 열리지 않았는데 경기장 안의 누군가가 밖으로 나가려 할 때는 열렸다. 하지만 밖에 있던 사람이 안으로 들어올 수는 없었다. 한번은 어떤 사람이 너무 긴장한 나머지 소변을 보고 오겠다며 내보내달라고 했다. 그는 보호막 밖으로 나가서 볼일을 본 뒤 다시 들어오려 했지만 보호막은 열리지 않았다. 아무리 보호막을 두드리고 열어달라고 소리를 질러도 마찬가지였다. 그 뒤로 사람들은 경기장 안에서 볼일을 봤다.

사람들은 보통 15명 내외로 한 팀을 만들어 경기를 신청했다. 축구를 하기 위해서는 11명이 필요했지만 부상이 발생했을 때나 전략의 변화가 필요한 경우에 대비하기 위해서였다. 경기에 이겨서 소원을 빌 수 있는 건 1초라도 경기를 뛴 사람뿐이었다. 그래서 후보 선수들은 이기고 있으면 어떻게든 경기에 들어가게 해달라고 감독에게 간청했고 질 게 분명해 보이면 자기는 결코 들어가지 않겠다며 교체 투입을 거부했다.

경기에 쓰이는 공은 흰색에 줄무늬가 있었는데 지구 어디서나 볼 수 있는 흔한 공이었다. 외계인들은 경기가 끝난 뒤에 공을 남겨두고 갔고 과학자들은 그 공을 수거해 정밀하게 분석한 끝에 그 공이 평범한 축구공이고 평범한 재료와 평범한 방식으로 만들어졌다고 발표했다. 스포츠용품 회사들은 처음에는 그 공을 똑같이 복제해서 비싼 값에 팔았지만 외계인이 두고 간 공이 많아지자 어느 순간 값을 내렸다.

외계인 선수들의 신체 조건에 대해서 어떤 사람들은 외계인들이 우리를 속이고 있다고 주장했다. 상대 팀에 엄청나게 빠르고 강한 선수가 있는데 자기 팀에는 그런 선수가 없다는 것이었다. 그런데 나중에 알고 보면 그 팀에 정말로 그와 비슷한 선수가 있었고 단지 그동안 실력을 충분히 발휘하지 못했던 것뿐이었다. 경기에 참가했던 사람들이 대체로 동의하는 주장은 상대 팀에 자신과 체격, 실력, 기술, 스타일, 심지어는 얼굴까지 비슷한 외계인 선수가 한 명 있다는 것이었다. 그렇게 주장하는 사람들은 외계인과의 시합을 도플갱어와의 조우라고 불렀다.

한번은 어떤 축구 선수가 머리를 써서 중증 호흡기 환자 10명과 한 팀을 만들었다. 그는 외계인이 약속에 따라 10명의 외계인 환자와 튼튼한 외계인 한 명으로 팀을 만들 거라고 생각했다. 경기에 나서 보니 정말로 외계인 선수들은 한 명만 빼고 모두 축구를 하기는커녕 가만히 서서 숨 쉬는 것도 힘들어 보였다. 그건 이쪽도 마찬가지였다. 그 선수가 생각하기에는 단 한 명의 선수만 제치면 골을 넣을 수 있을 것 같았고 단한 명의 선수만 막으면 지지 않을 것 같았다. 그리고 그건 상대 역시 마찬가지였다. 점수는 엎치락뒤치락했는데 경기가끝나기 10분 전에 한 점 리드하고 있던 그는 어떻게 해서든 그 점수를 유지하고 싶었다. 그래서 상대 선수에게 깊은 태클을 하고는 경고 누적으로 퇴장당했다. 당연한 일이지만 그가 퇴장당한 뒤 점수는 역전됐고 그는 나머지 10명의 환자와 함께 경기에서 졌다.

도박사들은 통계학자들을 고용해 이기는 경기의 공통점을 필사적으로 찾았다. 만약 승리에 일정한 법칙이 있다면 그것이 바로 외계인의 약점일 테고 그걸 집중 공략하면 승리의 가능성이 높아질 것이기 때문이었다. 그들은 경기가 열린 시간과 장소, 경기장의 방위, 기온, 습도, 잔디의 길이와 품종, 선수의 키, 몸무게, 나이, 성별, 근육량, 병력, 교육 정도, 가족 관계, 수면 시간, 건강 상태, 근력, 지구력, 순발력, 수면 패턴 등의 데이터를 수집했고 드론을 이용해 촬영한 경기 영상에서 패스 횟수와 거리와 정확도, 킥의 방향, 선수의 이동 경로와 볼 터치 횟수 등의 데이터를 추출해 컴퓨터에 집어넣고 프로그램을 돌렸다. 그들은 그런 실험을 반복했고 그 결과 어떤 요인도 승부에 영향을 주지 않는다는 사실을 받아들였다.

그러나 사람들은 여전히 외계인과의 시합에서 이기려면 축구 실력이 좋아야 한다고 믿었다. 그게 아니면 적어도 연습을 해서 몸 상태를 끌어올려야 한다고, 그래야 실수를 하지 않고 제 실력을 충분히 낼 수 있다고 생각했다. 그 생각에는 아무런 문제도 없어 보였다. 사람들은 집, 직장, 거리, 공원 등 어디에서나 자신만의 방법으로 축구 연습을 했고 버스나 지하철에서도 가만히 있지 않고 계속 앉았다 일어났다 하며,

혹은 뒤꿈치를 들어 올리며 다리의 힘을 기르고 몸의 균형을 잡는 운동을 했다. 매일 새로운 훈련 방법, 컨디션 조절 방법, 운동 능력을 높이는 식이요법, 약물요법, 최면요법, 명상요법 등이 등장했다.

처음에 사람들은 직업적인 축구 선수들은 외계인 정도는 거뜬히 이길 수 있을 거라 생각했다. 누군가 선수들이라고 일반인보다 더 승률이 좋은 게 아니라고 말하면 이기는 선수가 있지 않느냐고, 그들이 이긴 건 다른 이유가 아니라 축구 실력이 좋았기 때문이 아니겠느냐고 항변했다. 만약 그들이 진다면 그건 축구 실력이 부족해서가 아니라 운이 없었기 때문이며 결국에 가서는 직업적인 축구 선수들의 승률이 당연히 높아질 거라고 했다.

축구 선수들의 승률이 더 높지는 않다는 게 밝혀진 뒤에도 사람들은 여전히 외계인에게 이기려면 실력이 좋아야 한다고 믿었다. 그렇다면 실력이 정말로 뛰어나다면, 세계에서 축구를 제일 잘하는 사람들이라면 어떨까. 그러니까 세계적으로 유명한 스타플레이어들이 한 팀이 돼 외계인과 시합을 벌인다면. 사람들은 막연하게, 언젠가는 지구 대표팀과 그들의 도플갱어인 외계인 대표팀의 경기가 열리기를 바랐다.

스타플레이어들을 관리하는 에이전시들은 이 일생일대의 기회를 놓칠 수 없었다. 그들의 머릿속에 있는 건 지구 최대의 이벤트였다. 한때 스타플레이어들을 모아놓은 팀을 '지구

방위대'라고 부른 적이 있었다. 그때는 비유적인 표현이었지만 이제는 더 이상 비유가 아니었다. 정말로 지구인을 대표하는 팀을 만들어야 했다. 그러면 외계인들도 그에 걸맞은 팀을 내놓을 것이었다. 에이전트들은 국적, 인종, 언어를 가리지 않고 가장 훌륭한 감독, 가장 뛰어난 선수들의 명단을 놓고 팀을 구성했다. 훌륭한 선수는 아주 많았기 때문에 그들은 팀을 여러 개 만들어야 했다. 그렇게 만들어진 팀은 함께 훈련을 하면서 자신들의 능력을 최대로 끌어올릴 것이었다. 가장 훌륭한 선수들이라고 해도 서로 호흡이 맞지 않으면 그들은 선수를 다른 팀으로 옮겼다.

최고 수준에 있는 선수들이 그렇게 하자 마치 그것이 새로운 세계의 새로운 규칙이라도 되는 듯이 다른 사람들도 모두 따라 했다. 그들은 선수를 모아 팀을 만들고 경험이 많은 감독을 고용했다. 한 번이라도 이긴 전적이 있는 감독은 많은 돈을 받았는데 승리 횟수가 많을수록 받는 돈도 더 많아졌다. 그들은 훌륭한 팀을 만들기 위해 수단을 가리지 않았다. 자기 팀에 들어와 달라고 계약금을 주기도 했고 다른 팀에 소속된 선수에게 접근해 위약금을 물어줄 테니 계약을 해지하고 새로운 팀으로 옮기라고 유혹하기도 했고 좋은 팀으로 넣어달라고 에이전시에 뒷돈을 주기도 했다. 한 에이전시와 계약을 맺고 있는 선수를 빼내 다른 에이전시와 계약을 맺도록 하기도 하고 선수가 말을 듣지 않으면 불법적인 수단을 동원하기도 했다. 새로운 팀이 만들어지는 데 일주일도 걸리지 않기도 했고 세 달 동안 함께 호흡을 맞추며 시합을 준비했던 팀이 이틀 만에 해체되기도 했다. 늘 어디선가 새로운 팀이 만들어지거나 없어졌다.

어떤 사람들은 이 모든 일이 외계인이 지구에 찾아와서 생긴 혼란이라고 말했고 또 어떤 사람들은 외계인이 찾아오기 전부터도 축구계에는 이와 같은 일들이 늘 있어왔다고 말했다.

방랑자들

욘이 리오를 데리고 더프가 알려준 축구장에 가보니 더프가 미리 와서 기다리고 있었다. 더프는 둘을 감독에게 데려가서는 욘을 운 나쁘게도 작은 부상 때문에 은퇴했다가 복귀한 잊힌 천재, 리오를 축구의 재능으로 똘똘 뭉친 숨은 보석이라고 소개했다. 감독은 의심이 많고 피곤해 보이는 60대의 남자였는데 욘에게는 나이가 몇이냐고 물었고 리오에게는 선수 생활을 어디까지 해봤느냐고 물었다. 둘의 대답을 들은 감독은 노골적으로 비웃는 표정을 지었다. 더프는 둘의 실력을 테스트해보라고 했다.

감독은 욘에게 달리기, 드리블, 킥을 시킨 뒤 그 나이치고는 괜찮아 보이고 실력도 있어 보이지만 자기는 젊고 빠른 선수가 필요하다고 말했다. 감독은 리오에게도 똑같은 걸 시키고는 집에 가서 연락을 기다리라고 했다. 그러자 더프는 리오에게 프리킥을 시켜보면 당장 생각이 바뀔 거라고 말했다. 감독은 귀찮지만 어쩔 수 없다는 듯 마침 지나가던 골키퍼를 데리고 함께 경기장으로 나가서 리오에게 공을 차보라고 했다. 리오가 찬 공은 골키퍼를 향해 똑바로 날아가서 골키퍼가 가슴 앞에 들어 올린 두 손 사이로 쏙 들어갔다. 감독이 흥 하고 코웃음을 쳤다. 욘은 리오에게 이번에는 골키퍼가 잡을 수 없는 구석으로 차보라고 말하면서 네 구석의 순서를 일러줬다. 감독이 돌대가리들, 하고 모두에게 들으라는 듯 말했다. 첫 번째 골이 들어가자 그는 흥, 했고 두 번째 골이 들어가자 아무 말도 하지 않았고 세 번째 골이 들어가자 골키퍼를 향해 리오가 다음에 노리는 곳의 구석에 가서 서 있으라고 했다. 그런데도 네 번째 킥 역시 골대 안으로 들어갔다. 감독은 선수들을 몇 명 불러 리오와 골대 사이에 벽을 쌓게 하고는 아까 한 걸 다시 해보라고 했다. 리오는 이번에도 네 구석에 정확하게 골을 넣었다.

테스트가 끝난 뒤 감독은 리오하고만 계약하겠다고 했다. 더프는 욘을 한 번 슬쩍 본 다음 그렇게는 안 된다고, 꼭 둘을 함께 팀에 받아줘야 한다고 했다. 감독은 누굴 팀에 넣을지는 자기가 결정한다고 했고 더프는 어느 팀과 계약할지는 자신이 결정한다고 했다. 감독은 그러면 둘 모두와 계약을 하겠지만 누구를 경기에 내보낼지는 자신이 결정한다고 했다. 더프

는 욘을 봤고 욘은 고개를 끄덕였고 더프는 감독에게 좋다고
말했다.

그들은 축구장 한쪽의 컨테이너 사무실에 가서 계약서에
사인한 뒤 유니폼을 하나씩 받았다. 사무실에서 나오니 선수
들이 리오와 욘에게 다가왔다. 욘은 그들에게 방금 전에 계약
했고 앞으로 동료로서 잘 부탁한다고 했다. 선수들은 서로 얼
굴을 보며 조금 웃었고 욘과 악수했다. 그들은 리오에게 프리
킥을 잘 차는 방법을 알려달라고 말했다. 그래서 리오는 다시
한번 시범을 보였다. 이 정도 실력이면 프리킥 기회가 생기면
이길 수 있겠네. 쉽게 생각하지 마. 그러면 상대 팀에도 마찬
가지 선수가 있다는 뜻이니까. 그러면 우리는 프리킥을 얻고
상대에게는 기회를 안 주면 되지 않아? 말이 쉽지. 생각해봐.
반칙을 저질러서 프리킥을 내주는 건 쉽지만 상대로 하여금
반칙을 하게 만들어서 프리킥을 얻는 건 어려운 일이야. 반칙
을 유도하면 되지. 하지만 하늘의 눈을 속이는 건 불가능해.
더 쉬운 방법이 있어. 반칙을 할 때 상대방의 프리킥 전담 선
수를 해치우면 돼. 솜씨 좋게 하면 경고만 받고 말 거고, 그러
면 상대는 프리킥으로 골을 넣을 수 있는 선수가 없어지니까
우리가 유리해지지. 대화가 진정될 무렵 욘은 아까 잘 부탁한
다고 했을 때 왜 웃었냐고 물었다. 그러자 누군가 자기들도
이 팀에 들어온 지 얼마 되지 않았다고 했다. 제일 오래된 사
람이 5주였고 나머지는 대부분 1주에서 2주였다. 그들은 이

팀은 거쳐 가는 곳에 불과한데 감독은 외계인과 경기할 생각은 없고 선수들을 그저 잘 포장해서 다른 팀으로 옮겨 갈 때 이적료를 높여 부를 궁리만 한다고 했다.

연습 시간은 오전 세 시간, 오후 세 시간이었는데 축구장 주위에는 선글라스를 쓴 사람들이 어슬렁거리면서 선수들이 연습하는 걸 지켜보거나 카메라로 찍었다. 며칠 뒤 오후 연습이 끝난 다음 감독이 리오와 욘을 부르길래 사무실에 가보니 감독, 더프, 그리고 선글라스를 낀 사람이 있었다. 선글라스를 낀 사람은 욘, 리오와 악수하고는 둘에게 아주 좋은 제안이 있다고 말했다. 더프는 이미 이야기는 다 끝났으니 둘이 결정만 하면 된다고 했다. 무슨 결정이냐고 물으니 팀을 옮기는 문제라고 했다. 리오는 욘이 하자는 대로 하겠다고 했고 욘은 더프가 하자는 대로 하겠다고 했다. 그러자 감독, 더프, 선글라스의 남자가 서류를 몇 개 갖다놓고 사인을 했다.

욘과 리오는 다음 날 더프가 알려준 다른 축구장에 갔다. 이번 팀의 감독은 안경을 쓰고 머리가 벗어지고 콧수염을 기른 남자였다. 더프는 감독에게 욘을 천재적 재능을 꽃피울 기회를 잃어버린 비운의 선수, 리오를 지금까지 본 적 없는 희귀한 재능의 소유자라고 소개했다. 감독은 그러냐고 하면서 욘에게 보여주고 싶은 걸 모두 보여달라고 했다. 그래서 욘은 달리기, 볼 컨트롤, 킥 등을 보여줬다. 감독은 다음으로 리오에게도 뭔가 보여달라고 했고 리오는 지난번 팀에서 한 것과 똑같은 것을 보여줬다. 둘은 바로 컨테이너 사무실로 갔다. 감독은 더프에게 리오와 계약하겠다고 했고 더프는 둘을 함께 계약해야 한다고 했고 감독은 그렇게 하더라도 욘을 경기에 내보낼지 안 내보낼지는 자신이 결정한다고 했고 더프는 그러라고 했다. 리오와 욘은 그 자리에서 바로 계약서에 사인을 한 다음 유니폼을 받았다.

이 축구장 주위에도 선글라스를 낀 사람, 카메라를 든 사람들이 있었다. 그들은 담배를 피우거나 어딘가로 전화를 하거나 카메라로 선수들을 촬영했다.

욘과 리오가 연습을 하러 나가자 동료가 와서 이번이 몇 번째 팀이냐고 물었다. 욘은 두 번째라고 대답했다. 그는 욘에게 예전에 축구를 했느냐고 물었고 욘은 2부 리그에서 득점왕을 했다고 대답했다. 포지션이 어디였느냐고 해서 욘은 왼쪽 윙이었다고 대답했다. 억세 보이는 스킨헤드 남자가 옆에서 그걸 듣고 있다가 아무 말 없이 욘을 노려보고 지나갔다.

그날 오후에는 팀을 나눠서 연습 게임을 했는데 모두 진지했다. 공격은 골을 넣어서, 수비는 상대의 공격을 차단해서 경기장 밖에서 자신들을 관찰하는 사람들에게 강한 인상을 남기려 했기 때문이었다. 프리킥 찬스가 생겼을 때 감독은 리오에게 차라고 지시했다. 욘은 리오에게 골을 넣으라고 했고 리오는 정말로 골을 넣었다. 욘은 리오에게 잘했다고 칭찬해

쳤지만 리오는 기뻐하지 않았다. 욘은 왼쪽 윙에서 뛰었고 상대 수비 한 명을 제치고 다시 한 명을 제친 다음 슛을 해서 골을 넣었다. 그러자 아까 욘을 노려보던 스킨헤드가 또다시 욘을 노려봤다. 그리고 그다음에 욘이 공을 잡았을 때 욘을 향해 달려오더니 일부러 몸을 세게 부딪쳤다. 욘은 충격을 받고 넘어졌다가 벌떡 일어났다. 바로 앞에 서보니 스킨헤드는 욘보다 머리 하나는 더 컸고 덩치도 좋았다. 스킨헤드는 자신은 정당한 태클을 했을 뿐인데 욘이 늙고 비리비리해서 자빠진 거라고 말했다. 욘은 미친놈, 하고 말했고 상대는 다시 한번 말해보라고 했다. 그래서 욘은 다시 미친놈이라고 말했고 상대는 평생 빨대로 음식을 먹고 싶으면 한 번만 더 그 재수 없는 주둥이를 나불거려보라고 했다. 그래서 욘은 미친놈, 대가리에 똥만 들어찬 미친 새끼, 축구 실력이 안 되니까 다른 걸로 분풀이를 하려는 못난 새끼, 제대로 붙을 용기가 없으니까 경기 중에 태클이나 하는 비겁한 겁쟁이 새끼, 하고 말했다. 상대가 주먹을 날렸고 욘이 얼른 그 주먹을 피하며 상대의 턱에 주먹을 날리려는데 주위의 다른 선수들이 몰려와 둘을 말렸다.

감독은 욘을 불러 팀에 들어오자마자 싸움질부터 시작하느냐고 말했다. 옆에 있던 더프는 분명히 싸움을 하면 당장 계약을 해지하겠다고 말하지 않았느냐고 했다. 욘은 자기는 절대 싸움을 하지 않았으며 그냥 왜 자기한테 그렇게 거칠고 비열한 플레이를 했는지 물었을 뿐이라고 했다. 정말 그 말밖에는 하지 않았냐고 더프가 물었고 욘은 사실은 그 뒤에 한두 마디를 더 했다고 했고 감독은 그게 무슨 말인지 물었고 욘은 잘 생각나지 않는다고 대답했다. 그리고 어쨌든 자기는 피하기만 하고 때리지는 않았으니 싸운 건 아니지 않느냐고 했다. 그 말에 감독은 헛소리 집어치우고 나가보라고 했다. 사무실에서 나와 더프는 욘에게 오늘 같은 일이 한 번만 더 있으면 진짜 끝이라고 말했다. 욘은 더프에게 그건 싸움 축에도 못 끼는 거 아니냐고 항변했다. 둘은 어디까지가 싸움이고 어디부터가 싸움이 아닌지에 대해 잠시 이야기했고 결국 욕하지 않고 손대지 않으면 싸운 게 아니라는 데 합의했다. 그리고 멍청이, 정도는 욕이 아니라는 데도 합의했다.

며칠 뒤 더프가 어떤 남자와 함께 와서 욘과 리오에게 떠날 준비를 하라고 했다. 욘은 스킨헤드에게 가서 잘 있어라 멍청아, 하고 말했다.

욘과 리오가 다음으로 간 팀의 감독은 얼굴이 얽고 볼에 큰 흉터가 있는 남자였는데 축구 감독이 아니라 갱처럼 보였다. 감독은 말없이 둘을 운동장으로 데리고 가 실력을 테스트한 다음에 사무실에 오더니 욘에게 소원이 뭐냐고 물었다. 욘은 남들과 같은 소원이라고 대답했다. 감독은 이번에는 리오에게 물었고 리오는 낚시라고 대답했다. 감독은 손톱 끝으로 책상을 두드리며 뭔가를 생각하다 서류를 꺼냈다. 더프는 서류를 꼼꼼하게 읽은 다음 둘에게 사인하라고 했다. 둘은 더프가 시키는 대로 했다.

둘은 새 유니폼을 입고 연습을 했다. 점심때쯤 검은 차가 몇 대 오더니 감독을 데려갔다. 그리고 한 시간쯤 뒤 더프가 와서 당장 경기장에서 나오라고 한 다음에 욘과 리오를 데리고 서둘러 그곳을 떠났다. 욘이 어떻게 된 일이냐고 물어도 더프는 아무것도 말해주지 않았다.

팀을 옮길 때마다 더프는 욘과 리오를 위해 잘 곳을 알아봐줬는데 대개는 모텔이나 싸구려 호텔이었고 가끔은 누군가의 집이기도 했다. 언제 그곳을 떠날지 몰랐기 때문에 둘은 숙소에서 나올 때 짐을 모두 들고 나와 욘의 차에 실었다. 욘의 차는 둘의 집이나 마찬가지였다. 욘은 먹고 마신 쓰레기를 쓰레기봉투에 담아두었다가 속옷과 함께 축구장 쓰레기통에 버렸다. 뒷좌석에는 유니폼과 트레이닝복, 양말 따위가 쌓여 있었다. 짐은 점점 쌓여갔는데 뭐가 있는지 알 수도 없었고 포장을 뜯지 않은 것도 많았다. 욘은 아침에 일어나 마땅히 입을 게 없으면 짐을 뒤져서 아무거나 꺼내 몸을 집어넣었다. 그러고는 리오와 함께 축구장에 갔다.

어느 팀에서는 당장 3일 뒤에 시합을 할 예정이니 그때까지 컨디션을 최상으로 끌어올리라고 했다. 그러나 3일 뒤에도 시합은 신청하지 않았다. 선수들이 연습하는 걸 보니 아직 훈련이 제대로 되지 않았다는 것이었다.

한번은 바로 옆의 운동장에서 연습하던 팀이 갑자기 외계인에게 시합을 신청했다. 그리고 얼마 안 있어 외계인의 우주선이 날아왔다. 욘의 팀은 훈련을 중단하고 외계인이 시합하는 걸 봤다. 엷은 보호막이 있었지만 경기를 구경하는 데는 지장이 없었다. 경기가 시작되기 전부터 잔뜩 얼어 있던 선수들은 전반전이 시작되자 어처구니없고 우스꽝스러운 실수들을 남발했다. 감독이 제발 침착하라고, 연습한 대로만 플레이하면 이길 수 있다고 아무리 소리를 질러도 소용없었다. 그러다 누군가 외계인의 다리를 걸자 어디선가 휘슬 소리와 함께 지구인의 파울이라는 목소리가 들려왔다. 그 목소리를 듣자 욘은 왜 외계인과의 경기에서는 누구도 판정에 이의를 제기하지 않는지 알 수 있었다. 왜냐면 그건 누구도 반론을 제기할 수 없게 만드는 목소리이기 때문이었다. 다만 그 목소리를 언젠가 들은 것 같기도 했다. 전반전 내내 골이 나오지 않다가 후반전 시작 직후에 지구인 팀이 한 골을 넣었다. 그리고 10분 뒤에는 외계인이 한 골을 넣었다. 지구인 팀은 골을 넣으려고 라인을 올렸다가 역습을 허용하며 한 골을 더 먹었다. 지구인 팀은 더욱 조급해졌고 그러다 다시 한 골을 더 먹었다. 그러자 선수들은 경기장 안에서 말다툼을 벌였다. 경기는 외계인의 승리로 끝났다. 욘은 경기에서 진 뒤 그토록 실망하고 분노하는 선수들의 모습을 본 적이 없었다.

연습을 할수록 욘은 점점 더 빨라지고 강해졌다. 킥도 더
정확해지고 경기를 보는 눈도 넓어졌다. 욘은 언제 어떻게 공
을 멈추고 굴리고 차야 할지 알았고 상대를 속이기 위해 어떻
게 몸을 돌리고 숙이고 달려야 할지 알았고 수비의 몸의 방향
과 무릎과 발끝의 방향을 보고 어느 쪽으로 드리블을 해야 하
는지 알았다. 어떤 수비를 따돌릴 수 있고 어떤 수비를 따돌
릴 수 없는지 알았고 따돌릴 수 없는 수비를 어떻게 상대해야
하는지도 알았다. 어느 날 문득 욘은 어쩌면 자신이 예전보다
더 축구를 잘하는지도 모른다고 생각했다.

그리고 리오는 욘이 하는 모든 것뿐만 아니라 더 많은 걸,
그것도 더 정확하고 빠르게, 게다가 별 힘도 들이지 않고 할
수 있었다. 욘은 리오처럼 쉽게 플레이하는 사람을 본 적 없
었다. 욘은 리오가 패스를 받고 다시 건네주고 다음 플레이를
위해 몸을 움직이는 것을 보며 축구에 관한 어떤 유명한 말을
떠올렸다. 그건 축구는 아주 단순한 스포츠인데 그것을 쉽게
하는 것이 어려울 뿐이라는 말이었다. 리오는 자신을 내세우
는 법이 없었지만 동료들은 알아차리지 못하는 사이에 리오
에게 의지하게 됐고 팀을 떠날 때쯤에는 어느덧 팀의 핵심이
돼 있었다.

한번은 브루스에게서 연락이 왔다. 브루스는 시합을 했냐고 물었고 욘은 아직 하지 않았다고 대답했다. 브루스는 지금 어디 있느냐고 물었고 욘은 어딘가에 있는 모텔인데 어디인지는 자기도 잘 모른다고 했다. 브루스는 그래서 집까지 찾아올 수 있겠느냐고 했고 욘은 자기가 바보인 줄 아느냐고 말했다. 브루스는 얼마 전에 누가 자기에게 욘의 소식을 물었다고 알려줬다. 욘은 혹시 주얼이냐고 물었고 브루스는 웃으면서 안젤라였다고 대답했다. 욘은 축구 교실의 다른 사람들은 어떻게 지내는지 물었고 브루스는 처음에는 그래도 가끔 모여서 연습이라도 하려고 했는데 두세 번 모이고는 더 이상은 안 모인다고, 욘이 와야 다시 모이게 될 것 같다고 말했다. 그리고 데이비드와 지글러와 슈워츠는 줄무늬 팀에 들어가서 같이 연습을 하는 걸 보니 아마 그쪽과 함께 경기에 나갈 것 같다고 말했다. 그리고 라마가 뱀에게 물려 슈워츠가 병원에 데려갔다고 말했다. 브루스는 외계인과 경기를 하면 꼭 이기라고 말하고 전화를 끊었다.

한번은 회사에서 연락이 와 휴가 기간이 다 끝나간다고 했다. 욘은 휴가를 연장할 수 있느냐고 물었다. 회사에서는 사유를 물었고 욘은 그저 개인 사정이라고만 대답했다. 전화를 건 사람은 처음에는 안 된다고 했다가 다음 날 전화를 해서는 특별히 한 달을 더 연장할 수 있으며 만약 복귀하지 않으면 그대로 퇴사 처리된다고 말했다.

어느 날 욘은 자신이 잠시라도 머물렀던 팀이 몇 군데나 되는지 세봤다. 숫자로 세는 것보다 유니폼 색으로 떠올리는 게 더 쉬웠다. 노랑, 초록, 보라, 흰색과 빨강 줄무늬, 빨강과 파랑 줄무늬, 하늘색, 흰색, 검정, 진홍, 회색, 파랑……

그 팀의 감독은 얼굴이 붉고 머리가 반쯤 벗어지고 머리카락이 샛노란 색이었고 잔뜩 화난 표정을 짓고 있었다. 감독은 자기가 누구인지 아느냐고 물었고 욘은 안다고 대답했다. 그를 티브이에서 봤기 때문이었다. 감독은 자기는 허튼소리는 하지 않는 사람이고 자기 팀에서는 자기가 곧 법이라고 했다. 또 자기는 이미 외계인과 몇 번 경기를 해봐서 그들의 약점은 물론 외계인을 무찌를 전술을 알고 있고 이 팀에 필요한 건 이름값을 믿고 거들먹거리는 바보가 아니라 자신의 전술을 이해하고 따르는 병사라고 말했다. 그리고 시합은 2주 뒤에 할 거라고 덧붙였다. 욘은 그러기를 바랐다. 왜냐면 시합 다음 날이 휴가가 끝나는 날이기 때문이었다.

그 팀의 선수는 모두 빠르고 강하고 기술이 좋았다. 욘이 가장 축구를 잘했을 때도 그들보다 더 낫지는 않았을 것 같았다. 그리고 지금 욘의 몸으로는 간신히 그들을 쫓아갈 수 있을 뿐이었다. 그들은 진짜 축구 선수들이었고 그중에는 지금 당장 1부 리그에서 뛰어도 될 것 같은 선수도 몇 명 있었고 실제로 1부 리그에서 뛰다 온 선수도 몇 명 있었다. 그들은 연습이 끝나면 잘 차려입은 아름다운 여자와 함께 고급 승용차를 타고 경기장을 떠났다.

그들 중 하나가 욘에게 예전에 본 적이 있는 것 같은데 혹시 부상 때문에 은퇴하지 않았느냐고 물었다. 욘은 그렇다고 대답했다. 그리고 이제 무릎이 다 나아서 축구를 할 수 있게 됐다고 했다. 그는 욘에게 하지만 그 몸으로 이 팀에서 같이 뛰는 건 어렵지 않겠느냐고 했다. 그리고 그렇게 열심히 연습을 해도 경기에는 뛸 수 없다면 지금이라도 다른 팀을 찾아보는 게 시간 낭비를 덜 하는 거 아니겠냐고 했다.

욘은 감독에게 찾아가 자기가 경기를 뛸 수 있느냐고 물었다. 그러자 감독은 욘에게 경기를 뛰고 싶냐고 되물었다. 욘은 그렇다고 대답했다. 감독은 경기에 나가서 잘할 자신이 있느냐고 물었다. 욘은 그렇다고 대답했다. 감독은 그렇다면 자기한테 와서 이런 쓸데없는 걸 물을 시간에 연습이나 더 하라고 말했다. 그리고 자기가 원하는 건 전술을 수행하기 위해 자기 다리라도 바칠 수 있는 진정한 선수지 징징대는 바보가 아니라고 말했다. 욘은 감독의 방에서 나와 운동장으로 향했다.

시합

2주째가 되기 하루 전날 훈련을 마친 뒤 감독은 선수들을 모아놓고 내일 경기를 할 거라고 말하고 스무 명의 이름을 불렀다. 욘과 리오의 이름도 그 안에 들어 있었다. 감독은 가능한 한 스무 명 모두를 경기에 참가시키겠지만 작전에 따라 이 중 몇 명은 뛸 수 없을지도 모른다고 말했다. 욘은 리오에게 너는 분명히 선발 라인업에 들 거라고 말했다. 리오는 웃지도 않고 고개를 끄덕이지도 않았다.

다음 날 아침 그들은 우선 모여서 간단하게 몸을 푼 다음 버스를 타고 시합을 할 경기장으로 이동했다. 도착해보니 주차장에 고급 승용차들이 몇 대 와 있었다. 더프도 와 있었는데 그 옆에는 멋지게 차려입은 늘씬한 여자가 있었다. 더프가 말한 그 모델인 모양이었다. 경기장에는 이전까지 그들이 사용

했던 곳처럼 인조 잔디가 아니라 진짜 잔디가 깔려 있었다. 풀 냄새를 맡은 욘의 마음속에 자기도 모르게 뱀밭과 거기에서 보낸 시간, 그리고 축구 교실의 사람들, 브루스, 데이비드, 슈워츠, 라마, 오셔, 은수, 지글러, 페트로풀로스, 안젤라, 닥터가 떠올랐다. 욘의 마음이 순간 흔들렸다. 욘은 심호흡을 했다.

한 시간 정도 몸을 푼 뒤에 감독은 선수들을 경기장 가운데 모이게 한 다음 모두 준비됐느냐고 물었다. 선수들은 큰 소리로 준비됐다고 대답했다. 감독은 손을 번쩍 들어 올리고 시합을 신청한다고 외쳤다. 1분도 안 돼 누군가 하늘 한쪽에서 날아오는 외계인의 우주선을 가리켰다. 우주선이 경기장에 내리자 거기서 흰 유니폼을 입은 외계인이 나타났다. 처음 TV에 나왔던 외계인과 비슷한, 그러나 어딘가 조금 다른 얼굴의 외계인이었다.

"모두 몇 명입니까?"

외계인이 물었다.

"여기 있는 스무 명이다."

감독은 조금도 당황하지 않고 자기 뒤에 선 선수들을 가리키며 대답했다.

"그럼 잠시 선수들을 스캔하도록 하겠습니다. 이것은 투명하고 공정한 경기를 위한 필수적인 조치이며 경기에 필요한 간단한 정보 외에 다른 것은……."

"설명은 됐고 어서 하기나 하라고."

외계인은 잠시 기다렸다. 스캔은 우주선에 있는 어떤 도구로 하는 모양이지만 그게 뭔지는 짐작도 가지 않았다. 잠시 후 외계인이 말했다.

"이 중 한 명은 경기에 참여할 수 없습니다."

"뭐? 누구?"

외계인은 손가락 끝으로 리오를 가리켰다. 감독의 얼굴이 일그러졌다. 외계인은 모든 지구인에게 한 번씩만 기회를 주겠다고 했으니까 만약 외계인이 누군가를 가리키며 경기에 참여할 수 없다고 한다면 이유는 한 가지일 수밖에 없었다. 감독은 리오를 당장이라도 한 대 칠 것 같은 표정이었다.

"이 비열한 거짓말쟁이 자식아. 당장 여기서 꺼져!"

리오는 처음부터 이렇게 될 줄 알았다는 듯 말없이 경기장 밖으로 나갔다. 욘은 어떻게 해야 할지 몰랐다. 감독은 욘을 노려볼 뿐 아무 말도 하지 않았다. 그래서 욘은 그 자리에 남았다.

감독은 작전판을 갖다놓았는데 거기에는 선수들의 이름이 적힌 스무 개의 자석말이 붙어 있었다. 감독은 그중 리오의 자석말을 떼서 멀리 던져버린 다음 나머지 열아홉 개 중에서 열한 개를 각자의 위치에 놓았다. 그중에 욘의 이름은 없었다.

"잘 들어. 상대도 똑같은 열한 명이고 실력은 너희와 똑같아. 저놈들은 우주선을 만들었다고 잘난 척하지만 축구를 만든 건 우리야. 축구는 우리 거라고. 그러니까 우리가 더 잘할 수밖에 없어. 명심해. 실수만 하지 않으면 돼. 너무 긴장하지도 말고 반대로 너무 방심하지도 마. 경기가 끝날 때까지 그 빌어먹을 소원이나 니들 마누라나 삐까번쩍한 차 같은 건 다 잊어버리란 말이야. 경기에만 집중해. 나를 믿고 내가 하라는 대로 해. 이기고 싶어? 이기고 싶냐고! 그러면 내 말대로만 해. 그러면 이길 수 있어."

경기가 시작됐다.

욘은 지금까지 축구 경기를 보면서 그렇게 긴장한 적이 없었다. 몸은 벤치에 앉아 있었지만 정신과 마음은 경기장 안에서 공을 향해 달리고 있었다. 그는 초조하고 불안했다. 언제 골이 터질지 몰랐고 언제 우리 편 선수가 부상을 입어 자신에게 기회가 생길지 몰랐고 언제 감독이 몸을 풀라고 할지 몰랐다. 그는 아무것도 알 수 없었고 아무것도 할 수 없었고 그렇다고 가만히 기다리고 있을 수만도 없었다. 우리 편이 골을 넣어서 이기기를 바라야 하는지, 아니면 골을 먹어서 교체 출전 기회가 생기기를 바라야 하는지도 알 수 없었다. 언젠가 욘에게 다른 팀을 알아보라고 했던 동료가 옆에 앉아 있다가 욘에게 지금 떠는 거냐고 물었다. 욘은 무슨 소리냐고 되물었다. 그가 아래쪽을 가리키길래 내려다보니 욘의 무릎이 떨리고 있었다. 욘은 무릎을 움켜쥐었다.

전반전은 득점 없이 끝났다. 하프타임이 됐을 때에야 욘은 리오가 떠올랐다. 리오는 펜스 밖에서 경기장을 보며 서 있었다. 욘은 리오에게 다가갔다.

"어떻게 된 거야? 외계인과 시합을 했던 거야? 그런데 왜 말 안 했어? 아니, 너 분명히 외계인하고 시합 안 했다고 하지 않았어? 나한테 거짓말을 했던 거야? 왜? 내가 너한테 무슨 잘못을 했길래? 왜 나를 엿 먹이는 거야? 도대체 왜?"

"외계인이 나하고는 시합을 하지 않을 거라고 말했잖아."

"젠장. 그게 무슨 소리야. 어쨌든 이야기는 조금 있다가 하자. 거기서 조금만 기다려. 곧 끝나니까."

욘이 리오와 대화를 마치고 돌아가 보니 감독이 이글거리는 눈으로 쳐다봤다.

"어디 갔었어?"

"리오와 이야기하고 왔습니다."

"그 비열한 개자식 때문에 내 작전이 엉망이 됐어. 그런데 지금 내 앞에서 그 자식 이름을 들먹여?"

욘은 대답할 말이 없었다.

후반전 10분에 상대가 한 골을 넣었다. 골이 들어가자 감독은 벤치 앞으로 튀어 나가 하늘을 향해 손가락질을 하며 소리를 질렀다.

"이건 오프사이드라고! 심판 똑바로 보란 말이야!"

그러나 하늘의 눈이 잘못 볼 리는 없었고 판정을 번복할 리는 더더욱 없었다.

감독은 벤치에 있던 수비를 한 명 부르더니 당장 몸을 풀라고 했다. 그리고 5분 뒤에는 공격수 한 명과 미드필더 한 명을 더 불러냈다. 감독은 그들에게 몇 가지 지시를 내렸고 그들은 경기가 잠시 중단됐을 때 모두 교체 투입돼서는 감독의 지시를 다른 선수들에게 전달했다.

10분쯤 뒤에 교체해서 들어간 공격수가 골을 넣었다. 그리고 다시 5분 뒤에는 다른 선수가 한 골을 더 넣었다. 또 3분 뒤에 한 골이 더 들어가서 점수는 3 대 1이 됐다.

"좋았어. 잘했어, 이 멍청이들아. 내가 말했잖아! 내가 말한 대로만 하면 이긴다고!"

감독은 소리 질렀다.

그때 벤치에 있던 한 선수가 감독에게 다가갔다. 욘에게 다른 팀을 알아보라고 한 그 선수였다. 그는 자기 말을 다른 사람은 들을 수 없도록 작은 목소리로 말하고 싶어 하는 것 같았지만 너무나도 간절한 마음에 한 단어 한 단어에 힘을 줬기 때문에 그 자리에 있는 사람은 누구나 그의 말을 분명히 알아들을 수 있었다. 그는 이 정도면 이긴 경기니까 자기를 넣어달라고 말했다. 1분이라도 뛰게 해달라고, 들어가서 무엇이든 하겠다고 했다. 감독은 허튼소리 하지 말고 자리로 돌아가라고 하면서 그를 한 손으로 밀어냈다. 그러나 그는 다시 다가가서 자기가 받기로 한 것의 10퍼센트를 주겠다고 말했다. 그리고 잠시 뒤에는 20퍼센트, 30퍼센트를 주겠다고 했다. 감독은 그를 또다시 밀어냈다. 그가 몇 분 뒤에 다시 한번 자리에서 일어나자 다른 동료들이 제발 좀 앉아 있으라고 말했다. 그러나 그는 기어코 감독에게 다가가더니 귓속말로 뭔가를 말했다. 욘은 그가 말한 것 중에 '내 아내를……'이라는 말을 알아들었고 감독이 어깨를 움찔하더니 그 선수를 쳐다보는 것을 보았다.

종료 12분 전에 감독은 다시 두 명을 교체했는데 그중 한 명은 아까 감독에게 간청했던 그 선수였고 다른 한 명은 그 선수를 따라 자기도 자기 몫의 절반과 다른 무엇을 주겠다고 약속한 선수였다. 이제 경기를 뛰지 못한 건 욘을 포함해 세 명뿐이었고 그중 한 명은 후보 골키퍼였다. 그런데 얼마 안 돼서 외계인이 한 골을 넣어 3 대 2가 됐다. 감독은 선수들에게 정신 똑바로 차리라며 소리를 질렀다. 그리고 모두 라인을 내리고 집중하라고, 반칙해서 프리킥을 주지 말라고, 자기 위치를 똑바로 지키라고 외쳤다.

종료 6분 전에 외계인 팀이 페널티 지역에서 찬 공이 우리 편 수비의 손에 맞으면서 페널티킥이 주어졌다. 손에 공을 맞은 선수는 마지막으로 교체 투입된 두 명 중 하나였는데 그는 자신의 손을 생전 처음 보는 물건인 것처럼 넋을 놓고 쳐다봤다. 감독은 하늘을 향해 손가락질하며 손이 아니라 배에 맞은 거라고, 눈 똑바로 뜨고 보라고, 지구인이 심판을 봤으면 그냥 넘어갔을 거라고, 너희들은 승리를 훔쳐 가는 비열한 도둑놈이고 이 일은 반드시 스포츠 위원회에 제소할 거고 그러면 너희들은 모두 모가지가 잘릴 거라고 소리 질렀다. 그때 지금까지 욘의 옆에 있던 후보 골키퍼가 감독에게 가서 자기가 페널티킥은 훨씬 더 잘 막을 수 있으며 어차피 외계인 선수들이 우리 선수들을 모델로 만들었다면 자기는 우리 선수들의 버릇을 이미 다 파악하고 있으니 자기를 내보내달라고 말했다. 감독은 그러면 지금 준비하고 있는 선수는 어느 쪽으로 찰 것 같냐고 물었고 골키퍼는 오른쪽 아래라고 대답했다. 감독은 키퍼를 교체하는 대신 선수 한 명을 급하게 불러 가까이 오게 한 다음 귓속말로 뭔가를 말하고는 경기장의 골키퍼에게 전해주라고 했다. 후보 골키퍼는 감독에게 지금 뭐 하는 거냐고 따졌고 감독은 어차피 이기는 게 목적이 아니냐고, 정말로 오른쪽 아래로 공이 와서 그 슛을 막으면 무슨 수를 써서든 그를 경기에 내보내겠다고 약속했다. 그리고 잠시 뒤 외계인 선수가 골대 오른쪽 아래로 페널티킥을 찼고 골키퍼는 반대 방향으로 몸을 날렸다. 그래서 점수는 3 대 3이 됐다.

"내가 오른쪽 아래라고 했잖아!"

후보 골키퍼가 소리를 질렀다. 감독은 아무 말도 하지 않았다.

얼마 뒤 외계인 팀이 한 골을 더 넣었다.

그 뒤의 시간은 순간 같기도 하고 영원 같기도 했다. 경기장 안의 선수들은 모두 넋이 나간 것처럼 보였다. 도대체 무슨 일이 일어나고 있는지, 자기들이 지금 뭘 하고 있는지도 모두 잊은 채 짐승처럼 뛰고 고함을 지르기만 했다. 공을 향해 달려가다 같은 편끼리 뒤엉켜 넘어지기도 했고 도저히 받을 수 없는 곳으로 차놓고 뛰어가서 잡으라고 동료에게 소리지르기도 했다. 이제 그들에게는 전술도, 동료도, 협력도 없었고 오직 공에 대한 맹목적인 집착만 있었다.

그것은 축구가 아니었다.

욘의 눈앞이 점점 캄캄해지며 소리가 멀어졌다. 뭔가 보이지만 그게 무엇인지 알 수 없었고 뭔가 들리지만 그게 무슨 소리인지 알 수 없었다. 그의 이름을 부르는 소리가 들리는 것 같았지만 욘은 대답할 수도 움직일 수도 없었다.

욘이 문득 고개를 들어보니 감독이 자신을 향해 뭔가 말하고 있었다. 욘은 감독이 지금 무슨 말을 하는지는 알 수 없었지만 그 표정을 보니 떠오르는 얼굴이 있었다. 주얼이었다. 마지막 날 주얼은 지금 감독의 얼굴에 떠오른 것과 같은 표정을 하고 있었다. 그리고 네가 다 망쳤어, 하고 말한 뒤 욘을 떠났다.

경기가 끝났다.

"빌어먹을. 이런 식으로 나를 엿 먹여? 널 믿어준 대가가 이거냐?"

더프가 말했다. 그들은 경기장 밖의 주차장에 있었다.

"나도 몰랐어."

"네가 분명히 보증한다고 그랬잖아!"

"나도 그런 줄로만 알았어."

"그런 줄 알았다고? 내가 지금까지 널 위해 얼마나 애썼는지 알아? 그런데 이런 식으로 경기를 망쳐? 내가 너희들을 여기까지 데려오려고 얼마나 공을 들였는지 알기나 해?"

"그런 식으로 말하지 마. 나도 어쩔 수 없었어. 그리고 내게는 기회조차 주어지지 않았단 말이야."

"닥쳐! 네가 마지막에 감독의 교체 지시를 거부하는 걸 똑똑히 봤어."

"교체 지시라니?"

"발뺌하지 마! 감독이 너한테 당장 나가라고 하는 걸 내 귀로 똑똑히 들었단 말이야."

"정말이야. 난 아무 소리도 못 들었어."

"닥쳐. 이 비열한 자식아. 네 친구도 비열하지만 네가 더 나쁘고 비겁한 놈이야. 지고 있다고, 시간이 얼마 안 남았다고 교체를 거부해? 너는 최악이야! 내가 이 바닥에서 만난 개새끼 중에서 네가 제일 개새끼라고. 이제 내일이면 이 바닥에 네 소문이 다 퍼질 거야. 누가 소문을 퍼뜨리냐고? 바로 내가 할 거다. 너는 천하의 쓰레기라고 모든 에이전시에 광고할 거야. 너는 끝장이야. 너처럼 비열하고 비겁한 자식이 설 경기장은 어디에도 없어."

그때 누군가 더프를 불렀다. 아까 더프와 같이 있던 여자였다. 둘은 뭔가 이야기를 했는데 멀어서 목소리는 들리지 않았다. 잠시 뒤 여자가 더프를 한 번 안은 다음 차를 타고 떠났다. 더프는 여자의 차가 주차장을 빠져나갈 때까지 그 자리에서 꼼짝도 하지 않다가 욘을 한참 노려본 다음 고개를 젓고는 버스에 올랐다.

돌아가는 버스 안에서는 아무도 아무 말도 하지 않았다.

한참 가다 감독이 소리쳤다.

"잠깐 차를 세웁시다!"

버스가 멈췄다. 감독은 고개도 돌리지 않고 말했다.

"너희 둘 내려."

잠시 침묵이 있었다.

"누구 말하는지 알겠지. 자기가 외계인과 시합을 하고서도 안 했다고 한 사기꾼하고 그놈과 한통속이 돼서 팀을 망친 것도 모자라 마지막에 교체 지시를 거부한 개자식 말이야. 안 내릴 거면 반쯤 죽여서 버스 밖으로 던져줄까?"

욘은 리오와 함께 자리에서 일어나 가방을 챙겼다. 버스에서 내리기 전에 더프를 한 번 돌아봤는데 더프는 구석에 찌그러져 앉아 시선을 창밖으로 향한 채 고개도 돌리지 않았다.

버스가 떠난 뒤에 둘러보니 한갓진 시골길이었다. 주위에 건물도 도로 표지판도 없었고 사방이 들판이었다. 욘은 버스가 사라진 방향을 향해 걷기 시작했다. 리오도 욘의 뒤를 따라 걸었다.

한참 걷다가 욘은 입을 열었다.

"다 끝났어."

"뭐가 끝나?"

"뭐긴 뭐야. 축구 말이지."

"이제 축구는 안 해? 축구 교실을 다시 할 거잖아."

"지금 농담할 기분 아냐."

"농담하는 거 아냐."

"나도 농담하는 거 아니라고!"

욘의 목소리가 자기도 모르게 커졌다.

한참 걸었으나 아무것도 나타나지 않았다. 가끔 커다란 트럭이 무서운 속도로 지나가며 바람과 자갈을 날릴 뿐이었다. 비가 오려는지 하늘이 어두워지고 있었다.

"여기까지 오려고 직장에도 안 나가고, 가진 저금을 다 털었어. 그래서 남은 게 뭐지? 나는 경기에도 나가지 못했어. 내가 교체를 거부했다고? 젠장, 맹세할 수 있어. 나는 그때 아무 소리도 못 들었다고."

리오는 대답하지 않았다.

둘은 또 한참 말없이 걸었다.

"내가 진짜로 억울하고 분하고 화가 나는 게 뭔지 알아? 일이 이 지경이 됐는데 내가 잘못한 건 아무것도 없다는 거야. 아. 하나 있지. 바보처럼 너를 믿었다는 거. 왜 처음부터 사실대로 말하지 않았어?"

"난 처음부터 사실대로 말했어."

"넌 시합에 안 나가겠다고 했지, 이미 시합을 한 적 있다고는 안 했어. 왜 그랬어? 사실대로 말해. 넌 축구 선수였지? 아닌 척해봐야 소용없어. 네가 하는 축구 기술들은 전문적인 훈련 없이는 몸에 익힐 수 없는 거야. 왜 속였어? 처음부터 이상했어. 물고기를 맨손으로 잡고 뱀을 쫓아버린다고? 네가 무슨 동물의 왕이라도 돼? 네가 예수그리스도야? 무슨 속임수를 쓴 거야? 내가 모를 줄 알았어? 내가 그렇게 어리숙해 보였어?"

바람이 거칠어지고 있었다.

"왜 그딴 짓을 한 거야? 시합에 나가고 싶어서? 그래서 나를 이용한 거야? 외계인과의 시합에 두 번 나갈 수 있는지 시험해본 거였어? 아니면 뭐야? 내가 무릎도 낫고 이제 축구를 할 수 있다고 하니까, 그게 같잖았어? 병신이 꼴값 떠는 거 보니까 재미있었어? 그래서 나를 갖고 장난 좀 쳐본 거야? 아니면 뭐, 내가 이제 축구를 하러 간다고 하니까 봉 하나 잡았구나 싶었어? 몇 달 공짜로 먹고, 자고, 축구하고, 구경 다니고, 그리고 막판에 사람 망하는 꼴 보며 낄낄거리고 싶었던 거야?"

욘이 멈춰서 몸을 돌리자 리오도 걸음을 멈췄다. 둘은 마주서서 서로를 쳐다봤다.

"그래. 네 소원대로 됐어. 난 이제 쫄딱 망했다고. 네가 다 망쳐버렸어. 도대체 나한테 왜 그랬어? 말해봐. 왜 그랬어?"

욘의 목소리가 바람 속에서 찢어졌다.

"왜 그랬냐고!"

거센 바람이 리오의 머리카락과 수염을 멋대로 헝클어놓고 있었다.

마침내 리오가 입을 열었다.

"네가 축구를 하고 싶다고 했잖아."

그 말에 욘의 안에 있던 뭔가가 터져 나왔다.

욘의 주먹이 리오의 얼굴 한가운데를 때렸다.

리오가 땅바닥에 쓰러졌다.

욘은 주먹을 움켜쥔 채 리오를 내려다봤다. 온몸이 떨렸다. 주먹이 아팠다. 그러나 더 아픈 데가 있었다. 그게 어디든, 욘은 참지 못하고 소리를 질렀다.

"으아아아악!"

욘의 고함이 바람 속으로 사라졌다.

잠시 뒤 리오가 몸을 일으켰다. 리오는 욘을 똑바로 쳐다봤다. 욘은 그 눈길을 피할 수 없었다.

"친구. 나에게 무엇을 원해?"

리오가 차분한 목소리로 물었다. 거센 바람 속에서도 리오의 목소리는 이상하게 선명하게 들렸다.

무슨 말을 하면 좋을까. 사과를 할까. 미안하다고 말할까.

때리려던 건 아니라고 말할까. 용서해달라고 할까. 네가 정말 밉지만 그래도 여전히 좋아한다고 말할까. 너를 용서할 수 없지만 그래도 우리는 여전히 친구라고 말할까. 다 잊고 함께 돌아가서 다시 축구 교실을 하자고 할까.

바람이 거칠게 불었다. 그러나 욘의 마음은 그보다 더 거칠었다.

"너 같은 놈은 꼴도 보기 싫어. 내 눈앞에서 당장 꺼져."

욘이 억눌린 목소리로 말했다.

"네가 그걸 원한다면 그렇게 해줄게."

바람이 더욱 강해졌다. 몸이 휘청일 정도로 강한 바람이었다. 바람 속에 나뭇잎과 풀과 자갈이 섞여 있었다.

거센 바람에도 주위는 오히려 점점 밝아졌다. 빛과 바람은 더 강해져 마치 욘을 산산이 부수고 갈가리 찢어놓으려는 것 같았다. 찌를 듯 밝아지는 빛 속에서 리오의 모습이 천천히 지워지는 것 같았다. 어느 순간 욘은 더 이상 눈을 뜨고 있을 수 없었다. 욘은 리오를 부르려 했지만 입을 열 수 없었고 눈을 감고 귀를 막아도 빛과 바람 소리를 막을 수 없었다. 마침내 욘이 몸을 웅크리다 못해 주저앉으려는 순간, 그 모든 것이 갑자기 그쳤다.

욘은 천천히 눈을 뜨고 주위를 둘러봤다. 바람 때문에 부러진 나뭇가지가 뒹굴고 있지 않았다면 방금 전까지 돌풍이 불었다는 게 믿기지 않을 정도로 주위는 고요했다. 강한 빛도 사라지고 지금은 은은한 빛이 대기에 가득했다. 발밑의 그림자도 없었다. 이상한 풍경이었다.

이상한 게 또 있었다.

리오가 보이지 않았다.

"리오?"

욘은 주위를 둘러봤다.

"리오!"

리오가 없었다. 바람에 날아가버린 걸까. 어디에 쓰러져 있는 걸까. 누가 와서 데려간 걸까. 그런데 누가? 어디로?

문득, 욘은 고개를 들었다.

하늘에 빛 덩어리가 떠 있었다. 그건 부드럽게 박동하는 빛 속에서 느리게 회전하는 거대한 구였다. 그리고 그것은 아무래도 축구공처럼 보였다. 하지만 그렇게 큰 축구공이, 그것도 하늘에 떠 있을 리 없었다.

우주선이 아니라면.

외계인이 리오를 데려간 걸까? 왜? 리오는 마음씨 착한 바보일 뿐인데. 그저 축구를 남들보다 조금 잘할 뿐인데. 그것 말고는 물고기를 맨손으로 잡고, 뱀을 다루고, 축구장을 만들고, 마사지를 할 줄 아는 것뿐인데.

그 순간 욘은 깨달았다. 축구를 하러 온 외계인들은 말했다. 모든 지구인과 시합을 하겠다고. 그런데 리오는 시합에 나갈 수 없었다. 왜냐하면 지구인이 아니기 때문이었다. 그는 외계인이었다. 리오는 일이 이렇게 되리라는 걸 처음부터 알고 있었다. 그런데도 욘을 따라나섰다. 욘이 축구를 하기를 원했으니까. 모든 걸 망친 건 리오가 아니었다. 바로 욘 자신이었다. 이제야 하늘에서 들려오는 심판의 목소리를 어디서 들었는지 기억났다. 그것은 리오의 목소리였다.

거기까지 생각했을 때 우주선이 구름 속으로 모습을 감추더니 사라졌다. 잠시 뒤 비가 쏟아지며 어둠과 빗소리가 함께 찾아왔다.

세계, 의문들

사람들이 외계인에 관한 것들을 당연하게 여기는 데는 그리 오랜 시간이 걸리지 않았다. 여름이나 겨울이 찾아오면 먼 휴양지로 잠시 휴가를 떠나는 것처럼, 사랑하는 사람이 생기면 결혼을 꿈꾸고 가정을 꾸릴 계획을 세우는 것처럼, 경제가 안 좋아지면 실직자가 늘어나는 것처럼, 이제 외계인의 존재와 그들과 치르는 축구 시합은 일상적이고 자연스러운 것이 됐다.

그러나 여전히 풀리지 않는 의문들이 있었고 어떤 의문들은 시간이 가며 더욱 깊어졌다.

사람들이 가장 궁금해하는 것은 외계인이 언제까지 우리 곁에 머물까 하는 것이었다. 여기에 대해 외계인들은 구체적으로 답하는 법 없이 그저 충분히 긴 시간 동안 지구에 머물

것이라고만 대답했다. 그러나 충분히 긴 시간이 과연 얼마나 긴 시간인지, 그들의 시간 개념이 어떻게 되는지는 아무도 몰랐다. 그들이 떠나는 것은 100일 뒤일 수도, 1만 년 뒤일 수도 있었고 어떤 조건이 충족된다면 바로 다음 순간일 수도 있었다. 외계인이 언제 떠날지는 그들이 찾아온 것과 마찬가지로 오로지 외계인의 뜻에 달린 문제였다. 지구인은 그것에 대해 아무것도 알 수 없었고 또 아무것도 할 수 없었다. 그저 그들이 가능한 한 오래 있어주기를, 소원을 빌 수 있는 기회가 한 번이라도 더 생기기를 바랄 뿐이었다.

다른 의문도 있었다. 외계인이 말한 지구인이란 어디까지를 뜻하는 것일까? 외계인이 도착한 시점에 아직 태어나지 않은 아이들에게도 외계인과 시합을 할 자격이 있는 걸까? 그 시점에 임신 9개월째인 아이에게 자격이 있다면 이제 막 착상된 수정란에게도 똑같은 자격이 있는 걸까? 수정 전의 정자와 난자는 어떨까? 복제인간도 외계인과 축구를 할 수 있을까? 인간의 뇌를 이식해서 안드로이드를 만든다면? 안드로이드에게 인간의 뇌를 똑같이 모방한 인공지능을 심는다면? 아니면, 순수한 인공지능 프로그램은? 외계인은 거기에 대해서도 자세한 말은 없이 그저 그런 문제는 지구인들에게 맡기겠다고만 대답했다.

축구의 정의에 관한 의문도 있었다. 외계인들은 지구에 축구를 하기 위해 왔다고 했다. 그런데 알고 보니 축구는 한 종류가 아니었다. 사람들이 흔히 하는 '협회 축구' 말고도 풋살, 비치사커 따위가 있었고 미식축구, 럭비풋볼, 오스트레일리안 풋볼, 게일릭 풋볼, 캐나디안 풋볼에도 축구라는 이름이 들어갔다. 심지어는 테이블 축구도 있었다. 그런 것도 모두 축구라고 할 수 있지 않을까? 그래서 한번은 미식축구 선수들이 모든 장비를 갖춰 입고 시합을 신청했다. 우주선을 타고 도착한 외계인들은 축구에 맞는 유니폼을 입어달라고 요청했다. 미식축구 선수들은 자기들이 하는 것 역시 지구의 축구라고, 축구를 하러 지구에 왔으니 지구의 규칙에 따라야 한다고 말하며 버텼다. 경기가 시작되고 미식축구 선수들은 바로 실격패했다.

경기와 관련해서 가장 큰 의문은 하늘의 눈에 관한 것이었다. 애초에 그것은 무엇이란 말인가. 어떻게 그것은 경기장에서 일어나는 모든 것들을 빠짐없이 볼 수 있는 것인가. 하늘의 눈은 드론이나 인공위성 같은 것일까? 혹은 누군가 구름 속에서 얼핏 보았다던 빛나는 축구공일까? 관측 장비에 탐지되지 않는 건 그것이 특별한 소재로 만들어져 있어서일까? 아니면 너무 작아서일까? 그러면 소리는 어디에서 들려오는 것일까? 사람들은 생각할 수 있는 모든 방법으로 하늘의 눈의 실체를 찾으려 노력했지만 성공하지 못했다.

처음에는 하늘의 눈의 판정이 과연 공정한지 의문을 갖는 사람들이 많았다. 지구인의 승률이 예상만큼 높지 않은 점,

외계인은 판정에 결코 이의를 제기하지 않는 점, 외계인들이 하늘의 눈의 시스템에 대해 아무것도 알려주려 하지 않는 점 등이 그 이유였다. 페널티 구역 안에서 외계인 선수가 핸들링 반칙을 했는데도 페널티킥을 주지 않는 장면이 담긴 경기 동영상이 인터넷에 떠돌자 사람들은 경기 신청을 중단하고 당장 지구인 심판을 배치하라고 요구했다. 나중에 그 동영상이 조작으로 밝혀진 후에야 사람들은 다시 시합을 신청하기 시작했다.

그런데 왜 외계인들은 판정에 이의를 제기하지 않는 걸까. 정말로 하늘의 눈이 외계인 편이어서 결국 경기는 외계인이 이기도록 설계되어 있기 때문일까. 아니면 항의해봐야 아무 소용없다는 것을 알고 일찌감치 체념한 걸까. 하늘의 눈이 외계인들에게 유리하게 설계돼 있다면, 그러면 지구인들이 하는 것처럼 판정에 항의하는 편이 의심을 덜 사지 않을까. 혹시 자신들이 이 상황을 완전히 장악하고 있기 때문에, 즉 그들이 그만큼 압도적인 존재라서 지구인들의 의심 따위는 신경 쓸 필요 없다는 건가. 아니면 그들의 주장처럼 정말로 하늘의 눈이 완벽하게 공정한 존재이기 때문일까. 어떤 사람들이 주장하는 것처럼, 정말로 그것은 외계인들과는 독립적인 존재, 혹은 또 다른 외계 종족, 아니면 그들이 거부하거나 부인하거나 소거할 수 없는 월등한 존재인 걸까. 우리에게 외계인들이 그런 것처럼.

그런 문제들을 제쳐두고도 여전히 가장 근원적인 의문은 남아 있었다.

그들은 왜 지구에 왔는가. 정말로 지구의 축구를 경험하기 위해서 온 걸까. 혹시 다른 목적이 있는 건 아닐까. 경기 전에 하는 스캔으로 정보를 빼 가거나 나노 칩을 이식하는 건 아닐까. 그런 목적이라면 더 간편하고 빠른 방법이 있지 않았을까. 정말로 그들은 축구 때문에 온 걸까. 그렇다면 왜 축구인 걸까. 그들의 주장처럼 정말로 축구가 지구라는 환경과 지구인의 진화적, 생물적, 심리적, 사회적 특성을 가장 잘 드러내는 문화인 걸까.

그렇다면 외계인에게 지구는 관광지이고 축구는 지구의 특산물인 걸까. 즉 관광객들이 관광지에서 원주민들이 춤을 추는 걸 구경하고 돈을 내는 것처럼 외계인들도 축구를 하고 소원을 들어주는 걸까. 만약 그게 맞다면 아무 문제없는 거 아닐까. 지구 전체의 부의 수준이 상승하고 산업구조에 조금 변화가 생기는 것 말고는. 적어도 외계인이 계속 찾아오는 한은. 그러자 다시 처음의 의문으로 되돌아왔다. 이 일이 얼마나 오래 지속될까. 영원히? 한 달 동안?

그러다 어느 날 그들이 왔던 것처럼 갑자기 떠나간다면, 그 뒤에는 어떻게 될까. 우리가 다시 원래의 삶으로 문제없이 돌아갈 수 있을까. 외계인도 없고, 외계인과 하는 축구 시합도 없고, 축구 시합에서 이겨 소원을 이룰 수 있다는 기대도 없는 삶으로 돌아갈 수 있을까.

그런 것들 없이 다시 축구를 할 수 있을까.

혹시 그들은 우리가 눈치채지 못하는 사이에 뭔가를 파괴하고 있는 것은 아닐까. 뭔가 부서지고 망가지고 있는데 우리는 그걸 눈치채지 못하는 게 아닐까. 한 세계가 끝나버렸는데도 그걸 모르고 있는 게 아닐까. 우리는 이제 다시는 그때로 돌아갈 수 없는 게 아닐까. 우리 중 일부는 이미 끝장난 게 아닐까. 그렇다면 이것은 서서히 다가오는 종말이 아닐까. 우리는 이미 종말의 한가운데를 건너고 있는 중은 아닐까. 아무것도 없는 데를 향해 나아가고 있는 건 아닐까.

다시

욘이 다시 출근하자 데이비드는 다른 것은 묻지 않고 그저
그날 작업할 내용을 말해줬다. 욘도 다른 말은 없이 데이비드
가 시킨 일들을 했다. 다른 동료들이 뭘 하다 왔냐고, 혹시 외
계인과 시합을 하고 왔냐고 물었지만 욘은 대답하지 않았다.
점심시간이 됐을 때 욘은 데이비드에게 구석방에 유통기한
이 조금 지난 통조림들이 있던데 그걸 가져가도 되냐고 물었
다. 데이비드는 그렇게 하라고 대답했다. 욘은 그중 조개 수
프와 콩 통조림을 꺼내 창고 구석에 가서 혼자 먹었다.

복도에서 마주친 지글러는 욘을 보고 잠깐 멈칫했다가 다
가오더니 마치 모든 걸 이해한다는 듯 그의 어깨를 툭툭 치고
는 지나갔다.

그날 퇴근하기 전에 데이비드는 욘을 한쪽으로 불렀다.

경기는 어떻게 됐어?

졌어.

리오는 잘 있어?

떠났어.

그렇군. 나는 지글러, 슈워츠와 함께 줄무늬 팀에 들어갔어. 브루스는 거절했고. 이제 실력도 좀 늘고 호흡도 맞아서 곧 경기를 하게 될 것 같아. 혹시 경기를 시작하기 전에 뭔가 조언을 구해도 될까.

나는 아는 게 없어.

그날 집에 돌아와 보니 문이 또 열리지 않았기 때문에 욘은 뒷문으로 집에 들어갔다. 회사에서 가져온 통조림 상자를 냉장고 옆에 내려놓고 소파에 앉은 욘은 티브이를 보며 맥주를 마시기 시작했다. 여덟 시가 될 때까지 세 캔을 마신 다음 자정이 될 때까지 세 캔을 더 마셨다. 그동안 한 번도 일어나지 않았고 채널도 바꾸지 않았다. 전화가 한 번 걸려왔지만 받지 않았다. 신발을 벗고 불을 끄고 침대에 누웠을 때 욘은 아무 생각도 하지 않았다. 그는 그저 아침에 일어나 일을 하러 가기를 기다리는 사람일 뿐이었다.

다음 날 저녁에 욘이 정육점 앞을 지나는데 브루스가 가게에서 나왔다.

언제 돌아왔어?

이틀 전에.

시합은…… 어떻게 됐어?

졌어.

아깝다. 너는 이길 줄 알았는데.

욘이 가려고 하자 브루스가 다시 붙잡았다.

축구 교실은 언제 다시 시작할 거야?

모르겠어.

리오는 잘 있지?

떠났어.

어디로?

몰라.

그래. 참. 주얼이 30분쯤 후에 잠깐 들를 거야.

그게 나와 무슨 상관이지?

브루스는 입을 다물었다. 그리고 이번에는 욘을 붙잡지 않았다.

그날 밤에도 욘은 티브이를 켜놓고 맥주 여섯 캔을 마신 다음 자정에 침대에 누웠다.

다음 날 저녁에도 욘은 맥주를 마시며 티브이를 보았다. 양복을 입은 사람들이 나와 축구 후 우울증에 관해 토론하고 있었다. 이것은 재난입니다. 축구에서 이기든 비기든 지든 아무도 행복하지 못해요. 이겨서 소원을 이뤄도 말입니까. 소원을 이룬 사람들은 삶의 의미를 잃어버립니다. 더 이상 추구할 목표가 없어지니까요. 다른 목표를 만들면 되는 거 아닌가요. 한 번 아무런 노력 없이 목표를 이룬 사람이 두 번째 목표를 자기 힘으로 이룰 수는 없습니다. 그러나 경기에 진 사람의 박탈감에 비하면 그건 아무것도 아닙니다. 그들은 눈앞에서 기회를 놓쳐버렸어요. 평생의 소원을 이룰 단 한 번의 기회를 축구 시합 한 번으로 잃은 겁니다. 그러면 아예 경기를 안 하는 게 좋겠군요. 언제까지요? 평생? 한번 도전해보지도 않고 끝나는 그런 인생에 무슨 의미가 있습니까. 그럼 어떻게 하란 말입니까. 외계인은 오지 말았어야 합니다. 그들이 온 이후로 모든 게 엉망이 돼버렸습니다. 그건 우리가 어쩔 수 있는 일이 아니었습니다. 그러면 처음부터 시합을 거부했어야 합니다. 그것도 우리가 어쩔 수 있는 일이 아니었습니다.

토크쇼가 끝난 후에는 집수리 DIY 키트의 광고, 에너지 음료 광고, 축구에 관한 모든 것을 알려주는 전화 상담 광고가 나왔다. 그리고 당신에게 가장 맞는 소원을 알려준다는 상담 광고가 나오는 중에 갑자기 온 집 안의 불이 꺼졌다.

욘은 어둠 속에 앉아 맥주를 마셨다. 그리고 다 마신 뒤에도 그대로 앉아 있었다.

다음 날 저녁에 욘은 트레일러 파크에 갔다. 리오의 집은 비어 있었다. 욘이 트레일러 파크 주위를 돌아다니다 주차장으로 돌아왔을 때는 어두워지려 하고 있었다. 누군가 뱀밭 둘레의 펜스 입구에 서 있는 것이 보였다. 안젤라였다.

안젤라는 욘에게 그동안 잘 지냈냐고 물었다. 욘은 그렇다고 대답했다. 경기는 어떻게 됐느냐고 물어서 욘은 졌다고 대답했다. 안젤라는 안타깝다고 말했고 욘은 대답하지 않았다.

여기는 뭐 하러 왔어요? 안젤라가 물었다.

그냥 한번 와봤어요.

나도 마찬가지예요. 이제 돌아왔으니 축구 교실을 다시 할 거죠?

모르겠어요.

축구 교실을 열겠다고 약속하지 않았어요?

기억나지 않아요.

욘은 잠시 후에 다시 입을 열었다.

나는 이제 축구를 안 할 거예요.

안젤라가 뭔가 생각하다 물었다.

욘은 뭘 두려워하죠?

나는 아무것도 두려워하지 않아요.

욘이 말했잖아요. 사람은 누구나 두려움이 있다고.

그럼 안젤라는 뭘 두려워하죠?

안젤라는 팔짱을 낀 채 잠시 뱀밭을 쳐다보다 대답했다.

사랑이요. 나는 사랑을 두려워하는 것 같아요.

남자 친구가 두려워요?

아뇨. 그게 아니라 누군가를 사랑하는 자신이 두려워요. 나는 누군가를 좋아하면 그 사람에게 모든 걸 맡겨버려요. 아주 사소한 것도 그 사람이 대신 결정하게 하고 결국 그 사람이 나를 좌지우지하게 만들죠. 그런 자신이 싫어요.

그러면 그렇게 못 하게 하면 되잖아요.

싸우기 싫어서 그래요. 나는 상대가 화를 내는 게 두려워요. 상대가 나를 나무라고 큰 소리를 내고 흥분하는 게 싫어요. 상대가 조금이라도 큰 소리를 내면 나는 금방 공포에 질려버려요. 우습죠?

그렇게 말하고 안젤라는 입을 다물었다. 욘은 자신도 뭔가 말해야 할 것 같은 기분이 들었다. 마치 패스를 받은 것 같았고 이제 공을 돌려줘야 하는 것이다.

나는, 내가 뭘 두려워하는지 모르겠어요.

그럼 최근에 가장 무서웠던 때는 언제였어요?

어젯밤이요.

어젯밤에 무슨 일이 있었어요?

아무 일도 없었어요.

그럼 어젯밤에 뭘 했어요?

아무것도 안 했어요. 어둠 속에 혼자 앉아 있는데 거기에 아무것도 없었어요.

왜 어둠 속에 혼자 앉아 있었어요?

차단기가 내려갔으니까요. 차단기는 지하실에 있는데 거

기에 내려가고 싶지 않았어요. 왜냐면 거기엔 정말로 아무것도 없으니까요.

지하실에 내려가는 게 무서우면 내가 같이 가줄게요.

그럴 필요 없어요.

도와주고 싶어서 그래요.

왜요? 왜 나를 도와주려고 하죠?

우리는 누구나 도움이 필요하니까요. 욘이 말했잖아요. 혼자서 뚫을 수 없을 때 2 대 1 패스를 하면 된다고.

안젤라는 떠나기 전에 다시 한번 도와주지 않아도 되겠느냐고 물었고 욘은 다시 한번 괜찮다고 대답했다.

안젤라가 떠난 뒤 욘은 공터에 들어갔다. 주위는 어두워져 있었다. 걸음을 옮길 때마다 풀 스치는 소리가 났다. 어쩌면 뱀이 발 옆을 스쳐 가는 소리인지도 몰랐다. 욘은 공터 한가운데서 멈췄다. 맑은 밤하늘에 별이 떠 있었다. 별은 하늘을 아주 천천히 돌고 있었다.

나는 여기에 왜 온 거지. 아마 리오를 만나러 왔겠지. 리오를 만나면, 뭐라고 말해야 하지. 우선 사과를 해야 할까. 때려서 미안하다고. 내가 바보같이 화를 참지 못하는 놈이라서 그랬다고 말해야 할까. 벽에 주먹으로 구멍을 낸 것도, 술 마시고 차로 가로등을 들이받은 것도 그 때문이었다고, 나를 망친 건 부상이 아니라 언제나 나 자신이었다고 말해야 할까. 아니면 왜 외계인이라는 걸 진작 말하지 않았느냐고 따져야 할까.

너 때문에 나는 좋은 기회를 놓쳐버렸고 비열한 거짓말쟁이 취급을 받았으니 책임지라고 해야 할까. 그리고 그 외계인들 대신 내 소원을 하나 들어달라 해야 할까. 그러면 너는 소원이 뭐냐고 묻겠지. 욘은 문득 마지막에 리오가 그렇게 물었던 것을 떠올렸다. 나에게 무엇을 원해? 그래서 뭐라고 대답했더라. 내 눈앞에서 당장 꺼져. 그렇군. 너는 마지막까지 나를 도와주려 했던 거군. 그리고 나는 그것마저 망쳐버렸어.

그럼 이제 어쩌면 좋지? 이제 내 삶에는 뭐가 남았지? 정말, 아무것도 남지 않은 건가? 이제 다 끝난 건가? 그러면…… 여기서 끝인가?

그 순간 발목에 날카로운 통증이 느껴졌다. 욘은 머리털이 곤두섰다. 통증 때문인지 놀라서인지는 알 수 없었다. 그러나 한 가지는 분명했다. 뱀이었다. 어두워서 보이지는 않았지만 뱀이 분명했다. 잠시 뒤 아픔이 사라지며 발목이 뻐근하고 화끈거리면서 무거워지기 시작했다. 그리고 몸에서 힘이 빠져나가는 게 느껴졌다. 젠장. 이게 무슨 꼴이람. 내 인생이 아무리 별 볼 일 없어도, 그래도 이건 아니잖아? 빨리 병원에 가야 했다. 얼른 차로 돌아가야 했다. 그러나 걸음이 잘 떨어지지 않았다. 그리고 공터에서 나오기 전에 한 번 더 발목에 뭔가 와 닿는 느낌을 받았다.

차 문을 열고 운전석에 앉아 시동을 걸려고 했지만 열쇠를 제대로 꽂을 수 없었다. 발이 페달을 밟는 감각도 없었다. 이대로는 운전을 할 수 없었다. 구급차를 불러야 해. 휴대폰을 꺼냈지만 손이 떨리고 어지러워서 숫자를 제대로 누를 수 없었다. 그러다 휴대폰을 바닥에 떨어뜨렸다.

욘은 차 밖으로 나왔다. 누군가를 불러야 해. 그런데 누구를? 아무도 없었다. 주위는 어둠뿐이었다. 어둠은 욘의 주위를 빙글빙글 돌면서 그를 삼켰다. 어둠 속에서 욘은 자신의 이름을 부르며 욕하는 목소리를 들었고 그를 향해서 날아오는 주먹과 발길질을 보았다. 욘은 어디 해볼 테면 해보라며 어둠을 향해 주먹을 휘두르고 발길질을 하며 욕을 뱉었고, 땅을 치고 발을 구르고 옷을 벗어 던지고 먹은 것을 토하고 바닥을 뒹굴었다. 그는 무서워서 떨고 우스워서 웃고 아파서 울었다. 어둠은 그에게 너는 혼자야, 네게는 아무것도 없어, 하고 속삭였고 그 소리는 점점 커져 고함이 됐다. 고함은 리오가 사라진 날의 바람처럼 욘을 찢어발길 것 같았다. 욘은 소리 지르며 발버둥 쳤다. 마침내 어둠에 맞서 더 이상 아무것도 할 수 없게 됐을 때, 욘은 도와달라고 말하고 정신을 잃었다.

새벽에 눈을 떴을 때 욘은 공터에 알몸으로 누워 있었다. 그의 몸은 상처투성이에 진흙과 오물이 잔뜩 묻어 있었다.

정신이 든 뒤에도 욘은 몸을 일으키지 않고 그대로 한참 있었다.

풀 냄새가 섞인 아침 공기 위로 하늘이 붉어오고 있었다.

리오와 함께 낚시 여행을 가던 아침들처럼. 욘은 물고기들을 떠올렸다. 물고기들은 구름 사이를 헤엄치고 있었다. 욘은 물고기들이 마음껏 헤엄치도록 내버려뒀다. 그러자 그의 안에서 천천히 떠오르는 게 있었다. 그것은 찰나의 기억인 것도 같았고 어떤 감정인 것도 같았고 어떤 사건인 것도 같았고 어떤 풍경이나 깨달음인 것도 같았다.

욘은 한참 동안 움직이지 않고 기다렸다. 리오가 명상을 할 때 그랬듯.

마침내 욘의 마음속에서 한마디의 말이 떠올랐다. 욘은 그것을 입 밖에 내서 말해보았다.

"아직 끝나지 않았어."

욘은 몸을 일으켰다.

바보들

"그 꼴이 도대체 뭐야? 입던 옷은 어디 갖다 버리고 축구 유니폼을 입고 왔어?"

데이비드가 욘의 몰골을 보고 놀라서 말했다.

"일단 씻고 와. 그래야 상처를 알아보지."

욘이 화장실에 가서 대강 씻고 오자 데이비드는 한숨을 쉬었다.

"안 되겠군. 자네가 올해 쓸 수 있는 휴가는 단 10분도 안 남았지만 우선 잠깐 병원에 다녀와야겠어."

"고마워, 데이비드. 나를 도와줘서. 그래. 우리는 누구나 도움이 필요한 때가 있는 법이잖아. 그건 데이비드도 마찬가지일 거야. 그때 나도 데이비드를 도와줄게."

데이비드는 미심쩍다는 듯한 표정을 지었다.

"어제 얼마나 마셨어?"

"한 방울도 안 마셨어. 나는 지금 아주 멀쩡해."

욘은 닥터 코플랜드를 찾아갔다.

"꼴좋군. 싸, 싸웠나? 술에 취해서 넘어진 건가? 아, 아니면 둘 다?"

"뱀에 물렸어요."

"아하. 뱀, 뱀밭에 갔던 거군. 어디, 상처를 볼까? 걱정할 거 없어. 이 동네에는 사람을 죽, 죽일 만큼 독한 뱀은 없으니까. 상처는 찰과상이로군. 우선 상처를 소, 소독하고 주사를 맞아야 하니까 치료실로 가세."

닥터는 욘을 치료실로 데려가서 옷을 벗게 하고 상처를 꼼꼼하게 소독하기 시작했다.

"무, 무릎은 그동안 어땠어?"

"안 아팠어요."

닥터는 고개를 끄덕였다.

"시합이 어떻게 됐는지 안 물어보세요? 다들 그걸 물어보던데요."

"그건 상관없어. 그, 그리고 이겼으면 여기에 안 왔겠지."

소독이 끝난 뒤 욘은 옷을 챙겨 입다가 돈이 한 푼도 없다는 걸 알았다.

"치, 치료비는 안 내도 돼."

"닥터. 저한테 왜 잘해주시죠?"

닥터는 잠시 할 말을 골랐다.

"자네에게는 늘 미안한 마음이 있으니까."

"왜요?"

"올슨 부인을, 그러니까 자네 어머니를 내, 내가 처음에 진찰했었거든. 그건 정말 희, 희귀한 암이었지만, 만약 내가 처음부터 알아차렸더라면……."

"저희 어머니를 마지막까지 돌봐주신 거 늘 감사하게 생각하고 있어요. 그리고 아버지 일 때도요."

"자네 무릎도, 아버님의 교통사고도, 다 내가 손쓸 수 없는 일이었잖아. 그래서, 자네에게는 늘 잘해주고 싶은 거야. 의사로서가 아니라, 그냥 사람으로서."

주사까지 맞고 병원을 나섰던 욘은 치료비 대신 닥터에게 뭔가 주고 싶었다. 그런데 뭘 주지? 나는 가진 것 하나 없는 빈털터리이고 닥터는 똑똑하고 배운 것도 아는 것도 많은 의사인데. 그런데 잘 생각해보니 완전 빈털터리는 아니었다. 그에게도 닥터에게 줄 게 있었다.

욘은 차를 돌려 다시 병원으로 돌아가서는 트렁크를 뒤져 유니폼 상하의 한 벌과 트레이닝복 한 벌, 그리고 양말 한 켤레를 꺼내서 닥터에게 건넸다.

"이게 뭔가?"

"그냥요. 그냥, 음, 제가 드리는 거예요."

욘은 제대로 대답하지 못하고 우물쭈물했다.

회사로 돌아오는 길에 욘은 마음이 가벼워지는 것을 느꼈다. 왜인지는 알 수 없었다. 공짜로 소독을 해서인지도 몰랐고 부모님 이야기를 해서인지도 몰랐고 도움을 주고받은 기분이 들어서인지도 몰랐고 아니면 정말로 트렁크가 조금 가벼워져서인지도 몰랐다.

데이비드에게도 유니폼과 트레이닝복과 양말을 갖다 줘야지. 데이비드가 이게 뭐냐고 물어보면 그냥 주는 거라고 말해야지. 왜 주냐고 물어보면 미안해서 준다고 말해야지. 뭐가 미안하냐고 물어보면 그건 묻지 말라고 말해야지.

그러나 데이비드는 아무것도 묻지 않고 욘과 유니폼을 번갈아 쳐다보다 한 마디만을 말했다.

"고마워."

욘은 데이비드가 그렇게 말할 줄 몰랐기 때문에 이번에도 우물쭈물했다.

퇴근 후에 욘은 브루스의 정육점에 들렀다. 욘이 유니폼과 트레이닝복과 양말을 꺼내 정육점에 들어가니 브루스는 손님과 이야기를 하고 있었는데 그 손님은 이번에도 어쩐 일인지 안젤라와 남자 친구였다.

"욘. 어제 헤어지고 도대체 무슨 일이 있었던 거예요?"

안젤라가 물었다.

"어제 어디 갔다 온다고 하더니 이 사람을 만났던 거야?"

남자 친구가 안젤라에게 물었다.

"우연히 봤을 뿐이고 잠깐 얘기만 한 뒤 곧 헤어져서 집에 바로 돌아왔어요."

"그 말이 맞아요?"

남자 친구가 욘에게 물었다.

"네."

"그럼 왜 사실대로 말하지 않았어?"

남자 친구가 안젤라에게 물었다.

"중요하지 않은 일이라고 생각해서 그랬어요."

"뭐가 중요한지는 내가 결정하는 거야."

"미안해요. 혼자 멋대로 판단해서."

남자 친구는 브루스가 내민 고기 꾸러미를 받아서는 돈을 내고 안젤라의 손을 잡아끌며 가게를 나갔다. 욘은 그들을 따라 나갔다.

"안젤라."

욘은 안젤라를 불러 세운 다음 손에 들고 있던 걸 내밀었다.

"이게 뭐죠?"

"음. 그냥, 선물이에요. 유니폼과 뭐 그런 거요."

안젤라는 유니폼은 받지 않고 남자 친구를 쳐다봤다. 받아도 되는지 허락을 구하는 것 같았다.

"당신은 이미 내가 사준 유니폼이 있으니 저건 필요 없을 거야."

"그래도 또 있으면 좋잖아요."

"내가 사준 게 있는데 또 있을 필요 있을까?"

안젤라는 잠시 망설였다.

"당신 말이 맞네요. 욘. 고맙지만 나는 이미 유니폼이 있으니까 다른 사람에게 주면 좋겠어요."

욘은 유니폼과 안젤라와 남자 친구를 한 번씩 본 다음 안젤라에게 말했다.

"어제 한 말 있잖아요. 그러니까, 우리는 누구나 도움이 필요하다 그랬죠. 그리고 도움이 필요한 사람은…… 생각이 안 나네. 어쨌든 나는 안젤라를 도울 수 있어요."

"이봐요. 그거 무슨 뜻으로 한 말이죠?"

남자 친구가 욘에게 다가서며 물었다.

"다른 뜻은 없어요. 그냥 그 말 그대로예요."

안젤라는 욘과 남자 친구 사이에 서서 둘을 번갈아 쳐다봤다.

"욘. 고마워요. 그래도 역시 나는 그게 필요 없을 것 같아요."

안젤라가 남자 친구와 함께 차를 타고 떠난 뒤 욘은 정육점에 돌아와 들고 있던 것들을 브루스에게 줬다.

"이건 뭐야? 무슨 기념품 같은 거야? 그런데 나한테는 조금 작은 거 아냐?"

"요즘은 딱 맞게 입는 게 유행이야. 선수들은 다 그래."

"그래? 이걸 입으면 선수처럼 보인다 이거지? 좋아. 축구 교실 할 때 입고 가야지."

"축구 교실에 나오려고?"

"당연하지!"

"왜?"

"왜냐니. 축구를 잘하려면 연습을 해야지."

"줄무늬 팀에 들어가는 걸 거절했다면서. 거기서 연습하면 되잖아."

"거기는 너만큼 하는 놈이 없으니까 그랬지. 내 목표는 욘 너니까."

그렇게 말하고 브루스는 어쩐지 안절부절못했다. 마치 비밀을 무심결에 털어놓은 사람 같았다. 그러다가 못 참겠다는 듯 입을 열었다.

"너는 어렸을 때부터 축구를 잘했잖아. 젠장. 주얼에게 어울리는 남자가 되려면 나도 너 정도는 잘난 놈이 돼야 되는 거 아냐? 언제까지나 너한테 꿀리면서 살 수는 없잖아?"

"너 지금 무슨 소리를 하는 거야? 잘나기는 누가 잘났다는 거야? 그리고 누가 누구한테 꿀려? 좀 알아듣게 이야기해 봐."

"젠장. 몰라도 돼. 고기나 갖고 꺼져."

집 앞에서 욘은 문자메시지를 받았다. 페트로풀로스에게서 온 것이었다. 데이비드에게 들으니 유니폼을 췄다던데 혹시 내 것도 있어? 욘은 뒷자리에 있던 것 중 제일 큰 유니폼과 트레이닝복을 찾아서는 페트로폴로스에게 전화를 걸었다.

"전화를 할 줄은 몰랐네. 내 유니폼도 있는 거야?"

"물론 있지."

"그럼 미안한데 우리 집에 갖다 줄 수 있어? 지금 저녁을 준비하는 중인데 아직 안 먹었으면 같이 먹어도 되고."

"내 꼴이 말이 아니라서…… 식사 초대를 받기에는 조금 무리인 것 같은데."

"하하. 우리 집에서는 그런 건 조금도 문제가 안 돼."

페트로폴로스는 욘의 집만큼이나 낡은 집에서 어머니와 둘이 살고 있었다. 페트로폴로스의 어머니는 산소 탱크에 연결된 호스를 코에 끼운 채 거실의 흔들의자에 앉아 있다가 욘이 인사를 하자 웃으며 손짓을 했다. 욘이 가까이 가자 어머니는 욘의 손을 꼭 잡고는 종이가 바람에 떨리는 것 같은 목소리로 말했다.

"우리 아들이랑 사이좋게 놀아줘서 고마워."

"아, 아닙니다."

"얼굴의 상처가 아주 남자답고 씩씩해 보이네. 아주 어렸을 때랑 똑같아."

"……저를 아세요?"

"어머니는 기억력이 안 좋으셔. 다른 사람이랑 헷갈리시는 거야."

페트로폴로스의 말에 어머니는 조금 멍한 눈으로 말없이 웃었다.

저녁은 오래 끓인 스튜와 빵이었다. 페트로폴로스는 맛이 괜찮은지 물었고 욘은 자기가 평소에 먹는 음식에 비하면 진수성찬이나 마찬가지라고 말했다.

"축구는 어떻게 됐어?"

"음. 잘 안됐이."

"이기면 무슨 소원을 빌려고 했어?"

"황금이지, 뭐."

"다들 그 소원을 말하더군. 그런데 나는 의문이야. 선택의 순간이 오면 사람들이 정말 그걸 소원으로 빌까? 그러면 나중에 후회하지 않을까? 정말 필요한 것, 바라는 것이 나중에 생각나는 건 아닐까?"

"그러는 자네는 무슨 소원을 빌 생각인데?"

"내가 바라는 건 그저 모든 게 순리대로 흘러가는 거야."

"무슨 뜻이야?"

"그냥 시간이 가면서 모든 일이 자연스럽게 자기가 가야 할 길로 가는 거. 그러면 조바심 내거나 애쓸 필요도 없이 그저 가만히 앉아서 기다리기만 하면 되잖아."

저녁을 먹은 뒤 페트로폴로스는 어머니가 주무실 시간이라면서 방에 모셔다 드리겠다고 했다. 그는 우선 산소 탱크를 방에 가져갔고 잠시 뒤에는 어머니를 번쩍 들어 안아서 데려갔다. 욘은 혼자 남은 동안 사진이나 트로피 같은 것들을 구경했다. 페트로풀로스는 잠시 뒤에 돌아왔다.

"뭔가 마실래? 나는 마셔야겠어. 지금부터가 자유로운 시간인데 달리 할 게 없네."

페트로풀로스가 술을 가져와 따랐다.

"어머님이 많이 안 좋으신 모양이네."

"기관지확장증이지. 예전에 공장에서 납땜하는 일을 하셨거든."

"우리 엄마도 그런 비슷한 일을 하셨던 것 같아. 너무 오래 전이라 확실하지 않지만."

페트로풀로스는 술을 한 모금 넘겼다.

"축구는 이제 안 해? 데이비드는 줄무늬 팀에 들어갔던데."

욘이 물었다.

"나는 뭐…… 어머니 때문에 나가게 된 거거든. 집에만 있지 말고 나가서 남자다운 운동도 하고 거친 친구들도 사귀라고 해서. 할 만큼 한 것 같아. 그리고 나는 원래 거친 운동은 좋아하지 않아."

"그럼 저 트로피들은 다 뭐야? 유도를 꽤 오래 한 모양이던데."

"어머니를 기쁘게 해주려고 했던 거지."

페트로풀로스는 술을 천천히 넘겼다.

"아까 말한 순리 말이야. 그러면 소원을 빌 필요도 없는 거 아냐?"

욘이 묻자 페트로풀로스는 빙긋 웃은 뒤 깊은 한숨을 쉬었다.

"아픈 사람을 19년 동안 혼자 돌보며 살면, 자기 인생이라는 건 남지 않게 돼."

페트로풀로스는 한참 동안 말을 잇지 못하다가 다시 술을 한 모금 넘긴 다음 천천히 입을 열었다.

"가끔은 내 마음속에 악마가 사는 것 같은 기분이 들어."

"무슨 뜻이야?"

"그러니까 이 일이 언젠가는 끝나지 않겠는가 하는 거지. 그날이 언젠가 올 거라면, 조금 더 빨리 와도 되지 않겠어? 이 생각이 나쁜 건가?"

욘은 그제야 페트로풀로스가 말하려는 게 뭔지 알아차렸다. 침묵이 한참 이어졌다.

"우리 엄마는 암이었어."

"얼마나 오래 앓으셨지?"

"잘 기억 안 나. 아주 길었던 것도 같고, 아니었던 것도 같고. 내가 어릴 때 돌아가셨거든. 기억나는 건, 돌아가시기 전에 내게 훌륭한 사람이 되라고 하셨다는 거야."

"그래서 훌륭한 사람이 됐어?"

"지금 내 꼴이 훌륭해 보여?"

페트로풀로스는 웃었다.

욘은 배웅하러 나온 페트로폴로스에게 미리 챙겨둔 유니폼과 트레이닝복을 건넸다.

"축구 교실 사람들에게 하나씩 나눠주는 중이야?"

"어. 그래."

다음 날 낮에 욘은 은수에게 전화를 걸었지만 받지 않았다. 욘이 전화를 끊자 잠시 뒤 은수에게서 전화가 왔다.

"도서관이어서 전화를 못 받았어요."

"도서관이요? 은행이 아니라?"

"오늘 휴가예요."

"어쨌든 줄 게 있는데, 이따가 볼까요?"

욘은 일이 끝난 뒤 도서관에 갔다. 도서관에 가본 게 처음이라 조금 헤매고 나서야 은수를 찾을 수 있었다. 둘은 바깥의 벤치에 자리를 잡았다.

"그런데 왜 도서관에 온 거예요?"

욘이 물었다.

"공부할 게 있어서요."

"학교 다닐 때 공부한 걸로 부족하단 말이에요? 공부도 잘했을 거면서."

"그렇지 않아요. 졸업도 간신히 했는걸요. 빼먹은 날이 많아서."

"학교에서 뭐 안 좋은 일이 있었어요?"

"왜 그렇게 생각하죠?"

"나도 안 좋은 일이 있어서 학교를 안 간 적이 있었거든요. 어렸을 때."

"그게 어떤 일이었는데요?"

은수가 진지한 목소리로 물었다. 욘은 패스를 받은 기분이 들었다.

"엄마가 돌아가셨어요. 흠. 우리 엄마는 암이었는데, 치료를 받으면서 몸이 점점 약해졌어요. 그런데 어느 날 학교에서 선생님이 부르더니 지금 집에서 연락이 왔으니까 빨리 집에 가보라는 거예요. 그때 옆에서 누가 쟤네 엄마 죽었어, 하고 말하는 걸 들었어요. 그런데 집에 가보니까 정말 엄마가 돌아가셨더라구요."

욘은 어깨를 한 번 으쓱인 다음 은수를 쳐다봤다.

"그런데 그건 학교에서 안 좋은 일이 있었던 건 아니잖아요?"

"학교에서 그런 소리를 들어봐요. 학교에 가고 싶겠어요?"

은수는 고개를 애매하게 끄덕이다가 저었다. 그리고 한숨을 한 번 쉰 다음 입을 열었다.

"진짜 안 좋은 일이란 이런 거죠. 어느 날 친구가 괴롭힘을 당했어요. 괴롭힌 애들은 나와 함께 라크로스를 하는 덩치 큰 애들이었고 괴롭힘 당한 애는 우리 반의 이민자 출신 여자애였어요. 그 일이 일어난 건 스쿨버스에서였고요. 처음에는 들으라는 듯 피부색이 어쩌고 하며 떠들다가 그다음에는 종이를 구겨서 그 여자애에게 던지고, 의자를 발로 차고, 머리카락을 잡아당겼어요. 그리고 마지막에는 머리를 짓누른 다음 그 여자애 머리카락을 등받이에 껌으로 붙여놓고 내렸어요."

은수는 심호흡을 했다.

"나는, 처음에는 개들을 따라 웃었어요. 그런데 어느 순간부터 이상한 기분이 들더라고요. 도가 지나친 것 같아서 말려야 할 것 같았는데, 문득 생각이 난 거예요. 나도 똑같은 이민자 출신이니까 저런 꼴을 당할 수도 있겠다 하고요. 그런 생각이 드니까 아무것도 할 수 없었어요. 바로 건너편에 앉아 있었는데도요."

은수는 한참 말이 없었다.

"얘기 끝난 거예요?"

욘이 물었다. 은수는 고개를 저었다.

"버스에서 내리기 전에 몸을 웅크리고 있던 그 애와 눈이 마주쳤어요. 그 눈이 계속 생각나서……."

은수의 목소리가 떨렸다. 욘은 은수의 숨소리가 가라앉을 때까지 기다린 다음 다시 물었다.

"그걸로 끝이에요?"

은수는 고개를 끄덕였다.

"정말 그걸로 끝이라고요? 뭐, 그것들을 혼내줬다든가, 걔를 도와줬다든가, 그런 식으로 얘기가 끝나야 하는 거 아니에요?"

"그게 말처럼 그렇게 간단한 일인 줄 알아요? 나도 도와주고 싶었어요. 도와주고 싶은데 도와줄 수 없으니까 그랬던 거죠. 내가 그 순간 뭘 할 수 있었겠어요?"

욘은 대답할 말이 없었다.

"도와주고 싶은데 못 도와주는 게 어떤 건지 알아요? 대출받으러 온 사람한테 대출을 못 해줄 때, 그 사람과 눈이 마주칠 때 내가 어떤 마음일지 알기나 해요?"

"그거 내 얘기인 것 같네요."

은수는 대답하지 않았다. 둘은 잠시 말없이 가만히 앉아 있었다. 욘은 집 생각이 나서 조금 우울해졌다. 하지만 뭐, 아직 무너진 건 아니니까.

"자, 여기. 선물이에요."

욘은 유니폼과 트레이닝복을 내밀었다.

"축구 교실은 언제 다시 열 거예요?"

은수가 물었다.

"조만간요."

욘은 그길로 시내로 가서 시청 근처의 뒷골목에 주차를 하고 유니폼을 챙겨서 라마의 식당에 갔다.

"욘. 어쩌다 다친 거예요?"

라마는 욘의 얼굴을 보고 깜짝 놀라 물었다.

"그냥 좀, 넘어졌어요."

"축구를 하다 그런 줄 알았어요. 내 남편도 축구를 하면 맨날 다쳐서 왔지만 그래도 욘처럼 이렇게 반창고 범벅이 돼 나타난 적은 없었어요."

"사실은 뱀밭에 갔다가 뱀에게 물린 다음 깨어났더니 이 꼴이 돼 있었어요."

"나도 거기 갔다가 뱀에게 물린 적이 있어요. 슈워츠가 도와주지 않았으면 어찌 됐을지. 참. 슈워츠도 와 있어요."

라마가 가리킨 쪽을 보니 슈워츠가 어떤 여자와 아이와 함께 앉아서 식사를 하고 있었다. 그들은 가족처럼 보였는데 슈워츠는 자기 접시에서 눈을 들지 않고 턱을 무겁게 움직이고 있었다.

"어, 난 지금까지 두 사람이 부부거나 가까운 사이인 줄 알았는데……."

라마는 조금 난처한 표정을 지었다.

"왜 그런 생각을 했어요?"

"어쩐지 그런 느낌이 들었어요."

라마는 한숨을 한 번 쉬었다.

"어떻게 보면 좀 가까운 사이인 건 맞는데…… 좀 그런 일이 있었어요."

욘은 지금이 패스해야 할 때라는 생각이 들었다.

"사실 축구 교실에서 슈워츠를 봤을 때 놀랐어요. 왜냐면,

내가 한 번 체포된 일이 있었거든요. 그때 나를 체포한 경찰이 슈워츠였어요."

이제 공은 라마에게 넘어갔다. 라마가 패스를 돌려줄 차례였다. 라마는 잠시 망설이다가 입을 열었다.

"나는 슈워츠의 도움을 받은 일이 있어요. 만약 그가 없었다면 나는…… 지금 이 세상에 없을지도 몰라요."

이렇게 밀하고 라마는 웃었다.

"예전에 힘들 때 어리석은 짓을 했었거든요. 그때는 살아 있을 의미가 없었으니까요. 다리 위의 벤치 있잖아요? 가로등도 옆에 있고. 어느 날 저녁에 거기에 갔는데…… 무슨 말인지 알죠? 그런데 가로등과 벤치가 부서져 있더라고요. 원래는 거기서 정리할 생각이었는데. 왜냐면 거기가, 나한테는 의미 있는 데거든요. 남편과 자주 가던 데였어요."

라마는 카운터 뒤 벽에 걸린 사진을 쳐다봤다.

"그게 마치 뭔가를 상징하는 것 같았어요. 그게 뭔지는 알 수 없었지만. 내가 아무것도 못 하고 그 자리에서 서성이고 있는데 슈워츠가 지나가다 나를 발견했죠."

욘은 잠시 멍해 있다가 불쑥 입을 열었다.

"그 가로등과 벤치. 내가 부순 거예요. 미안해요."

라마의 눈이 조금 커졌다.

"그리고 내 다리는 라마의 남편이 부순 거고요."

욘은 벽에 걸린 사진을 가리켰다. 라마의 눈이 더 커졌다.

"그러니까 비긴 걸로 해요. 사실은 내가 더 손해지만. 어쨌든 넘어가요. 그리고 이건 선물이에요."

욘은 준비해 간 유니폼을 내밀었다. 라마의 얼굴에 잠시 여러 표정이 지나갔다. 그리고 천천히 고개를 끄덕인 다음 유니폼을 받았다.

"욘. 저녁 먹었어요? 안 먹었으면 먹고 가요. 오늘은 자리가 있으니까."

"어. 저는 돈이 없어요."

"그런 소리 하지 말아요. 당연히 돈은 안 내도 돼요."

라마는 욘을 한쪽 테이블로 데려갔는데 슈워츠의 가족과 조금 떨어진 자리였다. 슈워츠의 아내는 목소리가 좀 큰 편이어서 욘은 음식이 나오기를 기다리는 동안 그쪽 테이블에서 나는 소리를 들을 수 있었다. 음식이 맛있다고 해서 기대하고 왔는데 꼭 할머니 같은 냄새가 나서 자기는 못 먹겠다는 아내의 말에 슈워츠는 대답하지 않았다. 잠시 뒤 라마가 욘에게 음식을 가져왔고 욘은 하나도 남기지 않고 다 먹었다.

욘이 식사를 마친 뒤 차를 세워둔 뒷골목에 가니 슈워츠와 가족들도 차에 타려 하고 있었다. 슈워츠는 욘을 알아보고는 다가왔다.

"언제 돌아왔지?"

"며칠 됐어요."

"그 꼴은 뭐지? 싸웠나?"

바보들　　　　293

"뱀에게 물렸다가 정신을 차려보니 이 꼴이었어요."

"이 친구가 나한테 축구를 가르쳐주는 사람이야. 욘. 여기는 내 가족들이야."

슈워츠의 가족들은 가까이 다가올 생각은 없는지 차 옆에 선 채 고개만 까딱했다.

"줄무늬 팀에 들어갔다는 이야기를 들었어요."

슈워츠는 눈썹을 조금 치키는 것으로 대답을 대신한 다음 담배에 불을 붙였다.

"축구 교실은 언제 다시 열 생각인가?"

"조만간요."

"그런데 여긴 웬일이지?"

"라마의 식당에 들렀어요."

"음식이 입에 맞던가? 누구는 할머니 냄새가 난다고 하던데."

"최근에 먹은 것 중 제일 맛있었어요."

"어렸을 때 먹던 맛이지. 그걸 먹으면 어렸을 때로 돌아간 기분이 들어."

욘은 어렸을 때로 돌아가는 기분에 대해 생각했다.

"나는 축구를 할 때 그런 것 같아요."

슈워츠는 고개를 끄덕였다.

"그렇겠지. 경기장 안에서는 차고, 뛰고, 소리 지르고, 하고 싶은 대로 다 할 수 있으니까. 하지만 어른이 경기장 밖에서 그랬다가는 가로등을 들이받고 경찰서 신세를 지게 되는 거지."

그렇게 말하며 슈워츠는 담배 연기를 길게 내뿜었다. 욘은 슈워츠가 자기를 놀리는 건지 동정하는 건지 알 수 없었지만 한 가지는 확실했다. 슈워츠가 자신을 기억하고 있다는 것. 그때 슈워츠의 아내가 그를 불렀다. 슈워츠는 바닥에 담배꽁초를 던졌다.

"이만 가봐야겠어. 축구 교실을 시작할 때 연락 주게."

"슈워츠. 잠깐만요."

욘은 얼른 트렁크에서 옷 몇 개를 집어 그에게 건넸다. 슈워츠는 이게 뭐냐고 묻지 않고 그저 손을 흔들고 가버렸다.

집을 향해 운전해 가는데 전화가 왔다. 오셔였다.

"라마의 식당에 와서 유니폼을 주고 갔다는 게 사실인가요?"

"도대체 왜 사람들이 나 몰래 서로 연락을 주고받는 거죠?"

"원래 그런 거죠. 내 유니폼은 언제 받을 수 있죠?"

"지금 밖이니까 주소를 알려주면 내가 가져다줄게요."

오셔가 알려준 주소는 고급 주택가였다. 욘이 초인종을 누르니 대문이 열렸고 현관까지는 다시 차를 타고 조금 더 들어가야 했다. 현관 앞에 오셔가 나와 있었다.

"집이 참…… 으리으리하네요."

"그냥 낡은 집이에요. 그런데 얼굴에 그 반창고는 뭐죠?"

"넘어져서 다쳤어요."

"범죄자처럼 보여서 어울리네요."

욘은 트렁크에서 유니폼을 꺼내 오셔에게 줬다.

"지금 바로 가야 하는 게 아니면 잠시 들어왔다 가겠어
요?"

오셔의 제안에 욘은 잠시 망설였다.

"지금 집에 아무도 없어요. 아. 오해하지 말아요. 이상한 뜻
은 아니니까."

"저는 범죄자처럼 보이는 것뿐만 아니라 진짜 범죄자인데
괜찮나요?"

"무슨 범죄요? 음주 운전해서 가로등을 들이받은 거 말하
는 거예요? 내가 모르는 다른 게 더 있나요?"

욘은 숨이 턱 막혔다.

"그걸, 어떻게 아세요?"

"어쨌든 들어와요."

오셔는 욘을 주방으로 데려갔는데 그 집의 주방은 욘의 거
실보다도 넓었다. 잠시 후 오셔가 차를 내왔다. 생전 처음 맡
아보는 향이었다.

"그런데, 내가 그런 짓을 저질렀다는 걸 어떻게 알았죠?"

"법원에서 일하니까요."

"그럼 판사 같은 그런 건가요?"

"판사 같은 그런 게 아니라 그냥 판사예요. 욘의 재판에도 배석했었는데 기억을 못 하는군요. 나는 한눈에 알아봤는데."

"아니, 판사님. 판사님이 왜 축구를 배우시는 거죠?"

"판사는 축구를 배우면 안 되나요? 의사도, 은행원도, 경찰도, 버스 운전사도 축구를 배우는데."

욘은 잠시 생각했다. 오셔의 말이 맞았다.

"그런데 이렇게 큰 집에 혼자 사시는 건가요?"

"일하는 사람들은 다 퇴근했어요. 가족은 딸이 있는데 지금은 집에 없고. 욘은 결혼했어요?"

"아뇨. 여자가 있었지만 지금은 혼자 살아요. 제가, 어리석은 실수를 해서."

"알 만하군요. 누구나 한 번씩 어리석은 짓을 하죠. 다음부터 그러지 않으면 돼요."

"어리석은 짓을 두 번 하면요?"

"그건 진짜 바보죠."

"진짜 바보도 언젠가는 훌륭한 사람이 될 수 있을까요?"

"물론이죠. 훌륭한 사람도 가끔 나쁜 선택을 할 수는 있겠지만요."

"그럼 판사님도 나쁜 선택을 한 적이 있나요?"

오셔는 잠시 욘을 쳐다본 다음 차를 한 모금 마시고 뭔가를 한참 생각했다. 자기 인생에서 나쁜 선택이 뭐였는지를 떠올리는 게 아니라 그걸 말해도 되는지를 망설이는 것 같았다.

"딸과 연락이 안 돼요."

"음. 딸이 성인이면 공연한 걱정은 안 해도 되지 않을까요?"

"내 딸은 말을 못하고 소리를 못 듣는데도요?"

욘이 놀라서 당황하자 오셔는 빙긋 웃고는 차를 한 모금 넘겼다.

"어렸을 때부터 그랬어요. 나는 그때 너무 바빠서 그걸 나중에야 알아차렸고요. 그래서 나는 딸에게 필요한 것이라면 무엇이든 해주려고 했어요. 제일 좋은 선생님, 제일 좋은 교육. 그리고 아이에게 늘 바른 방향을 잡아주려고 했고요. 그런데 그게 딸에게는 자기 삶에 간섭하는 것으로 여겨졌나 봐요. 어느 날 아침에 일어나 보니 자기의 선택을 믿어달라는 쪽지를 남기고 사라졌더군요. 그 뒤 생각해봤어요. 내가 어디서 잘못된 선택을 했는지. 그런데 찾을 수 없었어요. 나는 언제나 상황에 맞는 최선의 선택을 했거든요. 다시 돌아간다 해도 똑같은 선택을 할 거예요."

"혹시 축구를 하는 것도 딸 때문인가요?"

욘은 조심스레 물었다.

"꼭 그런 건 아니지만, 소원을 빈다면, 그 애를 되찾는 것 말고는 생각나는 게 없네요."

차를 다 마시고 그 집을 떠나기 전에 욘은 오셔에게 물었다.

"그런데 이상한 게 하나 있어요. 사람들이 왜 자꾸 개인적인 이야기를 제게 하는 거죠? 여간해서는 잘 하지 않을 그런 이야기를요. 판사님도 따님 이야기를 했잖아요. 제가 믿음직해 보여서 그런 걸까요?"

"그건 아닐 거예요."

"그렇군요."

오셔는 잠시 욘의 얼굴을 쳐다봤다.

"나는 어려움에 처해서 잘못된 선택을 한 사람들을 많이 봐왔어요. 그 선택에 이르기까지 그 사람들에게는 저마다의 이야기가 있어요. 그리고 그 이야기를 누군가 들어주기를 바라죠. 이건 내 생각인데, 그런 사람들은 얼굴에 그게 드러날 거예요. 해야 할 이야기가 잔뜩 있다는 것이. 어떤 사람들은 그런 걸 그냥 지나치지만 도저히 그냥 지나치지 못하는 사람들도 있는 법이죠."

"착한 사람들이요?"

"그보다는 자기도 비슷한 어려움에 처해 있거나, 아니면 그런 어려움을 겪는 게 어떤 건지 뼈저리게 아는 사람들이겠죠."

"그런데 왜 무슨 일이 있느냐고 묻는 대신 자기 이야기를 먼저 꺼내는 거죠?"

"글쎄요. 심리학은 잘 모르지만 어려움에 처해 있는 건 너뿐만이 아니라고 말하고 싶은 게 아닐까요. 아니면 내 어려운

이야기를 할 테니 너도 네 어려운 이야기를 하라고 말하는 거든가."

"꼭 패스처럼요."

"그러게요. 꼭 패스 같네요."

다음 날 출근했더니 데이비드가 욘을 한쪽으로 불러냈다.

"어젯밤에 줄무늬 팀이 해체됐다는 연락을 받았어. 욘. 혹시, 나를 위해 축구팀을 알아봐줄 수 있어?"

데이비드는 욘이 뭐라고 하기도 전에 말을 이었다.

"나는 이번 주 일요일에 꼭 외계인과 축구를 해야 해. 아이들에게 축구하는 걸 보여주겠다고 약속했단 말이야."

"데이비드. 정말 도와주고 싶지만, 그건 무리일 거야. 일요일까지는 이틀밖에 남지 않았어. 바보들이 아니라면 잘 알지도 못하는 새로운 사람을 팀에 끌어들여서 외계인과 시합을 하지는 않을 거라고. 그냥 아이들에게 시합이 미뤄졌다고 말하면 안 돼?"

"나는 약속을 지키는 아빠가 되고 싶어."

데이비드는 장갑을 낀 손을 들어 보였다.

"이 손 때문에 너무나도 중요한 약속을 지키지 못했기 때문에 이제는 아무리 사소한 약속도 어기고 싶지 않다고."

"그 너무나도 중요한 약속이라는 게 뭔데?"

데이비드는 잠시 머뭇거리다 입을 열었다.

"그림책을 그려주는 거야."

"뭐?"

"그림책. 아이들이 어렸을 때 약속했어. 언젠가 그림책을 그려주겠다고. 하지만 이 손으로는 이제 붓도 크레용도 제대로 쥘 수 없어."

데이비드는 장갑을 벗었다. 그 안에서 나온 건 한때 손이었던 걸 눌러놓은 고깃덩어리였다. 데이비드는 얼른 장갑을 다시 꼈다.

"나는 이제 더 이상 아이들을 실망시키고 싶지 않아. 나를 도와주고 싶다고 했지? 그러면 지금이 바로 그때야."

그런데 욘이 뭐라고 말하기도 전에 갑자기 누군가 사무실 문을 벌컥 열고 들어왔다. 지글러였다. 지글러는 들어오자마자 욘을 향해 달리듯이 다가왔다.

"축구 교실을 다시 하기로 했다는 게 정말인가?"

"어, 음, 네."

"줄무늬 팀이 해체돼서 하는 말은 아닌데, 나는 욘의 축구 교실이 마음의 고향이라고 생각하고 있었네. 다른 팀에 들어가고 나서야 축구 교실 사람들이 얼마나 진심으로 축구를 사랑하는지 알게 됐지. 그래서 하는 말인데, 축구 교실 사람들 중에 외계인과 축구 시합을 한 사람이 한 명도 없으면 그 사람들로 한 팀을 만들어 시합에 나가면 어떨까?"

욘은 두 사람을 번갈아 봤고 둘은 욘에게 지금 당장 대답을 원하는 것 같았다.

"음. 내가 알기로는 그중에 시합에 나간 사람은 한 명도 없어요. 좀 급하긴 하지만 다들 다른 일정이 없으면 이번 일요일에 시합을 할 수도 있지 않을까요?"

데이비드의 눈이 커졌다. 지글러는 욘의 손을 꼭 쥐고 악수를 했다.

"그런데 문제가 있어. 사람이 부족해."

데이비드가 말했다.

"아니지. 잘 세어보라고. 데이비드, 슈워츠, 닥터, 페트로폴로스, 오셔, 라마, 안젤라, 은수, 브루스, 나, 그리고 마지막으로 리오까지 딱 열한 명이라고."

"지글러 씨. 리오는 떠났어요. 그렇지, 욘?"

욘은 고개를 끄덕였다.

"이런. 그럼 한 명을 어디서 찾지? 안젤라의 남자 친구에게라도 부탁해볼까?"

"차라리 길 가던 모르는 사람을 잡아서 부탁하는 게 나을 거예요."

"내가 경기에 나가면 되지 않을까요?"

욘이 말하자 둘은 욘을 쳐다봤다.

"자네는 이미 경기를 뛰었잖아?"

"그래. 경기에서 졌다고 했잖아."

"경기를 졌다고 했지. 나는 후보 선수여서 경기를 뛰지 않왔어. 그러니 시합에 나갈 수 있겠지.”

“그게 정말이야?”

지글러가 말했다.

“왜 그걸 말 안 했어!”

데이비드가 말했다.

지글러와 데이비드는 휴대폰을 꺼내 열심히 전화를 걸기 시작했다. 30분 뒤에는 시합이 결정됐고 멤버는 축구 교실의 열 명에 욘까지 포함해 모두 11명이었다.

“그런데 욘. 다른 사람들에게는 유니폼을 줬다면서. 내게도 줘야 하지 않겠나?”

“아. 그럼요. 지글러 씨 건 제일 좋은 걸로 따로 챙겨뒀어요.”

욘은 얼른 주차장에 가서 그때까지 남아 있던 마지막 한 벌을 챙겨 왔다. 욘은 유니폼을 건네고는 문득 생각나서 물었다.

“혹시 저한테 하고 싶은 말 없으세요?”

“아. 물론 있지. 유니폼을 줘서 고맙네.”

“그런 거 말고 개인적인 이야기 있잖아요. 죄책감이나, 열등감이나, 축구를 하게 된 숨은 동기라든가, 말 못 할 고민이라든가, 마음속 깊이 묻어둔 상처라든가, 집을 나간 딸이나, 뭐 그런 거 아무거나요. 해봐요. 저는 들을 준비가 돼 있으니까. 자. 어서요.”

“나처럼 당당하고 긍정적인 사람에게 그런 게 있을 것 같나? 그리고 내 딸은 아주 잘 있네.”

지글러는 이를 드러내며 씩 웃고는 욘의 어깨를 툭 친 뒤
사무실로 돌아갔다.

시합 전에

일요일 새벽에 욘은 공터에 나갔다. 아직 해가 뜨기 전이었고 약속한 시간도 한참 남아 있었다. 이제 낮이 꽤 짧아졌고 공기가 서늘해져 풀잎에는 이슬이 조금 맺혀 있었다. 욘은 공터 한가운데로 걸어 들어가서 멈춰 섰다. 그리고 주위를 한번 둘러본 다음 하늘을 올려다봤다. 반달이 하늘 한복판에 걸려 있었는데 그걸 보니 리오의 우주선이 생각났다.

"리오."

욘은 하늘을 향해 말했다.

"내가 미친놈처럼 보이겠지만 아무래도 네가 어디선가 듣고 있을 거 같은 기분이 든단 말이야. 네가 보통 사람이라면 내 말을 들을 수 없겠지만, 또 네가 보통 외계인이라면 내 말을 들을 수 있을 것 같지 않지만 너는 보통 사람도 아니고 보통 외계인도 아니니까 내 말을 들을 수 있을 거야. 게다가 다른 데도 아니고 여기는 우리가 만난 그 축구장이잖아. 너는 하늘의 눈인가 뭔가 그걸로 다 보고 있지? 그러면 내 말도 들릴 거야. 그렇지?"

욘은 잠시 대답을 기다려봤다. 아무것도 들려오지 않았다.

"말은 안 했지만 네가 축구하는 걸 보면서 많은 걸 배웠어. 너는 정말로 부드럽게 공을 다루고 어려운 플레이를 아주 쉽게 하더라. 네가 찬 그 프리킥들도 정말 대단했는데 내가 보기에는 네 다른 플레이에 비하면 그리 대단한 것도 아니었어. 그때는 잘 몰랐는데 나중에 생각해보니 그렇더라고. 너는 정말 축구를 잘했어. 그리고 이렇게 말하는 게 좀 창피하기는 한데, 너하고 같이 축구를 해서 좋았어."

욘은 잠시 멈췄다.

"나는 축구 선수로 성공하고 싶었어. 그러면 훌륭한 사람이 되는 줄 알았으니까. 엄마가 돌아가셨을 때, 나는 그게 꼭 내 탓인 것 같았어. 내가 훌륭한 사람이 아니어서 엄마가 돌아가신 거라고 생각했지. 부상 때문에 은퇴했을 때는 내 인생이 끝장난 줄 알았어. 그런데 그 뒤로 점점 더 안 좋아졌지. 그때 내 삶의 유일한 즐거움은 낚시뿐이었어. 그러다 너도 만났고 말이야. 처음에 호숫가에서 맨손으로 물고기를 잡는 너를 보고 얼마나 놀랐는지 알아? 다 낡아 빠진 트레이닝복을 입은 녀석이 갑자기 물에 들어가서……. 그때 알아봤어야 했는데 말이야. 어쨌든, 그러다 외계인이 나타난 거야. 그러니까 너 말고 다른 녀석들 말이야. 그 자식들이 나타나 축구에서 이기면 소원을 들어주겠다고 하는 거야. 나는 그게 기회라고 생각했어. 그래서 사람들을 모아 축구 교실을 시작하게 된 거지."

욘은 또 잠시 멈췄다.

"처음에는 돈벌이로 시작했던 거였어. 그때는 무릎도 안 좋았으니까. 축구로 소원을 들어준다니까 뭣도 모르고 덤비는 바보들에게 축구를 가르치고 부수입을 올릴 생각이었지. 그런데 어느 날 나도 축구를 할 수 있게 된 거야. 이 무릎, 네가 고쳐준 거지? 나중에 생각해보니까 네가 그런 것 같더라. 하긴 완전히 망가진 무릎이 어느 날 그렇게 갑자기 나을 수 있겠어? 말도 안 되지. 어쨌든 무릎을 고쳐줘서 고맙다. 그런데 무릎이 낫고 나니까 욕심이 생기더라. 사람 마음이 그렇더라고. 세상에 나가서 다시 한번 내 실력을 시험해보고 싶었어. 외계인과의 시합에서 이겨 한몫 잡으려고 했어. 그래서 너한테 같이 가자고 했던 거야. 너는 그냥 낚시나 하고 축구 교실에서 축구나 하면서 지내고 싶어 했는데."

욘은 또 멈췄다.

"그래. 내가 이기적이었어. 사실을 말하자면 예전에 축구할 때도 패스를 제때 주지 않는다고 욕을 많이 먹었어. 무릎을 다친 것도, 더프를 원망하기는 했지만 사실은 내가 혼자

서 수비를 뚫고 가겠다고 무리하다가 그랬던 거야. 그러고서
는 남 탓을 했지. 내가 어리석고, 앞뒤 안 가리는 놈이어서 그
래. 그래서 실수와 잘못을 많이 했어. 험한 말도 하고, 주먹도
휘두르고……. 그날도 나는 일을 망친 게 네 탓이라고 생각하
고……. 미안해. 정말 미안해. 다시 돌아오면, 나를 한 대 때려
도 좋아."

주위가 밝아지고 있었고 주차장에 헤드라이트를 켠 차가
두어 대 들어오고 있었다.

"내가 오늘 여기서 외계인들과 시합을 할 거거든? 그래. 드
디어 시합을 하는 거지. 이길 거 같냐고? 천만에. 지겠지. 분
명 그럴 거야. 우리 팀 실력이 어떤지는 너도 알잖아. 게다가
우리는 그때 이후로 발도 한 번 안 맞춰봤어. 그런데 이 바보
같은 사람들이 어땠는가 하면 오늘 시합을 한다니까, 나까지
해서 모두 열한 명이라고 하니까, 다들 좋다고 했다는 거야.
내가 있다고 이길 수 있을 거라고 생각하는 건 아닐 텐데 말
이야. 어쨌든 이기고 지는 건 상관없어. 아 물론 이기면 좋지.
소원을 들어주니까. 그래, 이기면 좋겠어. 나를 위해서가 아
니라 그 사람들을 위해서. 이야기를 나눠보니까 다들 뭔가 사
정이 있더라고. 딱 한 명만 빼고. 어쨌든 나는 이제 여기서 축
구를 할 건데, 그건 지금까지 했던 거와는 전혀 다른 축구가
될 거야. 어떻게 다른지는 잘 몰라. 어쨌든 완전히 다른 축구
야. 왜냐면 내 기분이, 내 마음이 다르니까. 이게 무슨 소리냐

하면, 나도 잘 모르겠는데, 이런 일이 있었어. 나는 며칠 전에 혹시 널 볼 수 있을까 싶어 여기에 왔다가 그 빌어먹을 뱀들한테 물려서 거의 죽을 뻔했어. 그런데 정신을 잃고 해롱거리고 있을 때 문득 이런 생각이 들었어. 나한테 아무것도 없는 게 아니라는 거. 내가 혼자가 아니라는 거. 무슨 말이냐면, 나한테는 축구가 있고, 축구를 같이 할 친구가 있다는 거야. 이게 무슨 소리냐고? 그냥 그 소리야. 그리고 말이야, 젠장, 그냥 그러면 된 거 아니냐 이거지. 인생이 시궁창이라도, 여전히 공을 차면서 웃고 즐길 수 있으면 되는 거 아니냔 말이야. 그래도 되잖아? 축구를 할 수 있다면, 다른 건 다 잊고 잠시나마 즐겁게 뛸 수 있다면, 그러면 된 거 아냐? 이런 게 있으면, 인생이 그리 나쁜 건 아니잖아? 안 그래? 그리고 그걸 같이 할 친구가 있고."

욘은 눈가를 조금 문지른 다음 주차장 쪽을 봤다. 트레이닝복을 입은 사람들이 모이고 있었다. 이제 시간이 없었다.

"네가 어디에 있는지 모르겠지만 우리 모습을 볼 수 있을 거야. 이제부터 우리가 경기를 하는 걸 잘 봐줘. 너는 이걸 봐야 돼. 왜냐면 너는 언젠가 다시 이리로 돌아올 테니까. 그러니까 언제든 함께 축구를 하고 싶으면 여기에, 이 축구 교실로, 우리 팀으로 다시 돌아와도 된다는 뜻이야. 너를 위한 자리는 있으니까. 단 이번 경기는 우리끼리 어떻게든 해볼게. 리오. 똑똑히 지켜봐라. 이제 시작이니까."

그러나 경기장에 먼저 도착한 건 줄무늬 유니폼을 입은 사람들이었고 그들은 욘에게 여기서 외계인들과 시합을 해야겠으니 비켜달라고 했고 욘은 당신들 해체한 거 아니냐고 했고 그들은 사정이 있다고 했고 욘은 여기는 원래 욘 올슨의 축구 교실을 위한 축구장이라고 했고 그 사람들은 몇 달 동안 자리를 비워놓고 이제 와서 그게 무슨 소리냐고 했고 욘은 자꾸 이러면 뱀을 풀어버릴 거라고 했고 그 사람들은 그럴 수 있으면 그래보라고 했고 욘은 자기는 어쨌든 한 발도 안 움직일 거라고 했고 그 사람들은 그러면 자기들이 들어서라도 욘을 공터 밖으로 내보내겠다고 했고 욘은 어디 한번 해보라고 했고 그 사람들은 정말로 욘의 팔과 다리를 한 쪽씩 잡고 들어서는 경기장 밖으로 옮겼다.

다시, 시합

욘은 공터 밖에서 줄무늬 유니폼 사람들이 경기를 하는 걸
지켜보며 외계인들의 말이 맞는다는 걸 다시 한번 확인했다.
즉 양쪽 팀의 실력이 비슷했다. 다른 게 있다면 외계인은 여
유롭게 플레이하는데 지구인 쪽은 모두 잔뜩 긴장해서 동작
이 뻣뻣하고 신경이 곤두서 있다는 점이었다.

경기가 계속되는 동안 축구 교실 사람들이 하나둘씩 도착
하기 시작했다. 데이비드는 가족을 데려왔고 안젤라도 남자
친구와 함께 왔다. 페트로폴로스는 엄마가 차에서 기다린다
고 했다. 사람들은 안젤라만 제외하고 모두 욘이 준 옷을 입고
있었다. 그런데 색깔과 무늬가 모두 달랐다. 데이비드는 상하
의가 모두 파랑, 슈워츠는 연두와 검정, 오셔는 검정-노랑 줄
무늬와 검정, 라마는 빨강, 페트로폴로스는 흰색-빨강 줄무

늬와 검정, 브루스는 분홍, 은수는 하늘색, 지글러는 빨강-파랑 줄무늬와 노랑, 닥터는 자주와 검정이었다. 옷은 어떤 사람에게는 너무 커 보였고 또 어떤 사람에게는 너무 작아 보였다. 사람들은 욘에게 왜 유니폼이 모두 제각각이냐고 물었고 욘은 자기가 축구를 하고 다니면서 받은 유니폼이기 때문이라고 대답했다. 누군가 지금 이걸 입고 외계인과 시합을 하라는 거냐고 해서 욘은 어쩔 수 없다고 했다. 또 누군가 경기를 하려면 통일된 유니폼이 있어야 하는 거 아니냐고 해서 욘은 외계인이 통일된 유니폼을 입을 테니 우리는 그냥 이렇게 입으면 되지 않겠느냐고 했다. 지글러가 자기는 유니폼이 마음에 안 드는데 다른 게 없냐고 물었고 욘은 없다고 대답했다.

그러는 동안 줄무늬 유니폼은 3 대 0으로 졌다. 그들은 빈손으로 고개를 숙인 채 경기장에서 나오더니 아무 말 없이 각자의 차를 타고 떠났다.

공터로 들어가는데 라마가 욘에게 우리 팀 이름이 뭐냐고 물었다. 욘은 그런 건 한 번도 생각해본 적 없다고 했고 오셔는 감독이면 그 정도는 생각해둬야 하는 거 아니냐고 했고 욘은 자기는 감독이 아니라고 했고 그러자 닥터는 욘이 감독을 안 하면 누가 하냐고 했고 욘은 감독은 됐고 팀 이름은 아무나 지으면 되는 거 아니냐고 했다. 그러다 안젤라가 선생님이니까 그런 걸 잘 지을 것 같다고 했고 안젤라는 아무 생각도 안 난다고 했고 그러면 은수가 책을 많이 읽으니까 좋은 생각이 있을 것 같다고 했고 은수도 자기는 그런 거 잘 못한다고 했고 그러면 닥터가 평소에 말할 때 보면 생각이 비상한 것 같으니 좋은 이름을 떠올릴지 모른다고 했고 닥터는 그거 혹시 자기를 놀리는 거냐고 물었다. 지글러는 맥시멈 트라이엄프가 어떠냐고 했고 데이비드가 그거 혹시 맥스 지글러의 맥스로 지은 이름이냐고 물었고 지글러는 그럼 안 되냐고 했다. 페트로폴로스는 팀 이름 같은 건 아무렇게나 지어도 상관없지 않느냐고, 어머니가 차에 오래 계시면 안 되니까 빨리 진행하자고 했고 오서는 이름은 중요한 거니까 꼭 제대로 지어야 한다고 했고 그러자 라마가 어쩌다 변두리 공터에서 만난 사람들이니까 어쩌다 변두리 축구 클럽이면 어떠냐고 했고 지글러는 그거 무슨 괴상한 이름이냐고 했고 슈워츠는 그 이름이 어때서 그러느냐고 했다. 그러자 다른 사람들도 저마다 한마디씩 의견을 냈는데 이러다가는 아무것도 못 할 것 같아서 욘은 손을 번쩍 들고 시합을 신청한다고 외쳤다. 그러자 데이비드가 욘의 손을 끌어 내리며 지금 뭐 하는 거냐고 했다. 욘은 시합을 신청하면 5분 정도 뒤에 외계인이 오니까 그때까지 몸이나 풀고 있으면 되는 거 아니냐고 했다. 데이비드는 이 중에는 몇 달 만에 축구공을 만져보는 사람도 있고 아직 포지션도 정하지 않았는데 이 상태로 시합을 할 거냐고 했다. 욘은 그럼 지금 당장이라도 연습을 하자며 공 가방에서 공을 꺼내 나눠주었다. 두 명씩 짝을 지어 패스 연습을 시작

해 세 번쯤 공이 왔다 갔다 했을 때 이미 머리 위에 우주선이
와 있었다. 그리고 잠시 뒤에는 공터 한가운데 착륙했다.

우주선에서 흰 유니폼을 입은 외계인이 내려서는 모두 몇
명이냐고 물어서 욘은 열한 명이라고 대답했다. 외계인은 욘
의 친구들을 보며 유니폼이 모두 제각각인데 경기에 지장이
없겠느냐고 물었고 욘은 상관없다고 대답했다. 욘은 이른 아
침이라 아직 몸이 안 풀려서 그러는데 조금 기다릴 수 있느
냐 물었고 외계인은 그러면 몸을 푸는 동안 투명하고 공정한
경기를 위한 필수적인 조치인 스캔을 하겠다고 했다. 그 말에
욘은 움찔했는데 왜냐면 혹시 스캔을 하고서 욘에게 경기를
뛰면 안 된다고 할까 봐서였다. 다행히 외계인은 아무 말이
없었고 곧 우주선에서 열 명의 외계인 선수가 더 내렸다. 욘
의 친구들은 외계인들이 지켜보는 앞에서 패스 연습을 하며
그동안 몸을 너무 안 써서 굳어버렸다거나 배웠던 게 하나도
생각 안 난다거나 오늘은 아무래도 날이 아닌 것 같은데 누가
경기 날짜를 오늘로 잡은 거냐며 투덜대거나 했다. 욘이 보기
에 패스 연습은 아무리 많이 해도 모자랄 것 같았는데 외계
인이 다가오더니 언제까지 몸을 풀 거냐고 물었다. 욘은 급한
일이 있냐고 되물었고 외계인은 그건 아닌데 정말 경기를 할
거냐고 물었고 욘은 그렇다고 대답했다. 욘이 보니까 외계인
들은 심심해하거나 지루해하는 것 같았다. 그래서 욘은 사람
들에게 이제 슬슬 경기를 시작하면 어떻겠느냐고 물었다. 그

리고 경기를 시작하기 전에 포지션을 짜야 하니까 각자 원하는 포지션이 있으면 말해보라고 했다. 그 말이 나오자마자 지글러가 손을 번쩍 들며 최전방 공격수를 하겠다고 했다. 페트로폴로스는 골키퍼를 보겠다고 했다. 데이비드는 수비형 미드필더를, 브루스는 왼쪽 수비를 맡겠다고 했다. 슈워츠는 오른쪽 윙을 하겠다고 했고 더 이상은 희망하는 포지션을 말하는 사람이 없었다. 그래서 욘은 닥터에게는 공격형 미드필더, 안젤라는 수비형 미드필더, 오셔는 왼쪽 윙, 라마와 은수는 미드필더를 맡기고 자기는 중앙 수비를 하겠다고 했다. 그럼 골은 누가 넣느냐고 브루스가 묻자 지글러가 자기한테 패스하면 알아서 넣겠다고 했다. 그리고 자기가 이 팀의 최다 득점자인 걸 잊었냐고 하면서 브루스의 어깨를 툭 쳤다.

욘은 외계인에게 가서 경기를 시작할 준비가 됐는데 그 전에 뭐 한 가지 물어봐도 되냐고 했다. 외계인은 대답할 수 없는 게 아니라면 답해주겠다고 했다. 욘은 지구에 온 외계인이 당신들 말고 더 있느냐고 물었다. 외계인은 대답하지 않았다. 그래서 욘은 혹시 그중에 축구와 낚시를 아주 좋아하는 멍청이가 하나 있지 않느냐고 물었다. 외계인은 이번에도 대답하지 않았다. 욘은 혹시 그 친구에게 여기 와서 심판을 봐달라고 할 수는 없느냐고 물었다. 그러자 외계인은 하늘의 눈은 축구를 하는 곳이라면 어느 곳에나 있고 모든 것을 보고 모든 것을 듣고 모든 것을 알고 있다고 했다. 그리고 경기가 공정하게 진행되는 건 모두 그것 덕분이라고도 했다. 욘은 하늘을 한번 올려다본 다음 알겠다고 하고는 이제 정말로 경기를 시작할 준비가 됐다고 말하고 자리로 돌아갔다.

곧 하늘에서 경기 시작을 알리는 휘슬이 울렸다.

외계인들의 실력은 엉망진창이었다. 하긴 그래야 마땅했다. 이쪽도 마찬가지로 엉망진창이었으니까. 엉망진창의 와중에 미드필드에서의 볼다툼이 굉장히 치열했고 이쪽도 저쪽도 몇 번인가 슛을 할 수 있는 찬스가 생겼지만 정말로 위협적인 장면은 없었다. 그렇다고 영 안심할 수도 없었고 오히려 그러면서 위기가 몇 번 있었다. 한번은 브루스가 뒷공간을 허용해서 욘이 도와주러 갔는데 상대의 크로스가 골대 앞까지 간 걸 데이비드가 걷어냈다. 또 한 번은 여러 명이 엉켜 있던 중에 누군가 건드린 공이 상대 공격수 앞으로 굴러가 슛 찬스가 생겼지만 오프사이드 판정이 내려졌다. 욘이 보기에는 두 번 다 골이 될 수도 있는 상황이었다. 반면에 이쪽은 이렇다 할 찬스가 없었다. 슈워츠가 지글러에게 연결하는 패스는 막혔고 답답해진 데이비드가 공을 몰고 가다 뺏겼고 미드필드에서는 패스가 연결되지 않았다.

그러다 전반 30분에 골이 터졌다. 외계인의 골이었다. 프리키 상황에서 외계인이 공을 찼는데 공은 생각보다 멀리 날아왔고 페트로폴로스는 공을 잡았다가 놓쳤고 그 공을 닥터가 멀리 차내려고 했지만 공이 하늘로 솟았고 떨어진 공이 누군가의 몸에 맞고 흐르다 외계인 중 하나의 발 앞에 이르렀고 그가 그 공을 골대 안으로 밀어 넣었다. 우연이 겹치고 겹쳐서 만든 골이었지만 그래도 골은 골이었다.

전반전은 0 대 1로 끝났다.

"죽을 것 같아."

오셔가 숨을 헐떡이며 말했다.

"나는 공을 한 번도 못 만져봤어."

라마가 말했다.

"이 외계인들, 정, 정말로 우리랑 같은 실력인 거 맞아?"

닥터가 말했다.

"뭔가 잘못됐어. 이대로는 안 돼."

지글러가 말했다.

"우리 실력이 이거보다는 나은 것 같아요. 안 그래요?"

안젤라가 말했다.

"아마 연습이 부족해서일 거야."

페트로폴로스가 말했다.

"미안해 모두들. 내가 실수해서 골을 먹었어."

브루스가 말했다.

"포지션을 바꿔보죠."

슈워츠가 말했다.

"미드필드 싸움에서 밀리고 있어."

데이비드가 말했다.

은수는 욘을 말없이 쳐다봤다.

"어떻게 하면 되지?"

데이비드가 욘을 보고 말했다. 그러자 다른 사람들의 시선도 욘을 향했다. 욘은 사람들에게 용기를 주고, 사태를 분석하고, 이 어려움을 타개할 작전을 지시하고 싶었다.

"괜찮아요. 잘하고 있어요. 다들 열심히 하고 있고 이 중에서 연습 때보다 더 못하는 사람은 한 명도 없어요. 처음 축구교실을 시작했을 때와 비교하면 정말 몰라보게 나아졌어요. 내 말을 믿어요. 지금까지 연습한 걸로 이 정도 하는 것만 해도 정말로 잘하고 있는 거예요. 전반전에 저쪽 팀이 제대로 했으면 두 골은 더 들어갔을 거예요. 운이 좋아서 한 골만 먹었던 거지."

"그렇게 말하면 나도 한 골 넣을 수 있었어. 그 공만 빼앗았으면."

지글러가 말했다.

"그런데 저쪽도 우리랑 실력이 같은데 왜 저쪽만 골을 넣는 거지?"

오셔가 욘에게 물었다.

"그건 우리가 너무 긴장해서 그래요. 이기면 소원을 들어준다고 하니까 자기도 모르게 힘이 들어가는 거죠. 그건 모든 지구인들이 다 그럴 거예요. 아까 보니까 줄무늬 유니폼 녀석들도 그랬고, 내가 본 다른 경기들에서도 마찬가지였어요. 그럴 수밖에 없죠. 안 그래요? 지금 이 중에 경기에 이겼을 때 무슨 소원을 빌지 생각해보지 않은 사람 있어요? 오늘 아침에 나오면서 그 소원을 다시 한번 생각하지 않은 사람 있어요? 그래서 두려운 거예요."

아무도 대답하지 않았다.

"그러면 이제 어떻게 하지?"

데이비드가 물었다. 모두 욘을 쳐다봤다. 다들 욘의 대답을 기다리고 있었다. 뭔가 작전을 지시하고 싶었지만 떠오르는 것이 없었다. 그렇다고 그냥 이대로 최선을 다하자고는 말할 수 없었다. 그저 열심히 노력하는 것. 그건 지금 필요한 일이 아닌 것 같았다. 그렇다고 이건 그냥 공놀이에 불과하니까 긴장하지 말라고도 할 수 없었다. 그렇게 말하는 건 쉽고도 무책임한 일일 테니까. 욘은 하늘을 한번 쳐다봤다. 리오라면 뭐라고 했을까. 욘은 옆에 아무도 없었다면 큰 소리로 리오를 불렀을 것 같았다. 하지만 그럴 수는 없었고 혼자 힘으로 뭐든 생각해내야 했다. 그러나 아무것도 떠오르지 않았다.

그때 안젤라가 입을 열었다.

"2 대 1 패스를 해보고 싶어요."

욘은 머리가 너무 복잡해서 안젤라가 말하는 게 무슨 뜻인지 깨닫는 데 조금 시간이 걸렸다.

"뭐라고요?"

"2 대 1 패스요."

"아. 2 대 1 패스. 좋아요. 좋은 자세예요. 그럼 경기 중에 그걸 한번 시도해보세요."

"상대를 막는 방법을 가르쳐줘요. 상대가 나를 무시하고 지나가는 게 짜증 나요."

이번에는 라마가 말했다.

"그러면 일단 상대 앞으로 달려들어서 지나가지 못하게 막아요. 그러면 상대는 피하거나 패스를 하거나 할 건데 그때 공이나 사람 둘 중 하나를 막으면 돼요."

라마는 고개를 끄덕였다.

"나는 패스를 받아서 골을 넣고 싶어."

지글러가 말했다.

"알았어요. 그러려면 후반에는 전반보다 두 배는 더 움직여야 해요. 그래서 저쪽 수비의 혼을 빼놓아야 해요."

"좋아. 체력에는 자신 있으니까."

"나는 전반전에 세 번이나 뚫렸어. 어떻게 하면 되지?"

브루스가 물었다.

"너는 힘으로는 누구한테도 안 밀리잖아. 그러니 네가 마음먹으면 아무도 너를 못 뚫을 거야. 그리고 기회가 생기면 공격에도 가담하고. 기회가 올 때까지 꾹 참고 있는 게 네 특기잖아."

브루스가 천천히 고개를 끄덕였다.

"나는 뭘 해야 되지?"

오셔가 물었다.

"하고 싶은 걸 하면 돼요. 똑똑한 분이잖아요."

"나는 축구에 대해서는 잘 모르니까 욘이 구체적으로 말해 줬으면 좋겠는데."

"그러면 힘껏 달리세요."

그때 슈워츠가 손을 들었다.

"나는 포지션을 바꿨으면 하는데. 나를 아래로 내려줘. 라마가 보이는 데로."

슈워츠는 그렇게 말하며 라마를 한 번 쳐다본 다음 말을 이었다.

"내가 라마의 수비를 커버할게. 그러려면 닥터 자리가 좋겠는데, 닥터가 내 대신 공격으로 올라가면 좋겠어. 닥터는 킥도 좋고 시야도 좋으니까."

"닥터. 어때요? 공격으로 올라가 볼래요?"

"내, 내가, 공격이라고? 이 나이에?"

"그러면 내가 중앙 수비를 할게. 욘이 미드필더 자리로 올라가."

데이비드가 말했다.

"욘. 뭣 좀 물어봐도 될까?"

페트로풀로스가 말했다.

"골대 중심으로 그려져 있는 큰 네모와 작은 네모가 있잖아. 그게 무슨 의미라고 했지?"

"작은 네모는 골 에어리어. 공이 바깥으로 나가면 골키퍼는 그 안에 공을 놓고 차는 거야. 그리고 큰 네모는 페널티 에어리어. 그 안에서는 골키퍼가 손으로 공을 잡아도 반칙이 아냐. 하지만 우리 편이 차준 공을 잡으면 상대에게 프리킥이 주어져."

"아. 그래. 그리고 골키퍼는 그 네모 안에만 있어야 되는 거지?"

"당연히 아니지! 설마 지금까지 그것도 모르고 있었던 거야? 내가 축구 경기를 잘 봐두라고 했잖아."

"축구 중계에 그런 이야기는 안 나오더라고."

후반전을 시작할 즈음에는 사람들의 얼굴이 아까보다 환해졌다.

경기장에 들어서는데 은수가 욘에게 다가와서 말했다.

"나한테도 뭔가 말해주세요."

욘은 잠시 생각했다. 그리고 해야 할 말을 신중하게 골랐다.

"내가 보기에 은수 씨는 공에서 자꾸 도망치는 것 같아요. 공이 어떻게 움직이는지 지켜봐요. 그러다 보면 공이 어디로 올지도 보여요. 딱 맞는 순간에 딱 맞는 곳에 있으면 그 순간 뭘 해야 할지는 저절로 알게 될 거예요."

욘은 그렇게 말하고는 그게 무슨 뜻이냐고 은수가 묻기 전에 얼른 자기 자리로 뛰어갔다.

후반전이 시작되고 얼마 안 있어 한 골을 더 먹었다. 상대가 찬 공은 그렇게 강한 슛이 아니었는데 공을 막으려고 뻗은 데이비드의 발에 맞더니 방향이 바뀌었다. 페트로폴로스가 뒤늦게 몸을 돌려 공을 따라갔지만 공은 골대 안으로 들어가고 말았다.

"미안해."

페트로폴로스가 모두에게 사과했다. 데이비드는 고개를 들지 못했다. 욘은 데이비드에게 다가가서 괜찮다고 말하려고 했는데 다른 사람들이 먼저 데이비드에게 가서 정말 아까웠다고 그건 막을 수 있었던 거고 막은 거나 마찬가지고 다음에는 막을 수 있을 거라고 말했다. 지글러는 자기가 세 골을 넣으면 된다고 말했다.

경기가 다시 시작됐다.

안젤라는 공을 받아서 욘에게 패스하며 고개를 한 번 끄덕였다. 욘은 그게 무슨 뜻인지 알 것 같았다. 공이 욘에게서 닥터에게, 다시 욘에게, 지글러에게, 안젤라에게, 브루스에게, 조금 느리고 위태롭고 엉성했지만 그래도 어쨌든 연결됐다. 브루스는 그 공을 라마에게 줬고 라마는 공을 잡다가 놓쳐서 상대에게 뺏겼지만 욘이 몸싸움을 해서 다시 빼앗았고 욘의 주위를 상대가 에워쌌고 욘은 공을 안젤라에게 주면서 앞으로 달려 나갔고 안젤라는 공을 욘이 달려 나가는 곳을 향해서 줬고 욘은 그 공을 받았다.

"우아! 나 이거 했어!"

안젤라가 외쳤다.

욘은 공을 받아서 이번에는 오셔의 앞쪽으로 찼고 오셔는 뛰기 시작했고 상대 수비도 같이 뛰기 시작했다.

"브루스! 가서 도와줘!"

욘이 소리쳤다.

브루스가 뒤늦게 앞으로 달렸다. 오셔는 공을 뺏겼지만 상대를 어떻게든 방해하려고 했고 상대가 오셔를 따돌리고 패스를 했는데 그걸 브루스가 빼앗았고 그때 지글러가 열심히 브루스의 이름을 부르며 자기한테 패스하라고 손을 흔들었고 브루스는 지글러에게 패스하려고 공을 찼지만 수비가 가로챘고 상대는 브루스가 맡았던 자리가 빈 걸 보고 그쪽으로 공격을 시도했고 욘이 수비를 하러 가자 상대는 공을 가운데로 돌렸고 그 앞에 라마가 있었고 라마는 상대가 다가오기를 기다렸다가 몸을 밀어 넣더니 공을 차내는 데 성공했다.

"라마, 잘했어!"

슈워츠가 외쳤다.

라마가 차낸 공은 욘 앞으로 굴러왔고 욘은 닥터에게 패스했고 닥터는 공을 가볍게 툭툭 차며 앞으로 나아갔고 그러다 페널티 에어어리어에 조금 못 미쳐서 골대 쪽을 향해 공을 찼는데 그 공은 조금 높이 떴고 그 공을 받으려고 달려가던 지글러와 지글러를 막으려고 붙어 있던 수비를 넘어서는 반대쪽 아무도 없는 곳에 떨어졌다. 그런데 그리로 달려가는 사람이 있었는데 그건 오셔였고 오셔는 공을 받으려고 한쪽 발을 번쩍 들었는데 공을 건드리기는 했지만 중심을 잃고 조금 휘청였고 그러나 얼른 중심을 잡고 공을 쫓아가서 잡은 다음 골대 쪽으로 몸을 돌렸는데 수비가 달려오는 걸 보자 공을 뺏길 것 같았는지 골대를 향해 힘껏 공을 찼고 공은 수비의 발에 맞고 골라인을 넘어가서 코너킥이 됐다.

"오셔. 정말 잘했어요."

욘은 코너킥을 차기 위해 달려가며 오셔에게 말했다. 오셔는 고개를 끄덕이면서 숨을 몰아쉬었는데 자기가 방금 한 것이 믿기지 않는다는 표정이었다.

페널티 에어리어 안에 닥터, 지글러, 오셔가 있었다. 욘은 그중 키가 제일 큰 닥터의 머리를 향해 코너킥을 찼고 공은 닥터의 머리를 넘어갔고 욘의 자리에서는 누가 뭘 했는지 잘 보이지 않았지만 잠시 뒤에 보니 공이 골대 안에 들어가 있었다. 그리고 지글러가 두 손을 번쩍 들어 올린 채 달려가고 있었다.

"어떻게 된 거야?"

욘이 소리쳤다.

"골이야!"

오셔가 외쳤다.

알고 보니 자책골이었다. 높이 날아오는 공을 머리로 받으려고 닥터가 뛰어오르면서 상대 골키퍼도 함께 뛰어올랐고, 그래서 그 뒤에 있던 사람들은 둘에 가려 공이 잘 보이지 않았고 그러다 갑자기 시야에 나타난 공이 수비의 발에 맞아서는 골대 안으로 들어갔던 것이다. 그런데 지글러는 자기가 넣은 것처럼 좋아하고 있었다. 어쨌든 점수는 1 대 2였고 한 골 차였다.

"한 골 더 넣자!"

지글러가 큰 소리로 외쳤다.

그러다 정말로 골 찬스가 생겼다. 외계인이 라인을 잔뜩 올려서 공격을 하는 걸 본 욘은 지글러를 향해 로빙패스를 넣었다. 그냥 위협하려고만 한 거였는데 지글러의 출발이 빨랐고 그래서 지글러는 정말로 수비보다 훨씬 더 공에 가까웠고 위기를 알아챈 상대 골키퍼가 달려 나왔고 그런데 공을 잡은 건 지글러였고 골키퍼가 뒤늦게 실수를 알아차리고 돌아가기에는 너무 늦었고 그래서 지글러가 공을 잡았을 때는 골대가 텅 비어 있었고 지글러는 골대를 봤고 그리고 공을 뻥 찼다. 공은 골키퍼의 머리 위를 넘어 골대를 향해 날아갔고 모두들 움직임을 멈추고 공이 날아가는 걸 지켜봤고 공은 느리게 날아가서 땅에 몇 번 튄 다음 구르면서 옆으로 흘러가더니 골대 밖으로 나가버렸다.

"하! 아깝다."

라마가 정말로 아깝다는 듯 말했다.

"지글러! 좋았어! 계속 그렇게 해!"

욘은 지글러를 향해 엄지손가락을 치켜세워 보였고 지글러도 엄지손가락을 세워 보였다.

외계인이 신중해지면서 미드필드에서 패스가 이어졌다. 이쪽 팀 미드필더들은 공을 뺏기 위해 열심히 뛰어다녔지만 이어지는 패스를 차단하지 못했다. 그러다 상대가 은수의 발에 걸려 넘어졌다. 프리킥이 선언됐다.

안 좋은 위치였고 안 좋은 느낌이 들었다.

"벽을 쌓아. 페트로폴로스! 벽의 위치를 봐줘."

욘은 벽이 무슨 뜻인지 페트로폴로스가 알아먹지 못할 거라고 생각하면서도 그렇게 말했다. 욘은 남자 선수들만으로 프리킥 벽을 쌓게 했다.

"양쪽으로 스루패스가 가는 걸 경계해. 발 빠른 녀석에게 패스가 들어가면 바로 골키퍼와 1 대 1 찬스라고."

그러나 상대는 욘의 예상과는 달리 프리킥을 강하게 찼고 공은 골대 안으로 들어갔다. 그 공은 빠른 데다가 코스도 완벽해서 프로 선수도 막기 어려워 보였다. 그래서 점수는 1 대 3이 됐다.

은수가 고개를 숙이고 있었다. 자기가 반칙을 해서 골을 줬다고 생각하는 것 같았다.

"누구라도 할 수 있는 실수였어."

"괜찮아! 아직 시간은 충분해!"

"이길 수 있어! 세 골 더 넣으면 돼!"

"조금만 더 힘내자. 응?"

그래도 은수는 여전히 고개를 들지 못했다.

"은수. 고개 들어. 괜찮아. 경기는 아직 끝나지 않았어. 고개 들라고."

은수는 고개를 들었다. 눈가에 눈물이 맺혀 있었다.

"내가 아까 한 말 기억해요? 경기가 끝나기 전에 기회는 반드시 와요. 그러니까 계속 움직여요. 용기를 잃지 말고요."

은수는 눈을 비볐다.

"알겠어요."

후반전도 중반을 넘어가자 모두 처음보다 지쳐 보였다. 지글러는 아까부터 숫제 걸어 다니고 있었고 브루스는 다리가 불편한지 조금 절룩이는 것 같았다. 오셔는 간신히 걸음을 옮겼다. 지치는 게 당연했다. 애초에 실력도 형편없었고 연습도 제대로 되지 않았고 서로 호흡이 맞는 것도 아니었다. 처음부터 이길 가망이란 없었다. 그런데 이 사람들은 왜 여기서 축구를 하고 있는 걸까. 이겨서 소원을 빌려고? 그러려면 앞으로 세 골을 넣어야 했다. 그러나 이제까지 이 팀이 자기 힘으로 넣은 골은 딱 한 골뿐이었고 그것도 엉뚱하게 흘러간 공이 운 좋게 발 앞에 갔기 때문이었고 그나마도 몇 달 전 연습 경기에서의 일이었다. 그런데도, 다들 뭔가 하려 하고 있었다. 경기에 이기기 위해서가 아니었다. 이길 거라고 생각하는 사람은 없었다. 그러면? 조금 더 나은 플레이를 하기 위해서. 자기 자신에게 부끄럽지 않기 위해서. 동료를 돕기 위해서. 그리고 자신을 자랑스러워하기 위해서. 사실 그것뿐이지. 뭘 더 바라겠어. 그걸 뻔히 알지만, 그게 뭐 어때서. 그거면 충분하지. 우리에게 필요한 게 그런 거지.

욘은 어느 틈엔가 페널티 에어리어 가까이 와 있었고 공이 위로 뜨는 게 보였고 욘은 공을 향해 다가갔고 상대도 공을 보면서 달려오다가 욘의 몸에 부딪혔고 욘은 넘어지고 말았다. 반칙을 알리는 휘슬이 울렸다. 페널티킥이었다.

"욘, 잘했어!"

지글러가 와서 욘의 등을 두드렸다.

"페널티킥은 누가 차지?"

"당연히 욘이 차야지. 우리 중에 킥이 제일 좋잖아."

욘도 그래야 한다고 생각했다. 자기가 차야 한다고. 그러면 골을 넣을 수 있고 그러면 2 대 3이 되고 한 골만 더 넣으면 동점이고 한 골을 더 넣으면……. 그러나, 무엇을 위해?

욘은 주위를 둘러봤다.

"지글러 씨. 페널티킥을 찰래요? 세 골을 넣어서 이기겠다고 했잖아요."

사람들이 지글러의 얼굴을 쳐다봤다. 지글러가 이 기회를 마다할 리 없었다. 그런데 지글러는 모두의 예상을 깨고 이렇게 말했다.

"아니. 나는 이런 골은 필요 없어. 필드 골로만 세 골을 넣을 거야."

"그래? 그러면, 데이비드! 이쪽으로 와서 페널티킥을 차!"

욘은 수비 위치에 있던 데이비드를 불렀다.

"왜 데이비드지? 욘이 차야 하잖아."

이렇게 말한 건 오셔였다.

"이건 중요한 기회라고. 여기서 골을 넣으면 바로 2 대 3이 되고 그러면 한 골 차이잖아. 이 기회를 놓칠 거야? 기회는 또 오지 않아."

"오셔. 나를 믿어요?"

욘이 물었다.

"당연히 믿지."

"그러면 내 선택도 믿어주세요."

오셔는 그 말에 충격을 받은 듯 입을 다물지 못했다.

데이비드는 욘에게 다가와 작은 소리로 말했다.

"혹시 나를 내버려두고 시합을 하러 간 게 미안해서 그러는 거라면, 신경 쓰지 마. 한때는 원망했지만 이제 그런 건 다 잊었어. 그리고 지금 분위기가 좋을 때잖아. 이걸 넣으면 한 골 차이란 말이야. 그런데 여기서 실패하면 그걸로 끝이잖아. 모든 일이 제대로 잘 돌아가고 있는데……."

"그럴 때 망칠 수 있다고? 하지만 이 중에서 페널티킥을 결코 실패하지 않을 사람이 있다면 그건 바로 데이비드야."

"무슨 소리야? 나는 페널티킥을 차본 적도 없어."

"슛 연습을 계속해왔잖아. 그리고, 애들 앞이니까. 이걸 실패할 리 없어."

데이비드의 눈빛이 흔들리더니 시선이 공터 밖을 향했다 되돌아왔다.

"……어디로 차면 돼?"

욘은 잠시 생각하고 말했다.

"무조건 오른쪽."

데이비드는 오른쪽으로 찼고 외계인 골키퍼는 몸을 날렸다. 공이 골키퍼의 손에 맞고 튕겨 나왔다.

그런데 데이비드가 튕겨 나온 공을 향해 달리고 있었다. 골키퍼도 공을 향해 몸을 날렸고 데이비드도 몸을 날리며 발을 뻗었고 공은 골키퍼의 겨드랑이 밑을 지나 골대 안으로 들어갔다.

"우아아!"

"넣었어!"

"안 들어가는 줄 알았어요!"

사람들이 몰려와서 데이비드의 머리와 등을 두드렸다. 하프라인을 넘어 우리 편 진영으로 돌아올 때 데이비드는 경기장 밖을 향해 두 손을 번쩍 들어 올려 보였다.

이제 2 대 3이 됐다.

상대는 더욱 신중해져서 계속 패스를 돌렸다. 남은 시간은

10분 정도뿐이었다. 미드필더들은 지쳐 있었다. 라마가 공을 놓치자 슈워츠가 그것을 도와주기 위해 들어갔고 그 틈에 상대는 슈워츠의 뒷공간을 파고들어 가서 중앙을 향해 크로스를 넣었다. 데이비드가 슬라이딩으로 공을 걷어냈고 그 공은 다시 슈워츠에게 연결됐고 슈워츠는 욘에게, 욘은 브루스에게, 브루스는 안젤라에게, 안젤라는 다시 욘에게 연결했고 욘은 닥터의 조금 앞으로 스루패스를 줬다. 닥터는 지친 게 분명했지만 그래도 열심히 달려서 공을 잡아냈고 방금 외계인 팀이 했던 것과 똑같이 가운데를 향해서 크로스를 넣었고 그 공을 외계인 수비수가 슬라이딩 태클로, 그러나 걷어내지 못했고 공은 달려오던 지글러 앞에 왔는데 지글러는 다리를 크게 휘둘렀고 골키퍼는 몸을 날렸고 그런데 지글러는 헛발질을 해버렸고 공은 그의 디딤 발에 맞는 바람에 그 자리에서 멈췄고 정신을 차려보니 골키퍼는 이미 한쪽으로 쓰러져 있고 골대는 텅 비어 있어서 지글러는 골대를 향해 공을 찼고 공은 골대 안으로 굴러 들어갔다.

골이었다.

공이 골대 안으로 들어간 걸 확인한 지글러는 두 손을 번쩍 치켜들고는 황제와 같은 근엄한 얼굴로 이쪽을 향해 뚜벅뚜벅 걸어왔다. 마치 자기가 방금 보여준 최고의 플레이에 대한 찬사와 축하와 경배를 어서 바치라고 하는 것 같았다.

"우아아아아아!"

사람들은 지글러를 향해 소리를 지르며 달려가서는 그의 팔과 목에 매달리며 머리와 등과 어깨를 두드리고 껴안았다. 그러는 중에도 지글러는 치켜든 두 손을 끝내 내리지 않았다.

"정말 잘했어, 지글러!"

욘이 지글러의 등을 두드리며 말했다.

"이제 동점이지? 내가 한 골을 더 넣을게. 그리고 이겨서 소원을 비는 거야."

"그래, 너만 믿을게."

"너라고 부르지 마. 지글러 씨라고 불러."

"하하. 그래. 지글러 씨. 너만 믿을게."

남은 시간은 8분이었다. 다들 믿기지 않는 얼굴이었다. 믿기지 않기는 욘도 마찬가지였다. 어떻게 이럴 수 있을까. 실력일 리는 없었다. 운인가. 그렇지만도 않은 것 같았다. 분위기? 모르겠다. 어쩌면 이 사람들이 오합지졸에 바보여서인지도 몰랐다. 축구에 대해 아무것도 몰라서, 그냥 뛰는 게 좋아서, 뛰는 것밖에 몰라서 그런 건지도 몰랐다.

그때 우리 편의 스로인 공격 차례였고 빨리 공격을 이으려는 마음에 지글러는 공을 던지면서 뒷발을 뗐고 스로인 반칙이 선언됐고 그래서 공격권이 넘어갔는데 사람들은 어떻게 된 일인지 몰라 당황했고 외계인은 스로인을 하자마자 브루스가 앞으로 너무 나와 있는 것을 보았고 그래서 뒷공간이 뚫려버렸다. 데이비드가 브루스의 자리를 커버하러 가고 있었지만 늦은 것 같았고 이제 곧 외계인 공격수가 골키퍼와 1 대 1 찬스가 나려는데, 골키퍼인 페트로폴로스가 전력으로 달려 나오고 있었다.

"안 돼! 나오지 마!"

욘은 자기도 모르게 외쳤다. 그러나 페트로폴로스는 멈추지 않았다. 그리고 몸을 날렸다.

욘은 페트로폴로스처럼 덩치가 큰 사람이 그렇게 부드럽게 몸을 날려서 땅을 구르는 건 본 적이 없었다. 페트로폴로스는 공을 안았고 상대 선수는 뛰어오르면서 페트로폴로스를 피하고는 몸을 굴렸다. 다음 순간 먼저 일어난 건 페트로폴로스였고 페트로폴로스는 일어나자마자 공을 앞으로 굴리더니 페널티 에어리어 밖까지 치고 나오면서 달려 나오는 힘을 이용해 공을 찼다. 페트로폴로스가 늘 그랬던 것처럼 강하기만 하고 목적지는 불분명한 그런 킥이었다.

공은 높이 떴고 욘은 그 공을 받으러 갔지만 상대의 몸싸움에 밀려 제대로 받지 못했고 공은 튀어서 상대에게 갔고 그 앞에는 라마가 있었고 라마는 상대의 움직임에 온 신경을 집중하고 있었고 상대가 몸을 한쪽으로 움직이는 척하다 반대쪽으로 가자 그쪽으로 따라가며 몸을 밀어 넣으며 어깨싸움을 했고 그러다 밀려 넘어지면서도 발을 집어넣어 공을 건드렸고 공은 슈워츠에게 갔고 슈워츠는 데이비드에게 패스했고 데이비드는 다시 욘에게 패스했고 욘의 주위에 상대가 몰렸고 욘은 안젤라를 보았고 그래서 안젤라에게 패스한 뒤 조금 이동했고 안젤라는 다시 욘에게 공을 줬는데 욘은 그 순간 안젤라가 지은 표정을 보았고 그런데 조금 떨어진 곳에 브루스가 보였고 그래서 브루스에게 공을 찼고 브루스는 그 공을 잡았고 욘은 안젤라에게 앞으로 달리라고 말했고 안젤라는 달렸고 욘은 오셔에게 가운데로 들어가라고 했고 브루스에게 공을 달라고 했고 브루스는 욘에게 공을 줬고 욘은 그 공을 안젤라에게 주면서 눈짓을 보낸 뒤 달리기 시작했고 안젤라는 그 공을 받자마자 욘의 앞으로 차줬고 그리고 자기도 달리기 시작했고 욘은 자기도 모르게 웃음이 나왔고 공을 받자마자 그대로 안젤라의 앞으로 차줬고 안젤라는 그 공을 받았고 그런데 그 앞에 수비가 있었고 안젤라는 공을 찼고 그 공은 수비에게 맞고 오셔에게 갔고 그때 오셔가 서 있는 곳은 바로 골대 근처였고 오셔는 골대를 향해 공을 힘껏 찼고, 그러나 공은 빗맞으면서 누구도 예상하지 못하는 곳으로 날아갔고 그래서 모두 잠깐 멈춰 서서 공이 날아가는 것을 보고 있을 수밖에 없었고 그런데 공이 향하는 곳에 누군가 있었고 그건 은수였고 은수는 가만히 서 있다가 공이 자기 얼굴 앞에 오자 굳은 결심을 한 듯 눈을 질끈 감고 그 공을 이마에 맞혔고 다음 순간 공은 골대 안으로 들어갔다.

그 순간 휘슬이 울렸다.

욘은 놀라서 입을 다물지 못했다. 그리고 다음 순간 자기

도 모르게 하늘을 향해 주먹을 휘두르며 소리를 지르기 시작
했다.

"아냐! 아냐! 아니라고! 이건 오프사이드가 아니라고! 온
사이드란 말이야! 오셔가 공을 찰 때 은수는 공보다 뒤에 있
었어! 내가 분명히 봤어! 리오, 이 멍청한 바보 자식아! 똑똑
히 보란 말이야! 이게 어떻게 오프사이드냐고!"

"욘! 욘!"

누군가 그를 붙잡아 끌었지만 욘은 멈출 수 없었다.

"이 천하에 돌대가리 같은 자식! 물고기만 잡아먹다가 물
고기 눈알이 돼버린 자식아! 당장 내려와! 또 한 대 갈겨줄 테
니까! 이건 오프사이드가 아니라고! 분명한 골이라고!"

"욘! 그만해요! 끝났어요."

욘을 잡아끌던 건 안젤라였다.

"아니, 아직 안 끝났어! 더 할 수 있어! 더 해야 한단 말이
야! 이대로 끝낼 수는 없어! 이게 왜 오프사이드냐고!"

"그게 아니라, 우리가 이겼다구요!"

"당장 여기 내려와서…… 뭐라구요?"

욘은 자신의 귀를 의심했다.

"우리가 이겼다니까요!"

외계인 중 하나가 욘에게 다가와 말했다.

"축하합니다. 종료와 동시에 터진 헤딩골로 4 대 3으로 승
리했음을 알려드립니다. 여러분 모두에게 소원을 하나씩 들

어드리겠습니다. 소원을 들어주는 절차는 우선……."

　그러나 사람들은 소리를 지르느라, 서로 껴안느라, 웃느라, 우느라, 바닥에 쓰러지느라, 경기장 밖의 가족을 향해 달려가느라 그 말을 제대로 들을 수 없었다.

소원

외계인의 우주선이 다시 공터 한가운데 내려왔다.

사람들은 한데 모여 있었다. 이제 소원을 빌 차례였다. 외계인 한 명이 다가와 말했다.

"그러면 이제부터 한 명씩 우주선 앞으로 와서 소원을 빌면 됩니다. 누구부터 하시겠습니까?"

사람들은 제일 먼저 욘에게 소원을 빌라고 했다.

"나는 제일 마지막에 하고 싶은데. 그러면 안 될까?"

"뭐 그것도 괜찮지. 그럼 내가 먼저 할게."

앞으로 나선 건 지글러였다.

"무슨 소원을 빌겠습니까?"

"황금."

지글러의 단호한 목소리가 경기장에 울렸다. 곧 지글러 앞에 커다란 황금색 구체가 놓였다. 지글러는 몇 번 심호흡을 한 뒤 황금 덩어리를 힘겹게 들어 올리더니 보호막 출구 쪽으로 어기적거리며 걸어가서는 무사히 경기장을 빠져나갔다.

데이비드는 차에 황금을 싣는 지글러의 모습을 보면서 말했다.

"욘. 잘 모르겠어. 정말, 손을 고쳐달라고 하는 게 맞을까? 나도 황금을 달라고 해야 하는 거 아닐까?"

"나도 잘 모르겠는데. 그런데 그 손으로 황금을 어떻게 들고 가려고?"

"할 수 있어. 아이들을 위해서라면. 아이들을 위해서⋯⋯. 그런데, 내가 황금을 들고 가면, 아이들이 뭐라고 생각할까? 황금을 들고 끙끙대면서 가는 꼴을 아이들이 본다면⋯⋯."

데이비드는 고개를 세차게 저었다.

"내가 뭘 들고 가야 아이들이 가장 기뻐할까? 뭘 들고 가면⋯⋯."

혼잣말을 중얼거리며 한참 생각하던 데이비드는 마침내 외계인 앞에 서더니 장갑을 벗었다.

"내 손을 원래대로 고쳐주세요."

우주선에서 빛이 나와 데이비드의 손을 비췄다. 데이비드는 자기 손을 보면서 천천히 몸을 돌리더니 공터 가장자리를 향해 뛰기 시작했다. 손가락을 활짝 편 손을 번쩍 들고서.

브루스는 심각한 얼굴로 욘에게 다가왔다.

"욘. 할 말이 있어."

"너도 소원 상담을 하려고?"

"아냐. 실은…… 그날 교실에서 너네 엄마가 죽었다고 말한 거 나였어. 그때는 그냥 장난이었는데. 정말 너네 엄마가 돌아가신 줄은 몰랐어. 미안하다. 한 대 치고 싶으면 쳐도 돼."

"그게 너였구나."

"그래. 얼른 한 대 치라니까."

"됐어. 다 지난 일이잖아."

"그럼 그 이야기는 끝난 거다? 용서해줘서 고맙다. 계속 마음에 걸렸는데. 그리고 한 번 더 고맙다. 네가 없었으면 경기에서 못 이겼을 거야."

"아냐. 모두가 노력한 결과지."

"그렇지. 그런 의미에서, 너도 내게 고맙지?"

"왜?"

"내가 없었으면 못 이겼을 거 아냐. 내가 걷어낸 게 몇 갠데."

"응? 하긴 그렇네. 고맙다."

브루스는 씨익 웃고는 몸을 돌려 외계인의 우주선 앞에 갔다.

"반지를 줘."

"어떤 반지를 원하시죠? 보통은 다이아몬드 반지를 원

하더군요. 우리가 제공할 수 있는 다이아몬드의 최대 크기는……."

"다이아몬드는 싫어. 그건 너무 흔해 빠졌으니까. 부서지거나 망가지거나 변하지 않으면서, 지구에 없는 성분으로 만들어줘. 그러니까 지구에 단 하나뿐인 반지를 줘."

잠시 뒤에 외계인 하나가 우주선에서 뭔가를 가지고 나와 브루스에게 줬다. 브루스는 사람들에게 돌아와 반지를 손바닥에 올려서 보여줬다. 그 반지는 정말 평범해 보였지만 브루스는 그것으로 만족하는 것 같았다. 하긴 그것은 지구에서 가장 귀하고 유일한 반지였다.

이번에는 오셔가 욘에게 다가왔다.

"고마워요. 욘."

"아니에요. 다 같이 노력해서……."

"경기도 경기지만, 그보다 내가 틀렸다는 걸 알게 해줘서. 나는 경기에서 이기면 딸을 내 앞에 데려다달라고 말하려고 했어요. 그 생각이 틀렸다는 걸 알았어요. 나는 그 애를 또 내 마음대로 하려고 했어요. 선택을 믿어달라고 했죠? 그 애는 자신의 삶을 선택했어요. 그래서 나는 반대로 나를 딸 앞에 데려다달라고 할 거예요. 그 애의 삶을 존중하니까."

"잘 생각했어요, 오셔."

오셔는 외계인 앞에 가서 한참 아무 말도 하지 않았다. 그러다 낮은 목소리로 입을 열었다.

"나를 내 딸이 있는."

거기까지 말하고 오셔는 또 한참 가만히 있었다. 마치 뭔가를 깨닫고 충격을 받은 것 같았다. 그러다 갑자기 울부짖듯 외쳤다.

"내 딸이, 말을 하고 소리를 들을 수 있게 해주세요!"

그렇게 말하고 오셔는 울음을 터뜨렸다. 잠시 뒤 진정한 오셔는 눈물을 닦으며 천천히 경기장을 빠져나갔다. 언제나 근엄하고 딱딱하던 얼굴이 그 순간은 평화로워 보였다.

"나는 무슨 소원을 빌면 좋겠어요?"

라마가 슈워츠에게 물었다.

"당신이 원하는 것을 말하면 돼요."

슈워츠가 대답했다.

"나는, 원하는 게 없어요. 그럼 당신은 내게 뭘 원하죠?"

"아무것도. 지금 이대로면 만족해요."

"그러면 내가 뭘 해주면 좋겠어요?"

"치킨 수프를 계속 먹을 수 있게 해주면 좋겠소."

"하. 혹시 나한테 관심을 보인 게 치킨 수프 때문이었어요?"

슈워츠는 천천히 고개를 저었다.

"내가 그날 다리에 갔던 건 순찰을 위해서가 아니었소."

"그럼요?"

슈워츠는 입을 다문 채 라마를 한참 쳐다봤다.

"······설마."

"맞아요. 당신과 같은 이유였지. 그날 당신을 식당으로 데리고 왔을 때 당신이 만든 치킨 수프가 내 영혼을 치료해줬소."

라마는 슈워츠를 부드럽게 안은 다음 입을 맞췄다.

"슈워츠. 당신도 내게 빛을 줬어요. 나를 위해 늘 애써줘서 고마워요. 나는 언제든 당신에게 치킨 수프를 만들어줄 수 있어요. 내가 늙어서 더 이상 음식을 못 할 때까지 계속. 하지만, 당신에게는 가족이 있잖아요. 당신 가족에게는 당신이 필요해요. 나는 사랑하는 사람이 떠나는 고통을 알아요. 그래서 당신 가족이 고통에 빠지는 걸 원하지 않아요."

라마의 목소리가 떨렸다. 슈워츠 역시 눈가가 붉어져 있었다.

라마는 외계인 앞으로 가서 조용하게 말했다.

"식당 주방의 가구와 도구와 인테리어를 모두 새 걸로 바꿔주세요."

라마는 슈워츠에게 돌아왔다.

"평생 치킨 수프를 만들어줄게요."

슈워츠 차례였다. 슈워츠는 라마의 손을 한 번 잡았다가 놓고 외계인을 향해 걸어갔다. 그러다가 다시 한번 라마를 돌아봤다.

슈워츠는 외계인 앞에서 입을 꾹 다물고 있었다. 그리고 고개를 저었다가, 하늘을 한 번 보았다가, 라마를 한 번 돌아봤다가 다시 고개를 숙이고 뭔가를 한참 생각했다. 그리고 마침내 입을 열었다.

"나를 한 명 더 만들어주시오."

우주선에서 빛이 나와 슈워츠에게 쏟아지더니 잠시 뒤 그 자리에 슈워츠가 한 명 더 나타났다. 두 명의 슈워츠는 라마에게 다가왔다.

"슈워츠……."

라마는 둘을 번갈아 보며 말했다. 그중 한 명이 라마를 끌어안고 입을 맞춘 다음 경기장을 빠져나가더니 차를 타고 떠났다. 남은 슈워츠는 라마와 나란히 서 있었다.

"……뭐가 어떻게 돌아가는 거죠?"

은수가 작은 목소리로 안젤라에게 물었다.

"나도 잘 모르겠는데, 어쨌든 해피엔딩인 것 같아요."

다음 순서는 페트로폴로스였다.

페트로폴로스는 소원을 빌러 가면서 욘을 향해 말없이 웃었다. 무겁고 어둡고 우울한 웃음이었다. 외계인 앞에 선 페트로폴로스는 주차장 쪽과 우주선을 번갈아 쳐다봤다. 그리고 욘을 쳐다봤다. 그의 표정에서 뭔가가 끓어오르고 있었다. 그는 욘을 향해 외쳤다.

"언제까지고 이렇게 살 필요는 없지. 안 그래? 안 그러냐고?"

욘은 대답할 수 없었다. 페트로폴로스가 작은 목소리로 소원을 빌어서 욘이 있는 곳에서는 그 목소리가 들리지 않았다.

잠시 뒤 우주선에서 차를 향해 빛이 발사됐다. 욘은 무거운 마음으로 그 빛을 봤다. 정말 페트로폴로스가 그 소원을 빌었을까?

갑자기 차 뒷문이 벌컥 열리면서 누군가 나왔다.

"리누스!"

노인처럼 입고 있었지만 젊은 여인이었다. 여인은 페트로폴로스의 이름을 외치고 있었다. 페트로폴로스는 여인을 향해 성큼성큼 걸었다.

"리누스!"

"엄마!"

"리누스! 내가, 젊어졌어!"

"엄마!"

"숨 쉴 수 있어!"

경기장을 빠져나간 페트로폴로스는 이제 젊어진 어머니를 번쩍 안아서 들어 올렸다. 너무나 가볍게.

"닥터. 이제 그만 양보하고 가서 소원을 비세요."

욘은 닥터에게 말했다.

"나, 나, 나, 나는 소원이 없어."

"그럼 그 말더듬을 고쳐달라고 하세요."

"왜, 왜, 왜? 내 말더, 더, 더듬이 거, 거슬려?"

"아뇨. 그냥 불편하실까 봐요."

"나, 나, 나는, 화, 황금도 필요 없고, 다, 다시 젊어지고 싶지도 않아. 평생을 마, 말을 더듬으며 사, 살았어. 이제 이, 이런 것도 익숙하다고."

"그럼 소원을 안 비셔도 되겠네요."

"잠, 잠깐만. 소, 소원이 생각났어."

닥터는 외계인 앞에 가서 말했다.

"지구의 모, 모든 언어를 마, 말할 수 있게 해주세요."

닥터는 기다렸다. 그러나 아무런 변화가 없었다. 우주선에서 빛이 쏟아져 나오지도 않았고 외계인이 닥터의 머리에 뭘 하지도 않았다. 그래서 닥터는 다시 한번 소원을 빌었다.

"지구의 모든 어, 언어를 말할 수 있게 해주세요."

"소원은 이미 이루어졌습니다."

외계인이 말했다.

돌아오는 닥터의 표정은 복잡했다. 놀란 건지 웃는 건지 우는 건지 화가 난 건지 알 수 없었다.

"그, 그런 눈으로 보지 마. 왜 그런 소, 소원을 빌었는지 묻지도 말고. 나도 잘 모르니까."

닥터는 그렇게 말한 뒤 알 수 없는 말을 중얼거리며 사람들을 지나쳐 갔다. 그리고 경기장을 빠져나갈 때까지 계속 혼자서 떠들었다. 마치 이제껏 하지 못했던 말들을 한꺼번에 쏟아내는 것 같았다.

이제 남은 건 세 사람뿐이었다. 은수는 소원을 빌러 가기 전에 욘에게 다가와서 말했다.

"갔다 올게요."

은수는 외계인에게 가서 당장 소원을 말하는 대신 한참 이야기를 나눴다. 외계인의 말에 은수는 잠시 고민하다 욘을 한 번 쳐다봤다. 그리고 결심을 굳혔는지 은수가 뭔가 말했고 다음 순간 은수의 모습이 사라졌다. 남아 있던 욘과 안젤라는 놀라서 서로를 쳐다봤다.

"은수는 어디로 간 거죠?"

안젤라가 외계인에게 물었다. 외계인은 손을 들어 둘이 다가오는 것을 막았다.

"5분. 다음 소원은 5분만 기다려주세요."

5분 뒤에 은수가 다시 나타났다. 이마가 뭔가에 부딪힌 듯 벌게져 있었다.

은수는 골을 넣었을 때보다 더 흥분한 얼굴로 욘과 안젤라에게 다가왔다.

"욘의 말이 맞았어요. 시간과 장소만 정확히 맞으면 뭘 해야 할지는 저절로 알게 된다 그랬잖아요. 고마워요. 그러니, 이제 다 용서해줄게요. 빌어먹을 배신도, 빌어먹을 유니폼도 모두요."

"무슨 말이에요? 그리고…… 배신이라뇨?"

"우리를 버리고 혼자 축구를 하러 갔잖아요. 결국 돌아올 거면서. 그리고 내 말은, 이야기에 제대로 결말을 짓고 왔다는 뜻이에요."

말을 마친 은수는 보호막 밖으로 뛰어나갔다.

이제 남은 건 안젤라와 욘뿐이었다.

"안젤라. 당신 차례예요."

"아. 그러네요. 어느 틈에."

욘이 보기에 안젤라는 망설이는 것 같았다.

"내가 먼저 할까요?"

"그렇게 해줄래요? 사실은 아직 마음을 정하지 못했어요."

마음을 정하지 못한 건 욘도 마찬가지였지만 시간이 더 있다고 딱히 달라질 것 같지도 않았다.

욘은 외계인을 향해 걸어가며 무슨 소원을 빌지 생각했다. 황금을 달라고 해야겠지. 다른 건 생각해본 적이 없어. 그게 나한테 필요한 거잖아. 애초에 그것 때문에 축구를 한 거잖아. 얼마나 달라고 하지? 50킬로그램? 아니면 100킬로그램? 어떤 사람은 200킬로그램의 황금을 받았다고 했잖아. 나는 얼마나 필요하지? 그래. 내겐 황금이 필요해. 집을 고쳐야 되잖아. 그리고 남은 돈으로 저금을 하고, 차도 바꾸고, 여행도 하고, 티브이와 냉장고도 바꾸고. 그러고 나면?

욘은 걸음을 멈췄다.

그 뒤에 뭐가 있지? 생각해본 적도 없어. 그 뒤에는……. 아마 똑같은 삶이 있겠지. 아침에 일어나서 일을 하러 가고 저녁에는 돌아와 티브이를 보면서 맥주를 마시는 삶. 가끔은 어디 가서 기분을 좀 풀 수도 있겠지. 주말에는 낚시를 갈 수도 있고. 뭐야. 그러면 지금과 똑같잖아. 그렇다면 내가 왜 그런 소원을 빌어야 하는 거지? 그게 정말 나한테 필요한 게 맞아?

욘은 어느덧 외계인 앞에 와서 섰다.

"소원을 말해보세요. 우리가 들어드리겠습니다."

욘이 뭐라고 말해야 할지 몰라 가만히 있자 잠시 뒤에 외계인은 다시 한번 소원이 뭐냐고 물었다. 그리고 외계인이 세 번째로 물었을 때 욘은 드디어 입을 열었다.

"미안한데 조금 있다가 다시 올게요."

욘은 안젤라에게 돌아왔다.

"아무래도 나는 조금 더 생각해봐야겠어요."

"그래요. 나는 소원을 정했어요."

안젤라는 외계인 앞에 섰다.

"내 소원을 말할게요. 나를 아주 강한 사람으로 만들어주세요. 세상에서 가장 힘센 남자보다 열 배는 더 힘센 사람으로요."

"알겠습니다."

"잠깐만. 그렇다고 근육이 마구 튀어나오게 하지는 말고 다른 건 다 그대로고 힘만 세지게 해주세요."

"알겠습니다."

빛이 안젤라의 몸을 한 번 훑고 지나갔다. 안젤라는 욘에게 돌아왔는데 겉모습은 조금도 달라진 데가 없는 것 같았다.

"이제 욘 차례예요. 갔다 올 때까지 기다려줄게요."

욘은 다시 한번 외계인 앞에 섰다. 그리고 심호흡을 한 뒤 입을 열었다.

"내 소원은."

욘은 말을 멈췄다. 그리고 하늘을 한 번 본 뒤 다시 입을 열었다.

"주중에는 일을 하고 주말에는 축구를 하고 남은 시간에는 친구와 낚시를 하는 거예요. 그리고 가끔은 주중에도 축구를 할 수 있으면 좋겠어요."

"소원을 구체적으로 말씀해주세요."

"그게 내 소원이에요."

"우리가 들어줄 수 있는 소원을 말씀하시기 바랍니다. 갖고 싶은 물건이 있습니까? 황금을 원합니까? 낡은 차를 새 차로 바꿔줄까요? 집을 새로 지어줄까요? 아니면 초인의 능력을 드릴까요? 영원한 젊음을 드릴까요? 세계에서 제일 잘생긴 남자로 만들어줄까요? 아니면……."

"필요 없어요. 나는 방금 말한 것으로 충분해요. 내 소원은 그것으로 끝이에요. 아. 혹시 내 친구 리오를 만나거들랑 축구 교실을 해야 하니까 얼른 돌아오라고 전해주세요."

그렇게 말하고 욘은 안젤라에게 돌아왔다.

외계인은 잠시 더 그 자리에 서서 욘을 쳐다보다가 우주선을 타고 떠났다. 그러자 보호막도 사라졌다.

욘이 공터 밖으로 나오니 페트로풀로스의 어머니가 욘에게 와서 손을 잡고는 볼에 입을 맞췄다. 페트로풀로스도 욘도 어쩔 줄 몰라 했고 어머니는 크고 높고 맑은 소리로 깔깔거리며 웃었다.

데이비드는 아이들에게 둘러싸여 있었는데 그가 그토록 환하게 웃는 걸 욘은 한 번도 본 적이 없었다.

누군가 잔뜩 성난 목소리로 떠들고 있어서 보니 안젤라의 남자 친구였다.

"저 안에서 뭐 하고 있었던 거야? 그리고 황금은 왜 안 들고 있는 거지? 저 사람은 들고 나왔는데."

남자 친구는 차에 기대 허리를 두드리고 있는 지글러를 손가락으로 가리켰다.

"다른 소원을 빌었어."

안젤라는 작지만 분명한 목소리로 대답했다.

"그래? 그럼 무슨 소원을 빌었는데?"

"말하지 않을 거야."

"당신 도대체 무슨 짓을 했는지 알기나 해? 그게 우리에게 가장 타당한 소원이라고 합의했잖아. 잊었어? 그래서 황금 공을 드는 연습까지 했었잖아."

"그건 당신 소원이었지."

안젤라는 조금 더 큰 목소리로 말했다.

"잘 들어. 당신은 결혼 자금을 위해 그 소원을 쓰겠다고 약속했어. 그렇다면 소원은 공동 소유고 그 소원으로 얻은 것도 반은 내 거야. 도대체 뭘 받은 거야? 아까 저 친구는 반지를 받았던데 당신도 그런 걸 받은 거야? 다이아몬드 반지? 어디 있어?"

"그런 거 없어."

"거짓말하지 마! 내 눈으로 똑똑히 봤어! 네가 외계인 앞에 가서 소원을 비는 거. 그리고 우주선에서 빛이 나와서……. 넌 분명 선물을 받았어. 어디 있어! 내놔!"

안젤라는 대답하지 않았다.

"당장 내놓으라고!"

남자 친구는 얼굴이 벌게져서 안젤라의 면전에 대고 소리를 질렀다. 당장이라도 손찌검을 하거나 주먹을 들 것 같았다. 그러나 안젤라는 태연했다. 남자 친구의 눈을 피하려고도 하지 않았다. 마침내 눈을 돌린 건 남자 친구였다.

"쓸모없는 년."

그는 작은 소리로 중얼거리고는 차를 향해 걸어가서는 시동을 걸고 떠났다. 남자 친구의 차가 멀어지는 걸 보던 안젤라는 욘에게 말을 걸었다.

"욘. 공 하나만 줄래요?"

욘이 가방에서 공을 꺼내 주자 안젤라는 공을 바닥에 내려놓은 뒤 차가 떠난 방향을 향해 찼다. 별로 세게 찬 것 같지도 않은데 공은 정말 한참 날아가서 차 지붕에 정확하게 맞은 다음 길옆으로 굴러 떨어졌다. 차는 더 속력을 내며 멀어졌다.

떠나면서 사람들은 욘의 손을 잡거나 포옹을 하거나 볼에 입을 맞췄다. 모두 떠난 뒤 욘과 둘만 남았을 때 안젤라가 말했다.

"나 좀 태워줄래요? 여기 올 때 남자 친구 차를 타고 왔거든요."

"안 태워주면 내 차에도 공을 찰 건가요?"

"공이 없으니 아마 돌을 던지겠죠."

함께 차를 타고 오다 안젤라가 먼저 입을 열었다.

"왜 소원을 빌지 않았어요?"

"빌 소원이 없었어요."

"그냥 황금이라도 달라고 하지 그랬어요. 소원을 빌지 않은 게 후회되지 않아요?"

"아뇨. 내일은 어떨지 모르지만, 지금은 아니에요. 정말로요."

"그렇군요. 훌륭하네요."

훌륭하다는 말에 욘은 잠시 숨이 막히는 것 같았다.

"지난번에 브루스의 정육점 앞에서 나를 도와주겠다고 했을 때, 한편으로는 고맙고 또 한편으로는 부끄러웠어요. 내가 약하고 겁먹고 주눅 들어 있었으니까. 그리고 욘이 나를 도와준다고 했을 때 내심 기뻐했던 것도 부끄러웠어요."

안젤라는 잠시 말을 멈췄다.

"나는 늘 강해지고 싶었어요. 힘이 세지면 싸움에서 이길 수 있을 것 같아서요. 다른 사람 힘을 빌리지 않고서도……. 그런데 정말로 힘이 세지니까 어땠는지 알아요? 싸울 필요가 없어졌어요. 아까 봤죠? 내 남자 친구, 아니 이제 전 남자 친구가 됐지만, 소리만 지를 뿐 나한테 아무것도 하지 못했어요. 나는 겁낼 필요도 없는 걸 겁내고 있었던 거예요. 내게 필요한 건 그저 딱 한 번 맞설 용기였는데. 큰 힘도 필요 없는 거였는데. 그냥 약해도 되는 거였는데. 약한 게 뭐가 어때서."

안젤라는 말을 멈추고 울기 시작했다. 욘은 차를 세우고 안젤라가 울음을 그치기를 기다렸다. 그런데 안젤라의 눈물은 쉽게 그치지 않았다.

"미안해요. 이런 꼴을 보여서. 웃기죠? 이런 걸로 울기나 하고."

안젤라가 울음 사이로 말했다.

"아니에요. 전혀 그렇지 않아요."

그 뒤로도 안젤라는 한참 동안 울었다. 욘은 무슨 말을 하면 좋을지 알 수 없었다. 이것도 패스라면 아주 어려운 패스인 것 같았다.

욘은 한참 생각하다 마침내 입을 열었다.

"우리 엄마는요, 내가 어렸을 때 암으로 돌아가셨어요. 어느 날 선생님이 부르시더니 집에 빨리 가보라고 하더라구요.

그래서 집에 가는데…… 이건 사실 지금까지 아무한테도 안한 이야기인데, 집까지 가는 내내 울었어요. 눈물을, 도저히 참을 수 없더라구요. 그래서 엉엉 울면서 갔어요. 부끄러운 것도 모르고. 그러다 가방까지 흘리고. 가방은 나중에 누가 갖다 줬지만요."

"욘. 어렸을 때 어디 살았어요?"

"지금 사는 동네요. 남쪽 구역의 구주택가."

"그것 봐요. 본 적 있다고 했잖아요."

"네?"

"나 욘이 우는 거 봤어요. 키 크고 삐쩍 마른 남자애가, 세상에서 제일 슬픈 사람처럼 큰 소리로 울면서, 눈물도 닦지 않고 콧물까지 흘리면서 길을 걸어가더라고요. 가방을 주워서 갖다 준 게 나였어요."

안젤라는 어느 틈엔가 울음을 그쳤다.

"나야말로 꼴사나운 울보로 보였겠네요."

"아뇨. 그렇지 않았어요. 정말로, 정말로 그렇지 않았어요. 오히려 부러웠어요. 솔직하게 울 수 있어서."

욘은 대답할 말이 없어 가만히 있었다.

"그리고 지금도 난 욘이 부러워요."

"모르는 소리 말아요. 돈도 없고 여자도 없고 남은 휴가도 없고 집은 무너져가고 있는데 뭐가 부러워요?"

"그래도 욘은 소원을 안 빌어도 되는 사람이잖아요? 그러면 훌륭한 삶이죠."

욘은 핸들에 손을 올린 채 안젤라의 말을 생각했다. 훌륭한 삶을 살고 있다면 훌륭한 사람이라고 할 수 있지 않을까? 그게 아니더라도 이 삶을 계속 따라가다 보면 훌륭한 사람이 돼있지 않을까? 훌륭한 사람이 뭔지는 모르겠지만, 어쨌든 이걸로 된 게 아닐까? 욘은 천천히 고개를 끄덕였다.

다시 출발하려고 차 키를 돌리는데 시동이 걸리지 않았다. 몇 번을 해봐도 마찬가지였다. 보닛을 열어 들여다봐도 뭐가 문제인지 알 수 없었다.

"내가 좀 봐도 돼요?"

안젤라가 옆에 다가와 물었다. 욘은 한쪽으로 비켜섰다.

"냉각수가 별로 안 남았네요. 누유도 좀 보이고. 시동이 안걸리는 건…… 배터리 단자가 흔들리네요. 이것 때문인가 봐요. 혹시 수리 키트 있어요? 없으면 손으로 해보죠, 뭐. 이런. 힘이 세지긴 세졌네요. 이제 시동을 걸어봐요."

키를 돌리자 엔진이 몇 번 털털거리다 시동이 걸렸다.

"정말로 고쳤네요!"

"어릴 때부터 이런 거 만지는 걸 좋아했거든요. 할아버지가 정비공, 아빠가 목수여서요."

욘은 털털거리는 차와 눈앞에 펼쳐진 길과 안젤라를 번갈아 쳐다봤다. 그리고 그걸 세 번쯤 반복한 다음 입을 열었다.

"우리는 누구나 도움이 필요해요. 그렇죠?"

"네. 그래요."

"혼자서 뚫을 수 없을 때 2 대 1 패스를 하는 것처럼요."

"맞아요. 그런데 그건 왜요?"

욘은 안젤라를 향해 몸을 돌렸다.

"혹시 차단기 고칠 줄 알아요?"

그 뒤의 일들

욘이 다시 축구 교실을 연 건 두 달쯤 뒤였다. 축구 교실을 열겠다고 했을 때 소원을 이뤘으니 이제 축구를 할 필요 없다고 말하는 사람은 없었다. 다만 지글러는 멀리 있어서 못 나온다고 했다.

주차장에서 공터로 짐을 옮겨야 해서 욘은 안젤라에게 짐을 들어달라고 했다.

"내가 힘이 센 건 사실이지만 나 혼자 이걸 다 들고 가면 사람들이 이상하게 보지 않겠어요?"

"다른 사람 눈이 뭐가 중요해요. 그리고 닥터가 이제 날이 추워졌으니 무릎을 조심해야 한다고 말했다구요."

"그 말이 맞기는 하지만 어쩐지 좀 뻔뻔하게 들리네요. 좋아요. 그럼 짐은 내가 들 테니 오늘 요리는 욘이 해요."

"좋아요."

오셔는 딸과 함께 나왔다.

"내 딸이 축구를 배우고 싶어 해서 같이 나왔어요."

"엄마가 축구를 배우러 가자고 스무 번쯤 말했잖아."

"일곱 번이야."

"하지만 축구가 건강에 좋다, 젊은 사람들은 축구를 한다
더라, 축구 교실 사람들이 다들 괜찮다, 이런 이야기를 하면
서 유도한 것도 포함해야지. 그러면 스무 번은 더 된다고."

늘 근엄하고 말싸움에서 지지 않을 것 같은 오셔지만 딸 앞
에서는 맥을 못 추는 것 같았다.

페트로폴로스는 어머니와 함께 나타났다. 페트로폴로스의
어머니는 머리를 한껏 부풀리고 멋을 내고 있었는데 축구를
하러 온 건 아니고 그냥 아들의 친구들을 보러 왔다고 했다.

"욘. 잘 있었어? 요즘은 왜 집에 놀러 오지 않아?"

페트로폴로스의 어머니가 물었다.

"집수리를 하는 중이라 바빠서요."

"나도 오후에 가서 도와주기로 했어요. 어머니 먼저 노인
병원에 모셔다 드린 다음에 갈 거예요."

페트로폴로스가 어머니에게 말했다.

"어머니가 아직도 병원에 다니셔?"

욘이 물었다.

"자원봉사. 노인들 사이에서 인기가 좋으시거든."

슈워츠는 라마와 함께 도착했다. 그런데 잠시 후에 슈워츠
가 한 명 더 왔다.

"여기에 왜 왔지?"

첫 번째 슈워츠가 두 번째 슈워츠에게 말했다.

"그냥. 숨 좀 쉬려고."

두 번째 슈워츠가 대답했다.

"내 차례는 아직 2주나 남있어."

"잠깐이면 돼. 축구를 하는 동안만이라도."

"그건 안 돼. 라마가 곤란해할 거야."

"음. 난 별로 상관없어요. 좀 헷갈리기는 하지만요. 그런데
다른 사람들은 어떨지 모르겠네요."

라마가 말했다.

"아마 상관없을 거예요. 그래도 수업료는 두 배로 내야겠
죠."

은수는 친구를 한 명 데리고 왔다. 은수가 데려온 친구는
검고 풍성한 머리가 아름답게 곱슬거렸다. 둘은 자기들끼리
작은 목소리로 이야기하며 키득거리다 갑자기 큰 소리로 웃
음을 터뜨리고는 했다.

"이렇게 건강한 얼굴로 다시 보니 좋군, 욘."

닥터가 욘에게 다가와서 말했다.

"그동안 별일 없으셨어요?"

"아무 일도 없었어. 지구의 모든 언어를 할 줄 안다고 해서

뭐가 달라질 것 같은가? 외국어 영화를 볼 수도 있겠지. 외국어로 된 책을 읽을 수도 있고. 외국인과 만나서 이야기를 나눌 수도 있지. 해외여행을 가서도 아무런 불편이 없을 거야. 그런데 그런다고 뭐가 달라지는 게 있을 것 같나? 결국 다 마찬가지야. 처음에는 신나서 여기저기 여행을 다녔지만 결국은 집이 제일 편하더군. 모든 건 결국 원래의 자리로 돌아오게 돼 있어. 사람들이 축구 교실에 다시 모이는 것도 마찬가지고. 마치 집으로 날아오는 새, 혹은 산란지로 돌아오는 연어처럼 말이야. 인생과 우주는 영원한 재귀라고 어느 철학자가 말했다는 거 알고 있나?"

"어…… 네. 저는 이제 다른 사람에게 가볼게요."

욘이 자리를 피한 후에 닥터는 두 명의 슈워츠 중 한 명에게 다가갔다.

데이비드는 이제 더 이상 장갑을 끼지 않았다. 그런데 얼굴빛이 별로 좋지 않았다.

"또 밤새 그림 연습을 한 거야? 그러지 말고 그림을 배우러 다니는 게 어때?"

"문제가 있어. 오른손을 다쳤을 때 애들한테 왼손으로 그림을 그려준 적이 있었는데, 애들이 내 왼손 그림을 더 좋아하는 것 같아."

데이비드는 휴대폰을 꺼내 왼손으로 그린 그림과 최근에 그린 그림을 차례로 보여줬다.

"어때 보여?"

"내가 보기에는…… 별 차이 없는데?"

데이비드는 휴대폰을 집어넣고는 입을 닫았다.

브루스가 뚱한 표정으로 욘에게 다가왔다.

"고민이 있어."

"듣고 싶지 않아."

"듣고 싶지 않아도 들어. 어떻게 프러포즈하면 좋을지 몰라서 아직 반지를 못 줬어."

"그러니까 그 얘기 하지 말라고. 며칠 전에도 똑같이 말했잖아. 그러니까……."

"그래서 하는 말인데, 이 방법은 어떨까? 차 트렁크에 풍선을 가득 실은 다음 주얼의 창문 밑에다가 차를 세워두고……."

"또 한 번 말해줄까? 프러포즈는 나도 한 번도 안 해봐서 몰라. 그리고 여기는 축구 교실이지 연애 상담소가 아냐. 그러니까 그딴 소리 할 거면 당장 돌아가."

못 보던 아이가 한 명 있었다. 10대 초반쯤 돼 보이는 여자애였다. 새로운 수강생인 모양이었다. 하지만 연락도 없이 찾아오다니.

"케샤라고 해요. 저는 지글러 씨의 딸이에요."

지글러에게 딸이 있다는 건 알았지만 피부색이 다르다는 건 몰랐던 욘은 조금 당황했다.

"어…… 그래? 반가워. 그런데, 지글러, 지글러 씨는 지금 어디 있는데?"

케샤는 어느 먼 나라의 이름을 말했다.

"너희 아빠는 대체 그런 데서 뭘 하고 있는 거야? 딸은 축구 교실에 보내놓고."

"학교를 짓고 있어요."

"학교를 왜?"

"저 같은 아이들이 공부를 할 수 있게 해주려고요."

그 말에 모두 충격을 받아서 입을 다물지 못하는 동안 케샤가 주머니에서 봉투를 꺼내 내밀었다.

"지글러 씨가, 아니 아빠가 욘 올슨 씨라는 분에게 이걸 주라고 했어요."

봉투 안에는 수표가 들어 있었다.

"아냐. 나는 이거 필요 없어."

"꼭 주라고 했어요."

케샤는 고집이 셌다. 그래서 안젤라가 대신 받았다.

"좋아. 이걸로 필요한 자재를 살 수 있겠네."

연습이 시작됐다. 욘은 사람들을 둘씩 짝지은 다음 패스 연습을 시켰다. 공이 이쪽에서 저쪽으로 갔다가 다시 이쪽으로 왔다.

안젤라가 찬 공은 툭하면 너무 멀리 갔는데 욘이 투덜대며 공을 주우러 갈 때마다 안젤라는 미안하다고 말하며 웃었다.

욘이 혹시 일부러 세게 차는 거냐고 묻자 안젤라는 그건 아니라고 말하고 또 웃었다. 그러다 공이 정말 엉뚱한 데로 굴러갔고 욘은 공을 가지러 한참 가야 했다.

그런데 어떤 사람이 이쪽으로 다가오는 게 보였다. 그는 낡은 트레이닝복 차림에 머리와 수염이 길었다.

욘은 멈춰 서서 그 사람을 쳐다봤다. 그 사람도 걸음을 멈췄다.

잠시 뒤 욘이 손을 흔들자 그 사람도 욘을 향해 손을 흔들었다.

작가의 말

2014년에 축구 소설을 하나 썼다. 외계인, 천사, 악마, 뱀, 초능력자, 정보기관, 소설가가 등장하는 그 소설의 제목은 "지구에서의 마지막 축구"였고 분량은 이 책의 두 배가 조금 넘었다. 2018년에 이 원고로 서울문화재단의 창작집 발간 지원금을 받았지만 출간은 되지 않았다. 결국 2020년에 다시 쓰기로 했고 그러면서 이야기는 서로 다른 두 부분으로 나뉘었다. 그중 조용한 부분이 작년에 『켄』이라는 책으로 나왔고 시끄러운 부분이 남아 이 책이 됐다.

애초에, 왜 축구 소설을 쓰기로 했던 걸까.
처음에는 그 이유가 축구에 있는 줄 알았다. 축구는 세계에서 가장 인기 있는 스포츠니까. 한 통계에서는 전 세계에 축구 팬이 35억 명쯤 된다고 했다. 축구가 그토록 인기 있는 건 요한 크루이프가 말했듯 축구가 단순한 스포츠이기 때문인지도 모르고, 또 어쩌면 제프 헤르베르거가 말했듯 축구에서 확실한 것은 공은 둥글고 경기는 90분 동안 계속된다는 사실뿐, 그 나머지는 이론에 불과하기 때문인지도 모르고, 아니면 알렉스 퍼거슨이 말했듯 축구가 온갖 믿을 수 없는 일이 벌어지는 빌어먹을 것이기 때문인지도 모른다. 하지만 나는 그리 대단한 축구 팬이 아니고 축구를 좋아하는 모든 작가가 축구에 관한 글을 쓰는 것도 아니다.

또 한동안은 나와 축구 사이에 특별한 인연이 있어서라고 생각했다. 그런데 어떤 인연? 서른 넘어 군대에 가서 축구를 시작하게 된 것도, 전역 후에 이따금 축구 꿈을 꾼 것도, 동네의 축구 클럽에 들어간 것도, 이후 지금까지 주에 한두 번은 축구를 하는 것도 모두 그리 대단한 인연이라고는 할 수 없을 것 같았다.

그럼에도 뭔가 있겠지. 그렇지 않고서야 옷장 서랍 한 칸이 유니폼으로 가득하지도, 축구가 글쓰기와 더불어 삶의 한 축─이를테면 손톱이 길면 그동안 글을 안 써서, 발톱이 길면 축구를 안 해서 그렇다고 생각한다든가─이 되지도, 축구장으로 연결된 지도를 별자리처럼 마음속에 품고 살아가지도 않겠지.

엉뚱하게 들리겠지만 내 생각에 해답은 당신에게 있는 것 같다. 왜냐면 당신은 이제 막 축구 소설을 다 읽은 사람이니까. 당신은 축구에 대해 알고 싶어서, 축구에 대해 읽고 싶어서, 축구에 대한 책이 존재한다는 것을 믿을 수 없어서, 축구에 관한 소설이 어떻게 가능한지 확인하기 위해 이 책을 골랐을지도 모르고 또 어쩌면 그저 축구를 좋아해서, 어느 순간의 변덕으로, 소개글에 마음이 흔들려 이 책을 읽었을 수도 있다. 아니면 짐작할 수 없는 어떤 이유로 이 소설을 골랐거나 스스로도 왜 이 책을 읽었는지 설명할 수 없는지 모른다. 내가 왜 축구 소설을 썼는지 설명할 수 없는 것처럼.

어떤가.

이제 공은 당신에게 있는 셈이다.

출간을 수락해준 나무옆의자에, 이 책을 오랫동안 기다려준 서울문화재단에, 운동장에서 함께 공을 주고받은 모든 사람에게, 특히 축구 교실의 모델을 마련해준 최교순에게, 응원해주는 친구들과 가족에게 감사한다.

지구인을 위한 축구 교실

초판 1쇄 인쇄 2023년 10월 27일
초판 1쇄 발행 2023년 11월 3일

지은이 오수완
펴낸이 이수철
주 간 하지순
교 정 구경미
디자인 최효정
마케팅 오세미, 전강산
영상콘텐츠기획 김남규
관 리 전수연

펴낸곳 나무옆의자
출판등록 제396-2013-000037호
주소 (10449) 경기도 고양시 일산동구 호수로 358-39 동문타워1차 703호
전화 02) 790-6630 팩스 02) 718-5752
전자우편 namubench9@naver.com
페이스북 @namubench9
인스타그램 @namu_bench

ISBN 979-11-6157-155-3 03810

* 이 책은 서울문화재단 '2018년 창작집 발간 지원사업'의 지원을 받아 발간되었습니다.